Título original: *Kidnapped*
copyright © Editora Lafonte Ltda. 2023

Todos os direitos reservados.
Nenhuma parte deste livro pode ser reproduzida por quaisquer meios existentes sem autorização por escrito dos editores.

Direção Editorial *Ethel Santaella*

REALIZAÇÃO

GrandeUrsa Comunicação

Direção *Denise Gianoglio*
Tradução *Otavio Albano*
Revisão *Diego Cardoso*
Capa, Projeto Gráfico e Diagramação *Idée Arte e Comunicação*

Dados Internacionais de Catalogação na Publicação (CIP)
(Câmara Brasileira do Livro, SP, Brasil)

Stevenson, Robert Louis, 1850-1894
    Raptado / Robert Louis Stevenson ; tradução Otavio Albano. -- São Paulo : Lafonte, 2023.

    Título original: Kidnapped
    ISBN 978-65-5870-492-8

    1. Ficção escocesa I. Título.

23-169824   CDD-E823

Índices para catálogo sistemático:

1. Ficção : Literatura escocesa   E823

Cibele Maria Dias - Bibliotecária - CRB-8/9427

Editora Lafonte
Av. Profª Ida Kolb, 551, Casa Verde, CEP 02518-000, São Paulo-SP, Brasil – Tel.: (+55) 11 3855-2100
Atendimento ao leitor (+55) 11 3855-2216 / 11 3855-2213 – atendimento@editoralafonte.com.br
Venda de livros avulsos (+55) 11 3855-2216 – vendas@editoralafonte.com.br
Venda de livros no atacado (+55) 11 3855-2275 – atacado@escala.com.br

Tradução
Otavio Albano

ROBERT LOUIS STEVENSON

Brasil, 2023

Lafonte

CAPÍTULO I	PARTO EM VIAGEM À CASA DE SHAWS	7
CAPÍTULO II	CHEGO AO FIM DA MINHA VIAGEM	12
CAPÍTULO III	CONHEÇO MEU TIO	18
CAPÍTULO IV	CORRO GRANDE PERIGO NA CASA DE SHAWS	26
CAPÍTULO V	VOU PARA QUEENSFERRY	34
CAPÍTULO VI	O QUE ACONTECEU EM QUEENSFERRY	41
CAPÍTULO VII	LANÇO-ME AO MAR NO BARCO COVENANT, DE DYSART	47
CAPÍTULO VIII	O TOMBADILHO	55
CAPÍTULO IX	O HOMEM DO CINTO DE OURO	60
CAPÍTULO X	O CERCO DO TOMBADILHO	71
CAPÍTULO XI	O CAPITÃO SE RENDE	78
CAPÍTULO XII	OUÇO FALAR DO "RAPOSA VERMELHA"	83
CAPÍTULO XIII	A PERDA DO BRIGUE	93
CAPÍTULO XIV	A ILHOTA	99
CAPÍTULO XV	O RAPAZ DO BOTÃO DE PRATA: ATRAVÉS DA ILHA DE MULL	108
CAPÍTULO XVI	O RAPAZ DO BOTÃO DE PRATA: ATRAVÉS DE MORVEN	117
CAPÍTULO XVII	A MORTE DO RAPOSA VERMELHA	125
CAPÍTULO XVIII	CONVERSO COM ALAN NA FLORESTA DE LETTERMORE	132
CAPÍTULO XIX	A CASA DO MEDO	140
CAPÍTULO XX	A FUGA ATRAVÉS DA URZE: AS ROCHAS	147
CAPÍTULO XXI	A FUGA ATRAVÉS DA URZE: DO ALTO DE CORRYNAKIEGH	157
CAPÍTULO XXII	A FUGA ATRAVÉS DA URZE: O PÂNTANO	164
CAPÍTULO XXIII	A GAIOLA DE CLUNY	172
CAPÍTULO XXIV	A FUGA ATRAVÉS DA URZE. A LUTA	181
CAPÍTULO XXV	EM BALQUHIDDER	193
CAPÍTULO XXVI	FIM DA FUGA: PASSAMOS O FORTH	200
CAPÍTULO XXVII	CHEGO À CASA DO SR. RANKEILLOR	212
CAPÍTULO XXVIII	VOU EM BUSCA DE MINHA HERANÇA	221
CAPÍTULO XXIX	ENTRO EM MEU REINO	229
CAPÍTULO XXX	ADEUS	236

CAPÍTULO I
PARTO EM VIAGEM À CASA DE SHAWS

Vou começar a história de minhas aventuras em uma certa manhã do início do mês de junho, no ano da graça de 1751, quando tirei pela última vez a chave da fechadura da porta da casa de meu pai. O sol começava a brilhar no pico das colinas à medida que eu descia a estrada, e, assim que passei pela casa paroquial, os melros assobiaram nos lilases do jardim, e a névoa que pairava sobre o vale na hora do amanhecer começou a levantar-se e desaparecer.

O sr. Campbell, clérigo de Essendean, estava esperando por mim no portão do jardim, o bom homem! Ele me perguntou se eu havia comido e, ao ouvir que não precisava de nada, pegou minha mão entre as suas e gentilmente colocou-a debaixo do braço.

— Muito bem, Davie, meu rapaz — disse ele —, vou com você até a beira do rio, para colocá-lo no caminho certo. — E começamos a caminhar em silêncio.

— Está triste por deixar Essendean? — disse ele, depois de algum tempo.

— Ora, meu senhor — respondi. — Se eu soubesse para onde estou indo, ou o que haveria de acontecer comigo, poderia lhe dizer com mais certeza. Essendean é, de fato, uma bela paragem, e fui muito feliz aqui. Mas nunca estive em nenhum outro lugar. Como meu pai e minha mãe já estão mortos, estarei tão próximo deles em Essendean quanto no reino da Hungria e, pensando bem – para falar a verdade –, caso tenha qualquer chance de me

tornar uma pessoa melhor aonde vou, é com boa vontade que para lá me dirijo.

— Ah, sim? — disse o sr. Campbell. — Pois bem, Davie. Então cabe a mim antever seu destino, o melhor que eu puder. Quando sua mãe se foi, e seu pai – aquele homem tão digno e cristão – começou a se aproximar do fim, ele me deixou a cargo de uma certa carta, que me disse ser sua herança. "Assim que eu partir", disse-me ele, "a casa estiver arrumada e, minhas posses, liberadas" – e, Davie, tudo isso já foi feito – "coloque esta carta nas mãos do meu filho e conduza-o até a Casa de Shaws, não muito longe de Cramond. É de lá que eu vim", revelou ele, "e é para lá que convém que meu filho volte. Ele é um rapaz sensato", disse seu pai, "e um trabalhador esperto. Não duvido de que ele se dê muito bem aonde quer que vá."

— A Casa de Shaws! — exclamei. — O que meu pobre pai tinha a ver com a Casa de Shaws?

— Ora — disse o sr. Campbell —, quem pode saber com certeza? Mas o nome dessa família, Davie, meu rapaz, é o nome que você carrega – seu sobrenome Balfour é parte de Shaws: uma linhagem antiga, honesta e respeitável, talvez um pouco decadente nesses últimos tempos. Seu pai também era um homem erudito, o que condizia com sua posição; nenhum outro homem jamais dirigiu um estabelecimento de ensino de maneira mais razoável, nem tampouco tinha os modos ou o linguajar de um diretor de escola comum. Mas – como você mesmo deve se lembrar – tive o prazer de levá-lo ao presbitério para conhecer a aristocracia; e mesmo aqueles da minha família, os Campbells de Kilrennet, de Dunswire, de Minch e muitos outros, todos cavalheiros bastante conhecidos, desfrutavam de sua companhia. Enfim, para apresentar-lhe todos os elementos desse caso, eis aqui a tal carta testamentária, escrita pela própria mão de nosso falecido irmão.

Ele me deu então a carta, que fora endereçada com as seguintes palavras: "Às mãos de Ebenezer Balfour, ilustríssimo senhor da Casa de Shaws, entregue por meu filho, David Balfour". Diante da enorme perspectiva que se abria subitamente diante de um rapaz de dezessete anos, filho de um pobre diretor de escola

do interior, vindo da floresta de Ettrick, meu coração passou a bater com toda a força.

— Sr. Campbell — gaguejei —, se acaso estivesse no meu lugar, o senhor iria?

— Certamente que eu iria — disse o clérigo —, e sem titubear. Um rapaz jovial como você deve chegar a Cramond, que fica perto de Edimburgo, em dois dias de caminhada. Se o pior acontecer, e seus nobres parentes – pois me permito supor que tenham um pouco de seu sangue – colocarem-no na rua, basta andar mais dois dias de volta e bater à porta da casa paroquial. Mas prefiro imaginar que você seja bem recebido, como seu pobre pai previu que iria lhe acontecer, e que, de qualquer modo, e com o tempo, venha a ser um grande homem. E nesse caso, Davie, meu rapaz — continuou ele —, cabe à minha consciência tornar essa despedida mais proveitosa, colocando-o a par dos perigos do mundo.

Nesse instante, ele procurou ao redor um assento confortável, em uma grande pedra iluminada sob uma bétula ao lado da trilha, e, alongando o lábio superior, sentou-se com uma expressão séria e colocou o lenço do paletó sobre o chapéu tricórnio[1] para abrigar-se do sol, que brilhava sobre nós por entre dois montes. Então, com o dedo indicador erguido, primeiramente me preveniu acerca de um número considerável de heresias, pelas quais eu não me sentia nem um pouco tentado, e insistiu comigo para que fosse constante em minhas orações e leituras da *Bíblia*. Feito isso, ele descreveu a grande casa que era meu destino e a forma como eu deveria me comportar com seus habitantes.

— Seja dócil, Davie, nas coisas imateriais — disse ele. — Tenha em mente que, embora tenha origem nobre, você foi criado no campo. Não nos envergonhe, Davie, não nos envergonhe! Nessa imensa e imponente casa – com todos os seus criados, de baixa e alta hierarquia –, mostre-se tão agradável e tão ponderado quanto qualquer outro, com rapidez nas opiniões e lentidão nas falas. Quanto ao proprietário das terras, lembre-se de que tudo

---

[1] Chapéu composto de três bordas, formando um triângulo, que foi bastante popular na Europa entre os séculos XVI e XVIII. (N. do T.)

a ele pertence. Não há mais nada a dizer: simplesmente honre a quem a honra é devida. É um prazer obedecer a um senhor. Ou ao menos deveria ser para os jovens.

— Muito bem, meu senhor — respondi —, assim deve sê-lo. E prometo-lhe que tentarei agir de acordo.

— Ora, muito bem dito — respondeu o sr. Campbell, cordialmente. — E agora passemos ao material ou, com o perdão do trocadilho, ao imaterial. Tenho aqui comigo um pacotinho que contém quatro coisas. — Enquanto falava, puxou-o do bolso da aba do casaco com grande dificuldade. — Dessas quatro coisas, a primeira é o que lhe é devido legalmente: o dinheirinho dos livros e outros objetos de seu pai, que eu comprei – como lhe havia dito desde o princípio – com o objetivo de revendê-los com lucro ao novo diretor da escola. As outras três são presentes e, se acaso os aceitar, a sra. Campbell e eu ficaremos muito felizes. O primeiro, que é redondo, provavelmente vai lhe agradar logo de início – mas, Davie, meu rapaz, ele não passa de uma gota d'água no mar –, há de ajudá-lo a dar um passo, mas logo desaparecerá como a manhã. O segundo, que é achatado, quadrado e com letras inscritas nele, permanecerá ao seu lado por toda a vida, como um bom cajado para a estrada e um bom travesseiro para sua cabeça, quando estiver doente. Quanto ao último, que é cúbico, ele há de levá-lo a uma terra melhor – assim desejo de todo o coração.

Dito isso, pôs-se de pé, tirou o chapéu e, com termos afetuosos, rezou um pouco em voz alta por um jovem que partia para o mundo. Então, subitamente, tomou-me em seus braços e abraçou-me com força, segurando-me à distância em seguida, olhando para mim com o rosto cheio de tristeza. Por fim, virou-se, despediu-se de mim e partiu – em uma espécie de trote – pelo mesmo caminho que havíamos tomado. Poderia ter sido cômico para qualquer outra pessoa, mas eu não tive nenhuma vontade de rir. Eu o segui com os olhos até onde pude avistá-lo, e ele não diminuiu o passo, nem sequer olhou para trás. Então me ocorreu que toda aquela tristeza era por causa de minha partida, e minha consciência me golpeou de maneira forte e rápida, já que eu estava muito feliz por sair daquela tranquila zona rural e ir

para uma casa grande e movimentada, entre ricos e respeitados cavalheiros de meu próprio nome e sangue.

"Davie, Davie", pensei, "onde já se viu tamanha ingratidão? Você é capaz de esquecer velhos favores e velhos amigos com o mero ressoar de um nome? Ora, ora, que vergonha!"

E sentei-me na pedra de onde o bom homem acabara de se levantar para abrir o embrulho e ver em que consistiam meus presentes. Aquele que ele chamara de cúbico não me deixara muitas dúvidas: era, de fato, uma pequena *Bíblia*, destinada a ser carregada no bolsinho do casaco. O presente redondo acabou sendo um xelim de prata, e o terceiro, que supostamente me serviria às maravilhas na saúde e na doença, por todos os dias de minha vida, nada mais era que um pedaço de papel grosseiro amarelado, no qual se lia, escrito com tinta vermelha:

"PARA FAZER ÁGUA DO LÍRIO-DO-VALE. Pegue as flores do lírio-do-vale, destile-as em vinho branco seco e beba uma ou duas colheres, conforme o caso. Essa bebida restaura a fala àqueles que sofrem de paralisia da língua, é bom contra a gota, conforta o coração e fortalece a memória. E, colocando as flores em uma jarra bem tampada sobre um formigueiro, por apenas um mês, se obterá um licor, que delas advém. Tal licor, guardado em uma garrafa, faz bem tanto a homens quanto a mulheres, estejam eles saudáveis ou doentes".

E, logo abaixo, na caligrafia do clérigo, acrescentou-se:

"Vale também para entorses, bastando friccioná-lo no local. E, em caso de cólicas, tome uma colher grande a cada hora."

É claro que ri ao ler tudo isso, mas foi um riso um tanto quanto trêmulo e, feliz por amarrar a trouxa na ponta de minha bengala, atravessei a beira do rio e comecei a subir a colina oposta. Até que, ao chegar à pradaria rodeada de arbustos, olhei pela última vez para a igreja de Essendean, para as árvores ao redor da casa paroquial e para as grandes sorveiras do cemitério onde meu pai e minha mãe jaziam.

CAPÍTULO II
CHEGO AO FIM DA MINHA VIAGEM

Na manhã do segundo dia, chegando ao topo de uma montanha, vi toda a região que descia em direção ao mar e, a meio caminho do declive, em um cume comprido, a cidade de Edimburgo, fumegando como uma fornalha. Havia uma bandeira hasteada no castelo. Alguns barcos se movimentavam, ao passo que outros permaneciam ancorados no estuário, e, apesar de bastante distantes, conseguia distingui-los claramente; e tudo isso fez surgir o nome de meu vilarejo nos meus lábios.

Pouco depois, cheguei a uma casa onde morava um pastor, que me ensinou vagamente o caminho até Cramond. E foi assim, fazendo perguntas a uns e outros, que tomei a direção oeste da capital, passando por Colinton, até chegar à estrada de Glasgow. E lá – para meu grande deleite e admiração – vi um regimento marchando ao som dos gaiteiros, um passo por vez. Um velho general ruivo, montado em um cavalo cinza, ia à frente e, atrás dele, a companhia de granadeiros, com seus chapéus muito parecidos, com tiaras papais. Um grande orgulho parecia subir-me à cabeça ao ver os casacas-vermelhas[2] ao som daquela música festiva.

Um pouco mais à frente, disseram-me que já me encontrava na paróquia de Cramond, e então comecei a perguntar sobre a Casa de Shaws. Mas tal nome parecia surpreender a todos a quem eu indagava o caminho. A princípio, pensei que a simplicidade de minha aparência, minhas roupas de aldeão e a poeira da estrada que me cobria não combinavam com a grandeza do lugar para onde eu estava indo. Mas, depois de duas ou talvez três pessoas terem me olhado da mesma forma e me dado a mesma resposta, comecei a suspeitar de que havia algo estranho em Shaws.

---

2 Nome dos soldados ingleses até o século XIX, devido a seus uniformes, caracterizados por um casaco de cor vermelha. (N. do T.)

Para acalmar meus temores, achei mais conveniente mudar a forma como vinha fazendo minhas perguntas e, avistando um bom homem vindo pela estrada na boleia de sua carroça, perguntei-lhe se já tinha ouvido falar da casa que costumavam chamar de Casa de Shaws.

Ele parou sua carruagem e olhou para mim, exatamente como haviam feito antes dele.

— Sim — respondeu ele. — Por quê?

— É uma casa grande? — perguntei.

— Sem dúvida — disse ele. — A casa é grande, imensa.

— Ah — exclamei. — E o que me diz da gente que mora nela?

— Gente? — ele se espantou. — Está louco? Não tem gente nenhuma por lá... Ou ninguém que possa ser chamado de gente.

— O quê? — retruquei. — Não é lá que mora o sr. Ebenezer?

— Ah, sim! — disse o homem. — Tem o proprietário, claro, se é ele que você está procurando. E que negócio o leva até lá, meu rapaz?

— Deram-me a entender que ali poderia encontrar um emprego — respondi da forma mais modesta possível.

— O quê? — gritou o carroceiro, com uma voz tão estridente que até o cavalo teve um sobressalto. E, então, acrescentou: — Bom, meu jovem, isso não é da minha conta, mas, como você parece um garoto decente, se quiser seguir meu conselho, fique longe da Casa de Shaws.

A pessoa que encontrei em seguida era um homenzinho elegante, com uma bela peruca branca, parecendo-me um barbeiro fazendo suas visitas profissionais. E, sabendo que os barbeiros são grandes fofoqueiros, perguntei-lhe sem rodeios que tipo de homem era o sr. Balfour da Casa de Shaws.

— Ai, ai, ai! — disse o barbeiro. — Aquilo não é homem, não é homem mesmo. — E começou a me perguntar com muita astúcia a respeito dos assuntos que me levavam até lá. Mas fui mais astuto, e ele foi atrás de seu próximo cliente sem saber muito mais do que sabia quando me encontrou.

Não consigo descrever o golpe que tudo aquilo infligiu em minhas ilusões. Quanto mais confusas eram as acusações, menos as apreciava, pois acabavam abrindo um vasto campo para a imaginação. Que tipo de casarão era aquele, que deixava toda a paróquia assustada e espantada quando eu perguntava o caminho para lá chegar? E que tipo de cavalheiro era aquele, cuja má reputação era conhecida até mesmo na beira da estrada? Se uma hora de caminhada fosse suficiente para me levar de volta a Essendean, eu teria abandonado minha aventura imediatamente e voltado para a casa do sr. Campbell. Mas, como eu já tinha ido tão longe, minha própria honra me impediu de desistir até que pudesse colocar o assunto à prova. Era obrigado a continuar, por puro respeito próprio, e, embora não gostasse dos rumores que ouvira e já começasse a caminhar mais devagar, continuei perguntando o caminho e avançando na direção da tal casa.

O anoitecer já se aproximava quando deparei com uma mulher corpulenta, de cabelos escuros e semblante taciturno, que descia com dificuldade uma colina. Ao fazer minha pergunta habitual, ela se virou de repente, voltou ao cume que acabara de deixar, para ficar mais perto de mim, e apontou para uma enorme construção, que se erguia austera em um prado no fundo do vale a seguir. A paisagem do entorno era muito aprazível, com montículos agradavelmente entrecortados por riachos densamente arborizados, e as colheitas que conseguia avistar apresentavam-se admiráveis e exuberantes, ao passo que a casa parecia estar em ruínas. Não havia nenhuma estrada que lá chegasse, nenhuma fumaça saía de suas chaminés e nada ali se assemelhava a um jardim. Fiquei completamente desanimado.
— É aquilo? — exclamei.

O semblante da mulher se iluminou com uma raiva maligna. — Essa é a Casa de Shaws! —exclamou ela. — Foi construída com sangue, o sangue interrompeu sua construção, e o sangue há de derrubá-la. Veja bem! — exclamou uma vez mais. — Eu cuspo no chão e amaldiçoo aquele homem! Que seu fim seja funesto! Se você o vir, conte o que ouviu de meus lábios. Diga-lhe que, com esta, já são mil duzentas e dezenove vezes que Jennet Clouston

amaldiçoa tanto ele quanto sua casa, seus galpões e estábulos, seus homens e convidados, o proprietário e sua esposa, filhos e filhas... Funesto, funesto será o fim de todos eles!

E a mulher, cuja voz se transformara em uma espécie de canção sobrenatural, subitamente virou-se e partiu. Permaneci onde estava, com os cabelos em pé. Naquela época, as pessoas ainda acreditavam em bruxas e tremiam ao ouvir qualquer maldição, e aquele praguejar, proferido de forma tão banal, parecia um presságio da estrada para me impedir de cumprir meu propósito, e tirou-me toda a força das pernas.

Sentei-me e olhei para a Casa de Shaws. Quanto mais olhava, mais agradável aquela paisagem me parecia. Tudo estava coberto de espinheiros-brancos, cheios de flores, os campos estavam salpicados de ovelhas, um lindo bando de gralhas pairava no céu, havia muitos sinais da fertilidade do solo e do clima – mas a construção que ficava no meio de tudo aquilo afligia minha fantasia.

Enquanto estava sentado na vala, os camponeses voltavam dos campos, mas não tive coragem de cumprimentá-los. Por fim, o sol se pôs, e então, destacando-se contra o céu amarelo, vi subir uma espiral de fumaça, parecendo-me não muito mais espessa do que a fumaça de uma vela. Mas, afinal de contas, lá estava ela, indicando que havia fogo, calor, algo cozinhando e algum ser vivo que o acendera, o que confortou meu coração.

Comecei então a caminhar por um pequeno caminho quase encoberto pela grama, que se estendia na minha direção. Certamente era uma trilha remota demais para ser a única passagem que levava a qualquer lugar habitado, mas não avistei outra. Ela me levou até alguns pilares de pedra, que suportavam uma choupana sem teto, com um brasão no topo. Parecia ser sua entrada principal, embora nunca tivesse sido terminada; em vez de portões de ferro forjado, havia um par de paus amarrados com uma corda de palha. Não se via muralhas ajardinadas ou qualquer sinal de uma alameda, apenas a trilha que eu seguia, conduzindo sinuosamente até a casa, passando à direita dos pilares.

Quanto mais perto eu chegava da casa, mais assustadora ela se tornava. Parecia a ala de uma construção nunca terminada. O que deveria ser a parte interna permanecia sem telhado nos andares superiores e, no alto, degraus e escadas de alvenaria inacabada despontavam. Muitas das janelas não estavam envidraçadas, e morcegos entravam e saíam por elas como pombos em um pombal.

A noite já tinha começado a despontar quando cheguei perto da casa e, em três das janelas inferiores, que eram bastante altas, estreitas e cheias de grades, a luz trêmula de uma pequena fogueira começava a cintilar. Era este o palácio para onde me dirigia? Seria entre aquelas paredes que eu deveria encontrar novos amigos e grandes fortunas? Ora, na casa de meu pai, em Essen-Waterside, o brilho do fogo e das luzes podia ser avistado a mais de um quilômetro de distância, e as portas se abriam ao bater de um mendigo!

Avancei cauteloso, apurando os ouvidos, e senti que alguém fazia barulho de pratos, além de uma tosse seca e agoniada, aos borbotões. Mas não ouvi nenhuma conversa e nem mesmo o latido de um cachorro.

A porta, pelo que pude distinguir na penumbra, era um grande pedaço de madeira cravejado de pregos. Com o coração na mão, levantei o pulso e bati uma única vez. Então fiquei esperando. Recaiu um silêncio mortal sobre a casa; um minuto inteiro se passou, e nada além dos morcegos no alto se moveu. Bati novamente e continuei a ouvir. Mas, desta vez, meus ouvidos estavam tão acostumados ao silêncio que conseguia distinguir o tique-taque do relógio no interior da casa, contando lentamente os segundos. Mas, quem quer que estivesse lá dentro continuava fazendo um silêncio mortal, certamente prendendo a respiração.

Hesitei entre fugir e permanecer ali, mas a raiva tomou conta de mim e comecei a chutar e esmurrar a porta, gritando o nome do sr. Balfour. Estava em plena atividade quando ouvi uma tosse logo acima de mim e, dando um salto para trás e olhando para cima, vi a cabeça de um homem com um gorro alto e o cano de um bacamarte em uma das janelas do primeiro andar.

— Está carregado — disse uma voz.

— Vim até aqui com uma carta — retruquei — para o sr. Ebenezer Balfour de Shaws. Ele está?

— De quem é a carta? — perguntou o homem do bacamarte.

— Isso não importa — disse eu, pois já começava a ficar nervoso.

— Muito bem — foi sua resposta. — Pode deixá-la na soleira da porta e ir embora.

— Não vou fazer uma coisa dessas — exclamei. — Vou entregá-la nas mãos do sr. Balfour, conforme me foi instruído. É uma carta de apresentação.

— Uma o quê? — gritou a voz de volta, bruscamente.

Repeti o que havia dito.

— E você, quem é? — foi sua próxima pergunta, depois de uma pausa considerável.

— Não tenho vergonha do meu nome — respondi. — Chamam-me David Balfour.

Tenho certeza de que minhas últimas palavras assustaram o homem, pois ouvi o bacamarte chacoalhar no parapeito da janela e, só depois de uma longa pausa e com uma curiosa mudança no tom da voz, veio a próxima pergunta:

— Seu pai está morto?

Aquilo me deixou tão surpreso que não tive voz para responder e continuei a encará-lo.

— Sim — concluiu o homem —, deve ter morrido, sem dúvida, e é isso que o leva a esmurrar minha porta. — Houve outra pausa, e então, com um tom desafiador, ele acrescentou: — Muito bem, rapaz, vou deixá-lo entrar. — E desapareceu da janela.

CAPÍTULO III
CONHEÇO MEU TIO

Houve então um grande barulho de correntes e ferrolhos e, com cuidado, a porta se abriu, fechando atrás de mim assim que entrei.

— Vá para a cozinha e não toque em nada — disse a voz. E, enquanto a pessoa que me deixara entrar se ocupava em colocar de volta as trancas na porta, tateei meu caminho até a cozinha.

O fogo trazia claridade o suficiente para me mostrar o cômodo mais vazio que imagino que meus olhos já tinham visto. Nas prateleiras havia meia dúzia de pratos; a mesa estava posta para o jantar, com uma tigela de mingau, uma colher feita de chifre e um copo de cerveja fraca. Além do que acabo de enumerar, não havia mais nada naquele enorme aposento com o teto abobadado de pedra, além de alguns baús fechados à chave, dispostos ao longo da parede, e um aparador de canto com cadeado.

Depois de passar a última corrente na porta, o homem veio juntar-se a mim. Era um ser de aparência miserável, com as costas curvadas, os ombros estreitos e um semblante pálido; sua idade poderia variar entre cinquenta e setenta anos. Seu gorro era de flanela, assim como a camisola que ele usava sobre a camisa esfarrapada, no lugar de um casaco e um sobretudo. Fazia muito tempo que ele não se barbeava; mas o que mais me angustiava – e até me assustava – era o fato de ele não tirar os olhos de mim nem tampouco olhar diretamente para meu rosto. Estava além da minha imaginação saber quem ele era, qual seu ofício ou sua origem; mas parecia-se mais com um criado velho e inútil, que se encarregara daquela enorme casa em troca de uma ninharia.

— Está com fome? — ele me perguntou, olhando para mim na altura dos joelhos. — Quer comer esse mingau?

Respondi que temia que aquele fosse seu jantar.

— Ah — respondeu —, posso passar sem ele. — No entanto, fico com a cerveja para amenizar minha tosse. — Ele bebeu metade

do copo, mantendo os olhos sobre mim enquanto bebia. E então, de repente, estendeu a mão. — Vamos ver essa carta — exclamou.

Respondi que a carta era para o sr. Balfour, e não para ele.

— E quem você pensa que eu sou? — disse ele. — Dê-me a carta do Alexander!

— Você sabe o nome de meu pai?

— Seria muito estranho se eu não soubesse — respondeu —, já que ele era meu irmão. E, por mais que você pareça não gostar de mim, da minha casa e do meu excelente mingau, sou seu tio, Davie, meu rapaz, e você é meu sobrinho. Então passe-me a carta, sente-se e encha a barriga.

Se eu fosse alguns anos mais jovem, acho que teria começado a chorar de vergonha, exaustão e desapontamento. Mas, na verdade, não encontrei palavras boas nem más para lhe responder e simplesmente entreguei a carta e comi o mingau com o menor apetite que jamais se viu em um jovem.

Enquanto isso, meu tio, curvado sobre o fogo, virou e revirou a carta em suas mãos.

— Você sabe o que há nela? — perguntou ele, subitamente.

— Pode ver por si mesmo, meu senhor — respondi —, que o selo não foi quebrado.

— Sim — disse ele. — Mas por que veio até aqui?

— Para entregar-lhe a carta — disse eu.

— Não foi por isso — observou ele, com muita astúcia. — Mas sem dúvida você tinha certas esperanças, não é?

— Confesso, meu senhor — retruquei —, que, quando me disseram que eu tinha parentes ricos, realmente passei a nutrir esperanças de que pudessem me ajudar. Mas não sou um mendigo; não espero favores seus e não quero que me deem nada de graça. Pois, por mais pobre que eu pareça, tenho amigos que ficarão muito felizes em me ajudar.

— Ora, ora — disse o tio Ebenezer —, não fique tão nervosinho. Ainda havemos de nos arranjar. E, Davie, meu caro, se você não quer mais mingau, eu bem que poderia acabar com ele. Sim,

sim — continuou ele, depois de me ter expulsado do banquinho e pegado a colher da minha mão —, isso é que é comida boa e saudável... Isso é que é um banquete dos reis, esse mingau. — Murmurou uma espécie de oração e começou a comer. — Seu pai gostava muito de carne, lembro bem. Ele era um bom garfo, e comia bastante. Quanto a mim, eu nunca consegui comer grandes coisas, só dou umas mordiscadas aqui e ali. — Deu então um gole na cerveja, o que provavelmente deve tê-lo lembrado de seus deveres de hospitalidade, já que sua próxima fala foi algo do gênero: — Se estiver com sede, há de encontrar água atrás da porta.

Não lhe dei nenhuma resposta, permanecendo imóvel sobre meus dois pés e olhando para meu tio com raiva e arrogância. Ele, por sua vez, continuou a comer como um homem sob certa pressão de tempo, lançando rápidas olhadelas ora para meus sapatos, ora para minhas meias feitas em casa. Apenas uma única vez, quando ele se aventurou a olhar um pouco mais alto, nossos olhos se encontraram; e nenhum ladrão pego com a mão no bolso de outro homem poderia ter mostrado sinais mais vivos de angústia. Isso me fez imergir em pensamentos, refletindo se sua timidez era consequência de muito tempo longe de qualquer companhia humana e se, talvez, após um pouco de provação, ela poderia passar, transformando meu tio em um homem completamente diferente. Ainda em minhas ponderações, fui despertado por sua voz aguda.

— Seu pai morreu há muito tempo? — perguntou ele.

— Há três semanas, meu senhor — respondi-lhe.

— Ele era um homem misterioso, Alexander... Um homem misterioso e quieto — continuou ele. — Ele nunca foi de falar muito quando jovem. Chegou a dizer algo a meu respeito?

— Até o senhor me contar, nem sequer sabia que ele tinha um irmão.

— Essa é boa, essa é boa! — disse Ebenezer. — Nem tampouco falou de Shaws, imagino.

— Nem sequer mencionou tal nome, meu senhor — disse eu.

— Imagine só! — retrucou ele. — Que homem mais esquisito! — Ele parecia estranhamente satisfeito em ouvir tudo

aquilo, mas não saberia dizer se estava satisfeito consigo mesmo, ou comigo, ou com essa conduta do meu pai. Certamente, no entanto, ele parecia estar superando a aversão, ou simples má vontade, que a princípio nutrira a meu respeito; pois, em pouco tempo, deu um salto, atravessou a sala na minha direção e deu-me um tapinha no ombro. — Nós ainda vamos nos dar bem! — exclamou. — Estou muito feliz por tê-lo deixado entrar. E, agora, vá para sua cama.

Para minha surpresa, ele não acendeu nenhuma lâmpada ou vela, mas adentrou o corredor escuro e, tateando o caminho e respirando profundamente, subiu um lance de escadas e parou diante de uma porta, destrancando-a. Fui logo atrás dele, e o segui como pude, tropeçando aqui e ali. Em seguida, ele me mandou entrar, pois aquele era meu quarto. Fiz o que ele pediu, mas parei depois de alguns passos, pedindo-lhe alguma luz para ir para a cama.

— Ora, ora — disse o tio Ebenezer. — A lua está linda.

— Não há nem lua nem estrelas, meu senhor, está um breu só — respondi-lhe. — Nem consigo ver a cama.

— Ora, ora! Ora, ora... — disse ele. — Se tem uma coisa com a qual não concordo é ter luzes em uma casa. Tenho muito medo de um incêndio. Boa noite para você, Davie, meu rapaz. — E antes que eu tivesse tempo de protestar novamente, ele fechou a porta e ouvi-o trancar-me pelo lado de fora.

Eu não sabia se ria ou se chorava. O quarto era frio como um poço e a cama, quando consegui descobrir onde se encontrava, estava úmida como uma composteira. Mas, por sorte, eu tinha minha trouxa e minha manta e, enrolando-me nela, deitei-me no chão sob o abrigo da cabeceira da cama e adormeci sem demora.

Com o raiar do dia, abri meus olhos e vi-me em um enorme cômodo, forrado de couro estampado, mobiliado com móveis finos e cheios de adornos e iluminado por três belas janelas. Dez anos atrás, ou talvez vinte, ali deveria ter sido um quarto tão agradável para dormir ou acordar quanto poderia desejar qualquer homem. Mas a umidade, a sujeira, o desuso e os ratos e aranhas haviam operado seu pior desde então. Além disso,

muitas das vidraças estavam quebradas e, de fato, aquilo era algo tão comum naquela casa que acredito que meu tio, em algum momento, deva ter enfrentado algum ataque de seus indignados vizinhos – talvez com Jennet Clouston à frente deles.

Enquanto isso, o sol brilhava lá fora, e, sentindo muito frio naquele quarto miserável, bati e gritei até que meu carcereiro viesse me deixar sair. Ele me levou até os fundos da casa, onde havia um poço, e me disse para "lavar o rosto ali, se quisesse". Depois de ter me lavado, voltei da melhor forma que pude à cozinha, onde meu tio já havia acendido o fogo e estava fazendo o mingau. A mesa estava posta, com duas tigelas e duas colheres de chifre, mas com apenas a mesma quantidade de cerveja fraca. Talvez meu olhar tenha ficado imóvel sobre esse detalhe com alguma surpresa, e talvez meu tio tenha notado, já que ele começou a falar como se estivesse respondendo aos meus pensamentos, perguntando-me se eu gostaria de beber cevada – foi assim que ele a chamou.

Disse-lhe que tinha como hábito bebê-la, mas que não precisava se preocupar.

— Não, não — retrucou ele. — Não vou lhe negar nada, dentro do razoável.

Ele pegou outra xícara na prateleira e, então, para minha grande surpresa, em vez de pegar mais cerveja, verteu exatamente a metade da sua xícara para a minha. Havia uma espécie de nobreza nesse ato que me deixou sem fôlego. Se meu tio era certamente um avarento, pertencia àquela espécie meticulosa de avaro que acaba por tornar tal vício respeitável.

Terminada a refeição, meu tio Ebenezer destrancou uma gaveta e tirou dela um cachimbo de barro e um maço de tabaco, cortando um pouco do fumo antes de trancá-lo novamente. Então sentou-se ao sol diante de uma das janelas e fumou em silêncio. De vez em quando, seus olhos se voltavam para mim, e ele lançava uma de suas perguntas. Uma delas foi: — E sua mãe? — e quando eu lhe disse que ela também estava morta,

respondeu: — Ah, ela era uma moça bonita! — Então, depois de outra longa pausa: — Quem são esses seus amigos?

Disse-lhe que eram vários cavalheiros diferentes cujo nome de família era Campbell – embora, de fato, conhecesse apenas um, e ele nunca tivesse prestado muita atenção em mim. Mas eu começava a achar que meu tio estivesse menosprezando minha posição e, como estava sozinho com ele, não queria que ele me considerasse um coitado.

Ele parecia estar revirando aquela informação em sua mente e, subitamente, disse: — Davie, meu rapaz, você veio ao lugar certo ao procurar seu tio Ebenezer. Tenho muita consideração pela família e pretendo fazer o que é justo para você. Mas, enquanto penso um pouco sobre qual será a melhor colocação que eu possa lhe arranjar – se na lei, ou em algum presbitério, ou talvez no Exército, que é do que os rapazes mais gostam –, não gostaria que um Balfour fosse humilhado perante um Campbell das Terras Altas[3] e vou pedir-lhe para manter o bico calado. Nada de cartas, de mensagens, nem um pio para ninguém. Caso contrário... Eis aí a porta da rua.

— Tio Ebenezer — retruquei —, não tenho nenhuma razão para supor que não queira o meu bem. Por isso, gostaria que soubesse que tenho meu orgulho próprio. Não foi por vontade minha que vim procurá-lo e, se me mostrar uma vez mais sua porta, vou levá-lo a sério.

Ele pareceu terrivelmente desconcertado. — Ora, ora — disse ele —, calma lá, rapaz, calma lá! Dê-me um ou dois dias. Não sou nenhum feiticeiro para encontrar uma fortuna para você no fundo de uma tigela de mingau. Mas basta que me dê um ou dois dias, sem dizer nada a ninguém, e, pode ter certeza, farei o que lhe é justo.

---

3 As *Highlands* representam a maior divisão administrativa da Escócia e do Reino Unido, localizada no extremo norte da Grã-Bretanha. (N. do T.)

— Muito bem — disse eu —, não precisa dizer mais nada. Se o senhor quer me ajudar, não tenha dúvidas de que me fará muito feliz e lhe serei extremamente grato.

Pareceu-me (muito cedo, ouso dizer) que estava levando a melhor sobre meu tio; e, em seguida, disse que eu precisava arejar a cama e os lençóis, colocando-os para secar ao sol, pois nada me faria dormir daquele jeito.

— Essa casa é minha ou sua? — disse ele, com uma voz mordaz. Então, subitamente, mudou o tom. — Não, não — disse ele —, não quis dizer isso. O que é meu é seu, Davie, meu rapaz, e o que é seu é meu. A família é a coisa mais importante do mundo e não há ninguém além de você e eu que mereça nosso nome. — Em seguida, começou a divagar sobre a família e sua antiga grandeza, e sobre seu pai, que começara a ampliar a casa, e sobre ele mesmo, que deu fim às construções, um desperdício pecaminoso. E foi por isso que pensei em lhe transmitir a mensagem de Jennet Clouston.

— Aquela sirigaita! — ele gritou. — Duzentos e quinze... Esse é o número de dias desde que eu despejei aquela sirigaita! Por Deus, David, ainda vou levá-la para a fogueira! Ela há de me pagar! É uma bruxa... Nada mais que uma bruxa! Vou agora mesmo falar com o juiz eclesiástico.

E, dizendo isso, ele abriu um baú e tirou dele um casaco com colete azul muito velho e bem conservado e um chapéu bombardeiro razoável, ambos sem o estofo, que ele jogou de volta ao baú, de qualquer jeito. Depois, pegou uma bengala no armário e trancou tudo de novo, quando, prestes a sair, um pensamento o deteve.

— Não posso deixar você sozinho na casa — disse ele. — Vou ter de trancar você do lado de fora.

O sangue me subiu à cabeça. — Se você me trancar do lado de fora — disse —, será a última vez que me verá como amigo.

Ele ficou muito pálido e mordeu os lábios.

— Esse não é o caminho — disse ele, olhando atentamente para um canto do chão —, esse não é o caminho para conquistar minha confiança, David.

— Meu senhor — respondi —, com o devido respeito por sua idade e por nosso sangue em comum, sua confiança não vale para mim nenhum centavo. Fui criado para ter um bom conceito acerca de minha pessoa e, mesmo que o senhor fosse o único tio e toda a família que eu tenho nesse mundo, multiplicado por dez, não compraria sua confiança a um preço desses.

Tio Ebenezer foi até a janela e ficou olhando para fora por um tempo. Eu podia vê-lo tremendo e contorcendo-se todo, como um homem com paralisia. Mas, ao se virar, tinha um sorriso no rosto.

— Muito bem, muito bem — disse ele —, devemos ser capazes de suportar e tolerar. Não vou sair. Eis tudo o que precisa ser dito.

— Tio Ebenezer — retruquei —, não sou capaz de compreender o que se passa. O senhor me tem como um ladrão e odeia ter-me nesta casa – o que deixa muito claro a cada palavra e minuto. Não é provável que possa vir a gostar de mim e, de minha parte, falei com o senhor como jamais o fizera com nenhum outro homem. Por que quer que eu continue aqui então? Permita-me voltar para casa... Permita-me voltar para os amigos que tenho, que gostam de mim!

— Não, não, não, não — disse ele, com toda a sinceridade. — Gosto muito de você, e ainda chegaremos a um acordo. E, pela honra desta casa, eu não poderia deixá-lo sair da mesma forma que chegou. Fique aqui quietinho, meu bom rapaz. Apenas fique quietinho aqui por um tempo e descobrirá que havemos de nos dar bem.

— Muito bem, meu senhor — disse eu, depois de ter pensado no assunto em silêncio —, vou ficar mais um pouco. É mais justo que eu seja ajudado por meu próprio sangue do que por estranhos. E, caso não nos dermos bem, farei o possível para que não seja por minha culpa.

CAPÍTULO IV
CORRO GRANDE PERIGO NA CASA DE SHAWS

Para um dia que começou tão mal, até que correu tudo bem. Ao meio-dia, comemos mingau frio de novo e, à noite, o comemos quente. A dieta do meu tio consistia em mingau e cerveja fraca. Ele falava muito pouco, procedendo como antes, ou seja, lançando-me uma pergunta depois de demorados silêncios, e, quando tentei direcionar a conversa para o que seria de meu futuro, ele saiu pela tangente uma vez mais. Em uma sala perto da porta da cozinha, onde ele me deixou entrar, encontrei uma grande quantidade de livros, tanto em latim quanto em inglês, e passei toda a tarde de maneira muito agradável, na companhia deles. De fato, em tão boa companhia que as horas se passaram tão confortavelmente que eu quase começava a me reconciliar com a ideia de morar na Casa de Shaws, e apenas o olhar de meu tio – com seus olhos brincando de esconde-esconde com os meus – era capaz de reviver minha desconfiança.

Descobri algo que gerou certas dúvidas em mim. Tratava-se de uma dedicatória na folha de rosto de um livro de dísticos[4] (um dos volumes de Patrick Walker[5]), evidentemente com a caligrafia de meu próprio pai, que dizia: "Para meu irmão Ebenezer, em seu quinto aniversário". Agora, o que me deixou perplexo foi outra coisa: como meu pai era, naturalmente, o irmão mais novo, ou ele havia cometido algum estranho erro, ou já escrevia antes dos cinco anos de idade, com uma caligrafia excelente, clara e madura.

Tentei tirar esses pensamentos da cabeça, mas, embora eu tivesse folheado livros de muitos autores interessantes, antigos e contemporâneos, de história, poesia e contos, a impressão que

---

4 Estrofe composta por dois versos, que geralmente rimam e comportam uma ideia fechada. (N. do T.)
5 Patrick Walker (1666-1745) foi um poeta escocês pouco conhecido, mas que inspirou parte da obra do dramaturgo Sir Walter Scott (1771-1832). (N. do T.)

a escrita de meu pai causara em mim me dominava. E, quando finalmente voltei para a cozinha e sentei-me mais uma vez para o mingau e a cerveja fraca, a primeira coisa que fiz foi perguntar ao meu tio Ebenezer se meu pai tinha sido bom nos estudos.

— Alexander? Que nada! — foi sua resposta. — Eu era muito mais inteligente do que ele. Eu era um garotinho muito astuto quando pequeno. Aprendi a ler junto com ele.

Isso me intrigou ainda mais; tive uma ideia e perguntei se ele e meu pai eram gêmeos.

Ao ouvir minha pergunta, meu tio saltou de seu banquinho e sua colher de chifre caiu no chão. — Que pergunta é essa? — disse ele, agarrando a lapela de meu casaco e, desta vez, encarando-me fixamente. Seus olhos pareceram-me pequenos e brilhantes – como os olhos de um pássaro – e piscavam sem parar, de uma maneira estranha.

— O que está fazendo? — perguntei-lhe com muita calma, porque eu era muito mais forte do que ele e não me assustava facilmente. — Tire as mãos do meu casaco. Isso não é jeito de se comportar.

Meu tio parecia fazer um grande esforço para se controlar. — David, meu caro rapaz — disse ele —, você não deve me falar nada sobre seu pai. Eis aí o erro. — Sentou-se por um tempo, tremendo e piscando forte, olhando para o prato. — Ele foi o único irmão que eu já tive — acrescentou, mas sem nenhuma emoção na voz, e então pegou a colher do chão e voltou a comer, ainda tremendo.

Essa última passagem, com ele colocando as mãos em mim e declarando subitamente seu afeto por meu falecido pai, foram tão além da minha compreensão que me causaram medo e esperança ao mesmo tempo. Por um lado, comecei a pensar que talvez meu tio fosse louco e pudesse ser perigoso e, por outro lado, veio à minha mente (de forma espontânea e até mesmo rejeitada por mim) uma história semelhante a uma canção que eu ouvira o povo cantar, cuja letra falava de um menino pobre, herdeiro legítimo de um parente desalmado que tentava ficar com aquilo que era seu. Mas por que meu tio desempenharia esse papel com

um parente que batera à sua porta quase como um mendigo, a menos que houvesse algum motivo em seu coração para temê-lo?

    Com essa ideia infundada, mas, ainda assim, fixa em minha mente, comecei a imitar os olhares furtivos do meu tio, de modo que nos sentávamos à mesa como gato e rato, um a espreitar o outro. Ele não me disse mais nenhuma palavra, seja boa ou ruim, pois estava ocupado revirando algum pensamento secreto em sua cabeça e, quanto mais ficávamos sentados e mais eu o observava, mais certeza tinha de que esse tal segredo ia contra mim.

    Quando terminou o prato, pegou uma porção de fumo, como fizera de manhã, levou um banquinho até o canto da lareira e ficou por um tempo fumando sentado, virado de costas para mim.

    — Davie — disse ele, por fim —, estive pensando... — Fez então uma pausa e voltou a falar. — Há uma pequena quantidade de dinheiro que havia lhe prometido antes mesmo de você nascer... Bem, prometi ao seu pai. Ah, nada legalizado, sabe como é, apenas um acordo de cavalheiros, enquanto bebíamos vinho. Bom, eu guardei esse punhado de dinheiro... Com muito esforço, mas promessa é promessa... E esse dinheiro já deve ter rendido até precisamente... Exatamente... — nesse instante, ele fez uma pausa e começou a gaguejar — Exatamente quarenta libras! — Essa última frase foi dita lançando-me um olhar de soslaio por cima do ombro, e então ele acrescentou, quase gritando: — Libras escocesas!

    Como uma libra escocesa tem praticamente o mesmo valor de um xelim inglês, a diferença por ele indicada era considerável. Além disso, pude entender que toda aquela história não passava de uma mentira, inventada com algum propósito que eu não era capaz de adivinhar, e não me esforcei para esconder o tom zombeteiro com que lhe respondi:

    — Ah, pense bem, meu senhor! Acredito se tratar de libras esterlinas!

    — Foi o que eu disse — respondeu meu tio. — Libras esterlinas! E se você me fizer o favor de sair por um minuto para

ver como está a noite, vou pegar o dinheiro para você e já o chamo de volta.

Atendi ao seu desejo, sorrindo para mim mesmo, por puro desdém, ao imaginar que ele pensasse poder me enganar com tanta facilidade. Fazia uma noite escura, com algumas estrelas quase sem brilho, e eu mal havia transposto a soleira da porta quando ouvi o gemido do vento ao longe, entre as montanhas. Disse a mim mesmo que havia algo de tempestuoso e inconstante no tempo, sem ter a mínima suspeita da grande importância que aquilo teria para mim antes mesmo que a noite terminasse.

Quando meu tio me chamou de volta para dentro, colocou em minha mão trinta e sete guinéus de ouro. Ainda mantinha algumas pequenas moedas de ouro e prata consigo, mas deixou-se levar pelo ímpeto e recolheu aqueles trocados no próprio bolso.

— Que isso seja suficiente para lhe mostrar quem sou! — disse ele. — Sou um homem estranho e extravagante com estranhos. Mas sou um homem de palavra, e eis aí a prova.

Meu tio me parecera tão avarento que, naquele momento, fiquei pasmo com sua repentina demonstração de generosidade, e não encontrei palavras para agradecê-lo.

— Não diga nada! — exclamou ele. — Nada de agradecimentos, não quero que me agradeça. Estou cumprindo com meu dever. Não estou dizendo que todos teriam feito o mesmo, mas, de minha parte, embora eu seja um indivíduo muito parcimonioso, sinto grande satisfação em fazer o que é certo com o filho de meu irmão, e também me dá prazer em pensar que, a partir de agora, vamos nos entender como dois amigos próximos devem fazê-lo.

Em resposta a suas palavras, falei com ele da maneira mais gentil que pude; mas o tempo todo eu me perguntava o que aconteceria a seguir e por que meu tio havia se separado de seus preciosos guinéus, já que os motivos que ele me dera seriam refutados até mesmo por uma criança.

Depois de um tempo, ele me olhou de soslaio.

— Veja bem — disse, então —, olho por olho.

Respondi-lhe que estava disposto a mostrar minha gratidão de qualquer maneira que fosse razoável e, então, esperei, imaginando algum pedido monstruoso. No entanto, quando ele finalmente criou coragem para falar, simplesmente disse (o que me pareceu muito apropriado) que estava ficando velho e doente e que esperava que eu o ajudasse nas tarefas domésticas e com o pequeno jardim.

Respondi-lhe expressando minha vontade de servi-lo.

— Bom, vamos começar então — disse ele, tirando uma chave enferrujada do bolso. — Esta aqui é... — continuou — É a chave para a escadaria da torre nos fundos da casa. Você só pode alcançá-la pelo lado de fora, porque essa parte da casa não está terminada. Entre lá, suba as escadas e traga-me o baú que está no alto. Há alguns papéis nele — acrescentou.

— Posso levar alguma luz, meu senhor? — perguntei.

— Não — disse ele, incisivo. — Nada de luzes na minha casa.

— Muito bem, meu senhor — retruquei. — As escadas estão em boas condições?

— São largas o bastante — ele respondeu e, quando eu estava saindo, acrescentou: — Mantenha-se próximo da parede, pois não há guarda-corpo. Mas os degraus são largos.

Saí, no meio da noite. O vento continuava a uivar ao longe, embora nem mesmo uma brisa chegasse à Casa de Shaws. Estava mais escuro do que nunca e me sentia reconfortado ao tatear a parede, até que, por fim, alcancei a porta da escadaria da torre, no limite da ala inacabada da casa. Já havia colocado a chave na fechadura e tinha acabado de girá-la quando, subitamente, sem nenhum ruído de vento ou de trovão, todo o céu se iluminou como em um incêndio florestal e ficou preto novamente. Tive de tapar os olhos com a mão para me habituar de novo às trevas da noite e vi-me obrigado a entrar na torre meio às cegas.

Estava tão escuro lá dentro que parecia quase impossível encontrar o que quer que fosse; mas estendi minhas mãos e pés e então toquei a parede com uma mão e o degrau inferior da escada com um pé. A parede, ao toque, era de excelente pedra

lavrada; os degraus, embora um tanto íngremes e estreitos, eram de alvenaria, regulares e sólidos. Lembrando-me do aviso de meu tio sobre a falta de grades, mantive-me perto da parede e tateei meu caminho no escuro com o coração batendo forte.

A Casa de Shaws tinha cinco andares, sem contar o sótão. À medida que avançava, parecia-me que a escada se tornava mais arejada e um pouco mais clara, e eu me perguntava qual poderia ser a causa dessa mudança, quando o clarão de um segundo relâmpago de verão surgiu e se foi. Se não cheguei a gritar, foi porque o medo fez com que minha voz falhasse; e se não caí escada abaixo, foi mais por graça dos céus do que por minhas próprias forças. O clarão, que reluziu em todas as frestas da parede, não só me mostrou que eu estava escalando uma espécie de andaime aberto, mas também que os degraus eram desiguais e que meus pés estavam, naquele instante, a cinco centímetros do abismo.

"Então era essa a larga escadaria!", refleti e, com o pensamento, uma espécie de raiva invadiu meu coração. Meu tio provavelmente havia me mandado até ali para me fazer correr grande perigo, talvez até mesmo para me matar. Jurei que poria em pratos limpos esse "talvez", mesmo que tivesse de quebrar o pescoço para isso. Joguei-me no chão e, rastejando, lento como um caracol, sentindo cada centímetro do chão e testando a solidez de cada pedra, continuei a subir as escadas. A escuridão, em contraste com o clarão do relâmpago, parecia ter se tornado ainda mais densa, o que, no entanto, não era tudo, já que, além disso, meus ouvidos estavam confusos, e minha mente agitada, por uma grande revoada de morcegos na parte mais alta da torre. Ainda pior: aqueles animais horríveis, ao voarem mais baixo, por vezes acertavam meu rosto e meu corpo com suas asas.

A torre – deveria ter dito antes – era quadrada e, em cada canto, os degraus eram formados por uma grande pedra de formato diferente, para unir os lances. Eu já havia chegado a uma dessas junções quando, tateando à minha frente, como vinha fazendo, minha mão escorregou por uma borda, sem encontrar nada além do vazio do outro lado. As escadas não iam até o alto,

e enviar alguém que não conhecia aquela escadaria no escuro era mandá-lo diretamente para a morte, e, embora eu estivesse seguro, graças ao raio e às minhas próprias precauções, o mero pensamento do perigo que poderia ter corrido e da altura assustadora da qual poderia ter caído fez meu corpo todo suar e enfraqueceu minhas juntas.

Mas agora, sabendo o que precisava saber, virei-me e tateei pelo caminho de volta, com o coração tomado pela raiva. No meio da descida, surgiu uma rajada de vento que sacudiu a torre, seguida pela chuva, e, antes que eu chegasse ao pé da escadaria, já caía um aguaceiro. Coloquei minha cabeça para fora, em meio à tempestade, e olhei para os lados da cozinha. A porta, que eu havia fechado ao sair, estava então aberta, deixando escapar uma luz fraca, e pensei vislumbrar a figura de um homem, parado na chuva, imóvel, como se estivesse à espreita. E, no mesmo instante, um clarão ofuscante de relâmpago brilhou – mostrando-me claramente meu tio, no lugar exato onde eu o imaginara parado – e, seguindo o clarão, ouviu-se um forte estrondo de trovão.

Agora, se meu tio acreditou que aquele estrondo era o som da minha queda ou se acreditou ter ouvido a voz de Deus denunciando seu assassinato, deixo que você adivinhe. A verdade é que, pelo menos, uma espécie de pânico o dominara, e ele correu em direção ao interior da casa, deixando a porta aberta. Eu o segui o mais silenciosamente que pude e, entrando na cozinha sem ser ouvido, parei e me pus a observá-lo.

Ele teve tempo de abrir o aparador do canto e tirar de dentro dele uma grande garrafa de aguardente e já se encontrava sentado à mesa, de costas para mim. De tempos em tempos, um estremecimento mortal percorria seu corpo, ele gemia em voz alta e, levando a garrafa aos lábios, tomava um grande gole daquela bebida.

Avancei até ficar atrás dele e, subitamente, enterrei minhas duas mãos em seus ombros, exclamando: — Ah!

Meu tio soltou uma espécie de grito ofegante, como o balido de uma ovelha, ergueu os braços e caiu no chão como se estivesse morto. Isso me impressionou um pouco, mas, antes de tudo, eu tinha de pensar em mim mesmo e não hesitei em deixá-lo onde havia caído. As chaves estavam penduradas no aparador, e eu tinha o firme propósito de pôr as mãos em alguma arma antes que meu tio recuperasse os sentidos e tivesse forças de tramar alguma nova maldade. No aparador, havia alguns frascos, aparentemente de remédio, um grande número de recibos e outros papéis – que eu teria examinado com prazer se tivesse tempo – e alguns artigos de uso comum, que não serviam ao meu propósito. Então fui procurar nos baús. O primeiro estava cheio de comida; o segundo, de dinheiro e de documentos, amarrados em fardos; no terceiro, junto com muitas outras coisas – na maioria, roupas –, encontrei uma adaga escocesa feia e enferrujada, sem a bainha. Escondi-a sob o casaco e virei-me para meu tio.

De qualquer forma, ele continuava exatamente como havia caído, com um joelho para cima e um braço estendido; seu rosto tinha uma estranha coloração azulada, e ele parecia ter parado de respirar. Fui tomado pelo medo de que ele estivesse morto; então fui buscar água e joguei-a em seu rosto, o que fez com que ele começasse a voltar a si pouco a pouco, movendo seus lábios e as pálpebras. Por fim, abriu os olhos e fitou-me, e havia nele uma expressão de terror que não era deste mundo.

— Vamos, vamos — eu disse —, sente-se.

— Você está vivo? — retrucou ele, entre soluços. — Ah, meu rapaz, está vivo?

— Estou vivo — respondi-lhe. — Mas não graças a você.

Ele começava a lutar para recuperar o fôlego, soltando suspiros profundos. — O frasco azul — disse — no aparador... O frasco azul! — Sua respiração ficou ainda mais lenta.

Corri até o aparador e, certamente, encontrei o frasco azul de remédio, com a dosagem escrita em um pedaço de papel, e administrei-lhe o medicamento o mais rápido que pude.

— É a minha doença — disse ele, animando-se um pouco. — Estou doente, Davie. É o meu coração.

Sentei-o em uma cadeira e olhei para ele. É verdade que senti uma certa pena daquele homem que parecia tão doente, mas, ao mesmo tempo, estava tão dominado pela raiva, completamente justificada, que comecei a enumerar os pontos sobre os quais eu precisava de explicação: por que razão ele havia mentido para mim, por que tinha medo de que eu o abandonasse, por que não havia gostado do fato de eu ter sugerido que ele e meu pai fossem gêmeos. — É porque é verdade? — perguntei-lhe. Também queria saber o motivo de ele ter me dado dinheiro – ao qual eu estava convencido de que não tinha direito – e, por fim, por que ele havia tentado me matar. Ouviu-me em silêncio e então, com a voz embargada, implorou-me que o deixasse ir para a cama.

— Vou explicar-lhe tudo pela manhã — disse —, pode estar tão certo disso quanto da morte.

Via-o tão fraco que não pude deixar de consentir. No entanto, tranquei-o em seu quarto e coloquei a chave no bolso. Então, voltando para a cozinha, acendi um fogo como não havia há muitos anos naquela casa e, enrolando-me no meu cobertor, deitei-me em cima dos baús e adormeci.

CAPÍTULO V
VOU PARA QUEENSFERRY

Choveu muito naquela noite e, na manhã seguinte, um forte vento noroeste surgiu, levando para longe as nuvens que ainda restavam. Por isso, antes que o sol começasse a nascer e a última estrela se apagasse no céu, fui até o riacho e mergulhei em uma lagoa profunda das redondezas. Revigorado pelo banho, sentei-me novamente junto ao fogo, que voltei a alimentar, e comecei a considerar com seriedade minha situação.

Já não tinha a menor dúvida quanto à inimizade de meu tio; não havia dúvidas de que minha vida dependeria apenas de mim e que ele continuaria a fazer de tudo para me destruir. Mas eu era jovem e espirituoso e, como tantos rapazes criados no campo, superestimava minha astúcia. Havia chegado à porta

da casa de meu tio como praticamente um mendigo e pouco mais velho do que uma criança; ele me recebera com traições e violência. Assim, seria uma bela conclusão para tudo aquilo se conseguisse dominá-lo e conduzi-lo como um cordeirinho.

Lá fiquei eu sentado, cuidando de meu joelho e sorrindo para mim mesmo, imaginando-me revelando seus segredos, um após o outro, e tornando-me rei e senhor daquele homem. Diziam que a feiticeira de Essendean havia produzido um espelho em que os homens podiam ler seu futuro. Deveria ter sido feito de um material bastante diferente do carvão em brasa, já que em todas as formas e figuras que via naquele fogo não havia nenhum navio, nenhum marinheiro com chapéu peludo, nenhum grande porrete para minha cabeça tola, nem tampouco o menor sinal de todas as tribulações que estavam para acontecer comigo.

Então, todo cheio de mim, subi para libertar meu prisioneiro. Muito educadamente, ele me deu bom-dia, e eu, por minha vez, fiz o mesmo, cumprimentando-o com um sorriso e olhando-o do alto de minha presunção. Logo depois, estávamos prontos para o café da manhã, como havíamos feito no dia anterior.

— Muito bem, meu senhor — disse eu, com um tom zombeteiro. — Não tem mais nada para me dizer? — Como ele não disse nenhuma palavra, continuei: — Acredito que seja hora de nos entendermos. Você me tomou por um zé-ninguém sem o mínimo de bom senso ou de coragem. Pensava que o senhor fosse um homem bom ou, pelo menos, não pior do que a maioria. Aparentemente, nós dois estávamos errados. Que razões há para o senhor ter medo de mim, para me enganar, para atentar contra a minha vida...?

Ele murmurou algo a respeito de uma piada e disse que gostava de se divertir um pouco; então, ao me ver sorrir, mudou de tom e me garantiu que esclareceria tudo assim que tomássemos o café da manhã. Eu podia ver em seu rosto que ele não tinha nenhuma mentira pronta para mim, embora certamente estivesse se esforçando para encontrar uma; e lembro que estava

prestes a dizer-lhe tal coisa quando fomos interrompidos por uma batida à porta.

Pedi a meu tio que permanecesse sentado em seu lugar e fui abrir, e deparei com um menino vestido de marinheiro. Assim que me viu, começou a executar uma dança de fole marinha (algo de que eu nunca tinha ouvido falar, muito menos visto), estalando os dedos e esticando as pernas com extrema agilidade. Ele estava, no entanto, azul de frio, e seu semblante, algo entre o choro e o riso, era bastante patético e não condizia com a alegria de seus movimentos.

— O que há de bom, meu caro? — disse ele, com uma voz exausta.

Perguntei-lhe com toda a seriedade o que ele queria.

— Ah, com prazer! — respondeu ele, e começou a cantar:

Porque o prazer é meu, nesta noite clara
Em plena temporada.

— Bem — disse-lhe eu —, se não quer nada, fecho a porta, mesmo que seja falta de educação.

— Espere, irmão! — ele exclamou. — Você não gosta de diversão? Ou quer que eu leve uma surra? Tenho uma carta do velho Heasyoasy para o sr. Belflower. — E, dizendo isso, estendeu-me uma carta. — E também digo, camarada — adicionou —, que estou morrendo de fome.

— Muito bem — retruquei —, entre em casa e vou lhe dar algo para comer, mesmo que acabe sem nada.

Dito isso, deixei-o entrar e sentei-me em meu lugar, e ele se lançou sobre os restos do café da manhã, piscando para mim e fazendo caretas, o que imagino parecia muito viril para a pobre criatura. Enquanto isso, meu tio leu a carta e ficou pensativo; então, de repente, levantou-se com um ar de vivacidade e me puxou de lado para o canto mais distante da sala.

— Leia isto — disse ele, e colocou a carta na minha mão.

Eis o conteúdo que li:

"Estalagem Hawes, Queensferry.

Caro senhor, cá estou eu, ancorado, com minhas amarras balançando para cima e para baixo, e envio meu grumete para informá-lo. Se tiverem mais ordens para enviar ao estrangeiro, hoje é o último prazo, pois o vento está favorável para sairmos do estuário. Não vou tentar lhe esconder que tive um desentendimento com seu agente, o sr. Rankeillor, então, se não deixar tudo acertado logo, há de sofrer perdas. Elaborei-lhe então uma nota promissória por conta. Seu servo mais obediente e humilde,

Elias Hoseason"

— Veja bem, Davie — retomou meu tio, ao ver que eu havia terminado de ler —, tenho negócios com esse tal Hoseason, capitão de um brigue mercante, o Covenant, da cidade de Dysart. Se você e eu acompanharmos esse menino, eu poderia ver o capitão na estalagem, ou talvez a bordo do Covenant, e verificar se há algum documento para assinar. E então, sem perda de tempo, poderíamos visitar o advogado, o sr. Rankeillor. Depois de tudo o que aconteceu, suponho que você não esteja disposto a aceitar minha palavra; mas você não há de duvidar do sr. Rankeillor. Ele administra os bens de metade dos senhores dessa região; é um homem velho, muito respeitado, e conheceu seu pai.

Fiquei pensativo por um tempo. Estava a ponto de me dirigir a um lugar de tráfego marítimo, sem dúvida muito populoso, onde meu tio não haveria de tentar nenhuma violência contra mim; além disso, em todo caso, a companhia do grumete era uma segurança. Chegando lá, esperava poder obrigar meu tio a visitar o tal advogado, mesmo que ele não tivesse feito tal promessa com sinceridade, e talvez, no fundo do coração, eu desejasse ver o mar e os navios mais de perto. Você deve ter em mente que eu havia passado toda a minha vida nas montanhas do interior e que fazia apenas dois dias que eu vira pela primeira vez o estuário – que se estendia como um tapete azul – e os veleiros que se moviam nele, não maiores do que brinquedos. Todas essas razões juntas me levaram à minha decisão.

— Muito bem — disse eu —, vamos ao cais.

Meu tio vestiu o chapéu e o paletó, embolsou um cutelo velho e enferrujado, apagamos o fogo, fechamos a porta e começamos a caminhar.

O vento, que nessa região fria soprava do noroeste, atingia-nos em cheio no rosto à medida que avançávamos. Era o mês de junho, a grama estava toda branca, repleta de margaridas, e as árvores já haviam florescido; mas, pelo azul de nossas unhas e pela dor em nossos pulsos, qualquer um teria acreditado que estávamos em pleno inverno e que aquela brancura era uma geada de dezembro.

Tio Ebenezer caminhava com dificuldade pela estrada, vagando de um lado para o outro, como um velho fazendeiro voltando do trabalho. Ele não disse uma única palavra durante todo o caminho, então eu tive de me entreter conversando com o grumete. Ele me disse que seu nome era Ransome e que velejava desde os nove anos; mas que não sabia mais quantos anos tinha, porque havia perdido a conta. Mostrou-me suas tatuagens, expondo o peito ao vento gelado, apesar de meus protestos, pois pensara que aquilo seria o suficiente para matá-lo; xingou terrivelmente ao contar suas memórias, mas o fez mais como um estudante tolo do que como um homem, e se gabou de ter cometido muitos ultrajes e maldades: roubos dissimulados, falsas acusações, e até mesmo assassinatos; mas tudo isso com detalhes tão inverossímeis, e com uma presunção tão extravagante em sua narração, que estava mais propenso a sentir pena dele do que a acreditar em suas palavras.

Perguntei-lhe sobre o brigue (que, segundo ele, era o melhor navio para navegar naquelas águas) e sobre o capitão Hoseason, em cujos elogios ele foi igualmente exagerado. Heasyoasy (como ele continuava a chamar o capitão) era um homem que, segundo o relato do menino, não se importava com nada, seja no céu ou na terra; um sujeito que, como se dizia, "era capaz de zarpar no dia do juízo final", rude, violento, sem escrúpulos e brutal, qualidades que o pobre grumete passou a admirar como próprias a marinheiros e homens com pelos no peito. Ele apenas reconhecia uma falha em seu ídolo. — Ele não é um bom marinheiro — admitiu. — É o sr. Shuan quem comanda o brigue. Ele seria o melhor velejador do mundo se não fosse a bebida. Estou lhe dizendo isso porque tenho motivos, olhe — e, abaixando uma de suas meias, ele me mostrou uma grande ferida aberta que me fez gelar o sangue —, foi ele, o sr. Shuan, quem fez isso comigo — acrescentou, com um ar de orgulho.

— O quê? — exclamei. — E você tolera um tratamento tão selvagem? Você não é um escravo para ser tratado dessa maneira!

— Não — disse o pobre idiota, mudando imediatamente de tom —, e ele há de saber disso. Veja só isso aqui — e me mostrou uma faca grande, que me disse ter roubado. — Vamos só ver quando ele tentar novamente! Basta ousar fazer isso de novo e vou lhe dar o que ele merece! Ah, ele não será o primeiro a cair! — E ratificou o que dizia com uma blasfêmia infeliz, chula e ignorante.

Nunca nesse mundo senti tanta compaixão por alguém quanto por aquela criatura meio apatetada e estava começando a pensar que o brigue Covenant[6] (apesar de seu nome pio) era pouco mais que um inferno flutuante.

— Você não tem amigos? — perguntei-lhe.

Ele me respondeu que seu pai morava em algum porto inglês, cujo nome não me lembro no momento.

— Ele também era um homem e tanto — disse —, mas está morto agora.

— Por Deus! — exclamei —, você não seria capaz de encontrar uma maneira mais honesta de viver em terra firme?

— Ah, não! — respondeu ele, piscando para mim, parecendo muito malicioso. — Eles gostariam de me colocar para trabalhar em algum comércio, mas não sou burro o suficiente para aceitar esse tipo de coisa!

---

6 O termo *covenant*, em inglês, significa "aliança com Deus". (N. do T.)

Perguntei-lhe que trabalho poderia ser tão terrível quanto o dele, em que sua vida corria perigo constante, não só por causa do vento e do mar, mas também da horrível crueldade daqueles que eram seus mestres. Ele me disse que era bem verdade; mas, então, começou a elogiar aquela vida e a dizer que era um prazer andar em terra com dinheiro no bolso e gastá-lo como um homem, e comprar maças, pavonear-se e surpreender o que ele chamava de meninos da terra. — E, além disso, minha vida não é tão ruim — acrescentou. — Há quem esteja muito pior do que eu, como os "vinte libras". Puxa vida! Você precisava vê-los. Eu vi um homem tão velho quanto você (para o grumete, eu já era um velho), com barba, ainda por cima, que, assim que saiu do rio e a bebida baixou... Meu Deus, como ele chorou, que escândalo! Eu zombei dele até não poder mais, pode ter certeza! E tem os pequeninos também... Pequenos comparados comigo! Eu os mantenho sob controle. Quando levamos os pequeninos, eu não tenho paciência e acabo lhes dando umas bofetadas. — E continuou a falar sem parar, até eu entender que os "vinte libras" eram os criminosos infelizes que eram enviados para a América como escravos ou, ainda mais infelizes, os inocentes que eram sequestrados ou "enganados" (como se costuma dizer) por vingança ou para que alguém lucrasse à custa deles.

A essa altura, já estávamos no topo da colina e víamos Queensferry e Hope[7] lá embaixo. O estuário de Forth, como todos sabem, estreita-se nesse ponto até se assemelhar a um rio caudaloso, oferecendo um ancoradouro bastante conveniente para as balsas rumo ao norte, e um porto seguro para todo tipo de embarcações. Bem no centro do estreitamento existe uma ilhota com algumas ruínas e, na margem sul, construíram um píer para o serviço de balsas. No extremo desse píer, do outro lado da estrada, cercado por um lindo jardim de azevinhos e espinheiros-brancos, pude distinguir o que chamavam de Estalagem Hawes.

---

[7] St. Margaret's Hope, ou simplesmente Hope, é um povoado nas Ilhas Órcades, na costa norte da Escócia. (N. do T.)

A cidade de Queensferry ficava mais a oeste, e a área ao redor da estalagem estava bastante vazia àquela hora do dia, pois a balsa de passageiros acabara de partir para o norte. Um esquife, porém, estava atracado ao lado do cais, com alguns marinheiros dormindo nos bancos dos remadores; aquele barco, Ransome me disse, era o tal brigue, que estava esperando pelo capitão e, a cerca de um quilômetro de distância, sozinho no ancoradouro, ele me indicou o Covenant. A bordo havia muito movimento. Estavam içando as vergas e, como o vento soprava em nossa direção, pude ouvir as canções dos marinheiros puxando o cordame. Depois de tudo o que ouvira pelo caminho, olhei para aquele navio com extrema repugnância e, no fundo do meu coração, tive pena de todas aquelas pobres criaturas condenadas a navegar nele.

Nós três já havíamos atravessado o cimo da montanha, e agora que caminhávamos pela estrada, voltei-me para meu tio e disse-lhe: — Acho que devo lhe dizer, meu senhor, que não me deixaria ser levado a bordo do Covenant por nada neste mundo.

Ele pareceu acordar de um sonho. — O quê? — disse, então. — O que disse?

Repeti o que tinha dito.

— Muito bem, muito bem — respondeu ele. — Imagino que tenhamos de fazer o que lhe agrada. Mas o que estamos fazendo parados aqui? Está um frio de rachar e, se não me engano, o Covenant já está sendo preparado para zarpar.

CAPÍTULO VI
O QUE ACONTECEU EM QUEENSFERRY

Assim que chegamos à estalagem, Ransome nos conduziu escada acima até um pequeno quarto com uma cama, aquecido como uma fornalha por um grande fogão a carvão. Sentado à mesa e quase colado ao fogão, via-se um homem alto, moreno e sério escrevendo. Apesar do calor da sala, ele usava um grosso casaco de marinheiro abotoado até o pescoço e um gorro alto puxado até as orelhas. Nunca tinha visto um homem, nem mesmo um juiz em seu posto, que parecesse mais indiferente, meditativo e seguro de si do que aquele capitão de navio.

Ele pôs-se de pé imediatamente e, dando um passo à frente, estendeu sua mão larga a Ebenezer. — Estou muito honrado em vê-lo, sr. Balfour — disse ele com uma agradável voz de barítono —, e estou feliz que tenha chegado na hora. O vento nos é favorável e a maré começa a mudar; havemos de ver a velha fornalha a carvão diante da Ilha de May antes do anoitecer.

— Capitão Hoseason — respondeu meu tio —, o senhor mantém esse quarto quente demais.

— É um hábito que adquiri, sr. Balfour — disse o capitão. — Sou um homem frio por natureza, tenho o frio preso em meu corpo, senhor. Não há pele nem flanela, nada mesmo, senhor, nem mesmo rum quente, que possa aumentar o que chamam de minha temperatura. Senhor, isso é o que acontece com a maioria de nós que fomos, como dizem, carbonizados nos mares tropicais.

— Muito bem, muito bem, capitão — respondeu meu tio —, cada um deve saber como foi feito.

De fato, essa extravagância do capitão contribuiu muito para meus infortúnios. Bom, embora eu tivesse prometido a mim mesmo que não perderia meu parente de vista, encontrava-me tão impaciente para ver o mar de perto e o calor no interior daquele cômodo me incomodava tanto que, quando ele me disse "Vá lá embaixo e deixe-nos a sós por um tempo", eu fui tolo o suficiente para não desconfiar de nada.

Então me afastei, deixando os dois homens sentados em volta de uma garrafa e uma grande pilha de papéis, e, atravessando a rua em frente à estalagem, desci até a praia. Com o vento soprando naquela direção, apenas pequenas ondas chegavam à costa, não muito maiores do que as que eu tinha visto em um lago. Mas as algas marinhas eram algo novo para mim – algumas verdes, outras, marrons e extensas, e algumas com pequenas bolinhas que estouravam entre meus dedos. Mesmo tão longe do estuário, o cheiro da água do mar era extremamente salgado e excitante; além disso, o Covenant começava a levantar as velas, que pendiam das vergas aos punhados, e a animação de tudo aquilo que eu contemplava criava em minha mente viagens a lugares distantes e países estranhos.

Reparei também nos marinheiros no bote, sujeitos corpulentos e morenos, uns de camiseta, outros de casaco, alguns com lenços coloridos no pescoço, um deles com um par de pistolas nos bolsos, dois ou três com porretes, e todos com suas facas embainhadas. Passei algum tempo com aquele que parecia o menos temível de todos e perguntei-lhe quando o brigue deveria partir. Ele me disse que zarpariam assim que a maré baixasse e mostrou-se muito alegre por se afastar daquele porto, onde não havia tabernas nem música; mas disse tudo aquilo com blasfêmias tão horríveis que não demorei a me afastar dele.

E acabei voltando a falar com Ransome, que me parecia o menos perverso de toda aquela tropa e que, assim que saiu da estalagem, correu em minha direção, pedindo-me que lhe comprasse uma caneca de ponche. Disse-lhe que não faria tal coisa, porque nem ele nem eu tínhamos idade para tais excessos. — Mas você pode tomar um copo de cerveja e agradecer-me por tê-la comprado para você — disse-lhe então. Ele fez uma cara amuada e me chamou de tudo quanto é nome, mas se contentou com a cerveja, por falta de outra coisa. E logo nos sentamos a uma mesa na taberna da estalagem, comendo e bebendo com vontade.

Enquanto lá estava, ocorreu-me que, sendo o estalajadeiro daquela região, faria bem em ganhar sua amizade, e convidei-o a tomar um trago, como era costume naqueles dias. Mas ele se mostrou um homem importante demais para se sentar com clientes miseráveis como Ransome e eu, e estava prestes a sair quando o chamei para perguntar-lhe se conhecia o sr. Rankeillor.

— Claro que sim! — ele respondeu. — É um homem muito honesto e, a propósito — acrescentou —, não foi você quem veio acompanhado de Ebenezer? — E, quando lhe disse que sim, ele me perguntou: — Você por acaso é amigo dele? — querendo dizer, à maneira escocesa, se ele era meu parente.

Respondi que não, de jeito nenhum.

— Eu pensei que sim — respondeu ele —, já que você se parece muito com o sr. Alexander.

Disse-lhe então que parecia que o sr. Ebenezer era muito malvisto naquela região.

— Sem dúvida nenhuma — respondeu o estalajadeiro. — Ele é um velho perverso e há muitos que gostariam de vê-lo pendurado em uma corda, como Jennet Clouston e muitos outros cujas casas e propriedades ele roubou. No entanto, ele também era um bom sujeito, há muito tempo. Mas isso foi antes, quando o sr. Alexander ainda estava por perto. Tudo o que aconteceu foi a morte para ele.

— E o que aconteceu? — perguntei.

— Dizem que ele matou o irmão — respondeu o estalajadeiro. — Você nunca ouviu falar disso?

— E por que ele o mataria? — voltei a perguntar.

— Ora, para ficar com o lugar! — ele respondeu.

— O lugar? — retruquei. — Com a Casa de Shaws?

— Não conheço nenhum outro lugar além desse — respondeu ele.

— É sério, meu amigo? — disse então. — Então o meu... O tal Alexander era o irmão mais velho?

— Sim, era — respondeu o estalajadeiro. — Por que mais ele o mataria?

E, sem dizer mais nada, saiu, como desejava impacientemente desde o início da conversa.

É claro que eu suspeitava de tudo isso há muito tempo; mas uma coisa é suspeitar, e outra é saber com certeza; com isso, fiquei atônito com minha boa sorte e mal pude acreditar que aquele pobre menino da floresta de Ettrich, que viera a pé em meio à poeira nem dois dias atrás, era agora um dos ricos do lugar, possuidor de uma casa e de vastos terrenos, e se acaso soubesse como fazê-lo, poderia montar seu próprio cavalo no dia seguinte. Todas essas coisas, e outras não menos agradáveis, se acumulavam em minha imaginação enquanto eu continuava sentado, olhando para a janela da estalagem, sem prestar atenção ao que via através dela. Lembro-me apenas de que meus olhos pousaram no Capitão Hoseason, que estava lá embaixo, no cais, entre seus marinheiros, falando com certa autoridade. Então ele veio em direção à casa, sem o andar desajeitado de um marinheiro, mas endireitando sua bela e esbelta figura com uma postura viril, e ainda com a mesma expressão de sobriedade e gravidade em seu semblante que eu vira anteriormente. Perguntei-me se era possível que as histórias que Ransome me contara fossem verdadeiras e continuei a desmerecê-las, pois não pareciam combinar com a aparência daquele homem. Mas, na verdade, ele não era nem tão bom quanto eu imaginava nem tão mau quanto Ransome havia dito, pois havia duas personalidades nele, e a melhor delas era deixada de lado assim que punha os pés a bordo.

Ouvi então meu tio me chamando e encontrei ambos juntos na estrada. Foi o capitão quem se dirigiu a mim, e o fez com um ar – algo muito lisonjeiro para um menino – de séria igualdade.

— Meu caro — disse ele —, o sr. Balfour me contou grandes coisas sobre você, e devo dizer que gosto de sua aparência. Eu gostaria de poder ficar aqui mais tempo para que pudéssemos nos tornar bons amigos, mas temos de aproveitar o tempo. Deve subir a bordo de meu brigue por uma meia hora, até que comece a maré baixa, e tomar uma bebida comigo.

A verdade é que minha vontade de conhecer o interior de um navio ia muito além do que as palavras podem expressar, mas, como não queria me expor a nenhum perigo, disse-lhe que meu tio e eu tínhamos um encontro marcado com um advogado.

— Sim, sim — respondeu o capitão —, ele já me disse algo a respeito. Mas o barco poderá deixá-lo em terra, no cais da cidade, e você estará então a apenas um passo da casa de Rankeillor. — E, então, ele se inclinou sobre meu ouvido e sussurrou-me: — Cuidado com essa velha raposa, ele está pensando no seu mal. Suba a bordo para que eu possa trocar umas palavras com você. — E então, pegando meu braço, continuou em voz alta enquanto caminhava para seu barco: — Mas vamos lá, diga-me o que posso trazer das Carolinas? Todos os amigos do sr. Balfour podem comandar o que quiserem. Quer um rolo de tabaco? Algum trabalho com penas dos indígenas? A pele de algum animal? Um cachimbo de pedra? Um tordo que pareça miar como um gato? Um cardeal-do-norte, que é vermelho como o sangue?... Faça sua escolha e diga-me o que prefere.

A essa altura, havíamos chegado ao barco e o capitão estava me ajudando a subir. Não pensei em resistir, porque acreditei (pobre tolo!) ter encontrado um bom amigo e protetor e estava exultante por poder ver o navio. Assim que tomamos todos os nossos lugares, o barco se separou do cais e começou a se mover na água, e, dado o prazer que o balanço produziu em mim – algo tão inédito para minha pessoa –, minha surpresa ao ver-me tão nivelado com a água, contemplando a aparência da costa, e o aumento do tamanho do brigue à medida que nos aproximávamos, mal percebi o que o capitão me dizia e acredito ter lhe respondido a esmo.

Assim que alcançamos a lateral do navio (e enquanto eu me sentava, boquiaberto com sua altura, ouvindo o bater da maré contra o costado e as vozes agradáveis dos marinheiros trabalhando), Hoseason anunciou que ele e eu seríamos os primeiros a bordo e ordenou que descessem um bote da verga principal, no qual fui erguido no ar e depositado novamente no convés, onde já me esperava o capitão, que imediatamente me ofereceu o braço. Fiquei ali algum tempo, um tanto tonto com a instabilidade de tudo que me rodeava, talvez um pouco assustado, mas imensamente feliz com a visão de tudo aquilo, tão novo para mim. Enquanto isso, o capitão indicava-me as coisas mais curiosas, dizendo-me seus nomes e usos.

— Mas onde está meu tio? — eu disse, de repente.

— Ah! — respondeu Hoseason com um inesperado olhar sinistro. — Eis a questão.

Percebi que estava perdido. Com todas as minhas forças, livrei-me de seu abraço e corri para a amurada. Era o que imaginara: o barco seguia em direção à cidade, com meu tio sentado na popa. Soltei um grito penetrante. — Socorro! Socorro! Assassino! — Meu grito foi tal que ressoou nas duas margens do ancoradouro, e meu tio virou-se em seu assento, deixando-me ver um rosto cheio de crueldade e de terror.

Essa foi a última coisa que vi. Mãos fortes já haviam me puxado da amurada, e então tive a impressão de que um raio havia me atingido: vi um grande clarão e caí sem sentidos.

CAPÍTULO VII
LANÇO-ME AO MAR NO BARCO COVENANT, DE DYSART

Voltei a mim no meio da escuridão, todo dolorido, minhas mãos e pés amarrados e ensurdecido por inúmeros ruídos que desconhecia. Pareceu-me ouvir um rugido de água, como o de um enorme moinho, o bater de ondas fortes, o estrondo de velas e os gritos estridentes dos marinheiros. O mundo inteiro subia vertiginosamente, e vertiginosamente caía de novo; e tão doente e dolorido estava meu corpo, e minha mente tão confusa, que demorei muito para recolher meus pensamentos, que escapavam para todo lado, e fui novamente atordoado por uma pontada de dor antes de me dar conta de que devia estar deitado e algemado em algum lugar no ventre daquele navio malfadado e que o vento havia se transformado em um vendaval. Com a percepção clara da situação em que me encontrava, uma sombra negra de desespero tomou conta de mim – um terrível remorso por minha imbecilidade e um acesso de raiva contra meu tio – e me fez voltar a ficar inconsciente uma vez mais.

Ao recobrar os sentidos, fui abalado e ensurdecido pelo mesmo barulho e pelos mesmos movimentos confusos e violentos, e agora, às minhas outras dores e angústias juntou-se o enjoo, que normalmente ataca os homens da terra firme no mar. Durante aqueles anos de minha juventude cheia de venturas, eu já havia passado por muitas dificuldades, mas nenhuma delas havia arruinado tanto meu corpo e meu espírito, nem jamais me senti tão desesperado quanto naquelas primeiras horas passadas a bordo do brigue.

Ouvi um tiro de canhão e presumi que a tempestade tinha sido violenta demais para nós e que estávamos pedindo socorro. A ideia de libertação, mesmo que pela morte no fundo do mar, foi bem recebida por mim. Contudo, não se tratava de nada daquilo, mas (como me contaram mais tarde) de um costume do capitão, o que mostra que mesmo o pior dos homens pode ter seu lado bom. Parece que estávamos passando a poucos quilômetros de Dysart, onde o brigue havia sido construído e onde a velha sra. Hoseason, mãe do capitão, viera morar alguns anos antes; e, tanto na partida quanto na chegada, o Covenant nunca deixava de disparar saudações e içar suas bandeiras ao passar.

Eu havia perdido a noção do tempo; dia e noite eram os mesmos naquela caverna fedorenta nas entranhas do navio onde eu me encontrava, e a miséria de minha situação tornava as horas duplamente longas. No entanto, quanto tempo fiquei ali esperando ouvir o navio quebrar em alguma rocha, ou senti-lo mergulhar de cabeça nas profundezas do mar, não sei dizer, pois não tinha meios de calculá-lo. Mas, por fim, o sono roubou-me a consciência de minhas tristezas.

Fui acordado pela luz de uma lanterna brilhando em cheio em meu rosto. Um homem pequeno, na casa dos trinta anos, com olhos verdes e um emaranhado de cabelos loiros, estava olhando para mim.

— E então? — disse-me ele. — Como anda isso?

Respondi com um soluço, e então meu visitante sentiu meu pulso, tocou minhas têmporas e começou a lavar e fazer um curativo no ferimento em minha cabeça.

— Sim — disse ele —, foi um golpe duro. E agora, meu rapaz? Trate de se animar! O mundo ainda não acabou. Você teve um mau começo, mas vai se sair bem. Deram-lhe algo para comer?

Respondi que não poderia nem sequer olhar para comida, e ele então me deu um pouco de conhaque com água em um copo de metal e me deixou de novo sozinho.

Na próxima vez em que ele veio me ver, eu estava meio dormindo, meio acordado, e meus olhos se arregalavam no escuro; ao enjoo, que me abandonara, sucedeu-se uma horrenda tontura, ainda mais insuportável. Além disso, todos os meus ossos doíam e as cordas que me prendiam pareciam feitas de fogo. O cheiro do buraco em que eu estava parecia ter se tornado parte de mim e, durante o longo intervalo desde a última visita daquele homem, fui torturado pelo medo, ora pelos ratos do navio – que, volta e meia, passavam correndo pelo meu rosto –, ora pelos pensamentos sombrios que assombram os tomados pela febre.

A luz da lanterna, ao abrir do alçapão, brilhava como o sol no céu, e embora só me permitisse ver as sólidas traves negras do navio que era minha prisão, eu poderia ter gritado de alegria. O homem de olhos verdes foi o primeiro a descer as escadas, e notei que ele se aproximava com certa hesitação. O capitão o seguia. Nenhum deles disse uma palavra; mas o primeiro começou a examinar meu ferimento e a enfaixá-lo novamente como antes, enquanto Hoseason olhava para meu rosto com uma expressão estranha e sombria.

— Agora, meu senhor — disse o primeiro —, você pode ver com seus próprios olhos: febre alta, falta de apetite, sem luz e sem comida; você mesmo há de ver o que isso significa.

— Não sou adivinho, sr. Riach — disse o capitão.

— Perdoe-me — disse Riach —, mas o senhor tem uma boa cabeça sobre os ombros e uma boa língua escocesa para fazer perguntas. De minha parte, não lhe perdoarei nenhuma desculpa. Quero que este menino seja tirado deste buraco e levado para o castelo de proa.

— O que deseja, meu senhor, não é da conta de ninguém além da sua — respondeu o capitão. — Mas vou lhe dizer o que vai acontecer: ele aqui está e aqui há de permanecer.

— Assumindo que você foi muito bem pago — respondeu o outro —, permita-me humildemente dizer que não me pagaram nada mais. Apenas recebo, e não muito, para ser o segundo imediato desta velha banheira, e você sabe perfeitamente que faço o possível para merecer meu salário. Mas não recebi mais nada para cuidar desse menino.

— Se fosse capaz de manter suas mãos longe das garrafas, sr. Riach, não teria nenhuma queixa contra o senhor — disse o capitão — e, em vez de ficar lhe dando indiretas, eu lhe diria categoricamente que é melhor você cuidar de seus próprios negócios. Precisam de nós na ponte — acrescentou com um tom grosseiro, já pondo um pé na escada.

Mas o sr. Riach agarrou-o pela manga.

— Assumo então que você foi pago para cometer assassinato... — começou a dizer.

Hoseason virou-se como um raio.

— O quê? — ele gritou. — O que está me dizendo?

— Aparentemente, esse é o único discurso que é capaz de compreender — disse Riach, olhando fixamente para o rosto dele.

— Sr. Riach, já naveguei por três vezes com o senhor — respondeu o capitão. — Depois de todo esse tempo, já deveria saber como sou, um homem duro e inflexível, mas, quanto ao que me acabou de dizer... Que lástima, que lástima... Isso é fruto de um coração mau e de uma consciência pesada. Se está dizendo que o menino vai morrer...

— É claro que ele vai morrer! — respondeu o sr. Riach.

— Muito bem, meu senhor, e isso não é o suficiente? — disse Hoseason. — Leve-o para onde quiser!

Dizendo isso, o capitão subiu as escadas, e eu, que havia permanecido em silêncio durante a estranha conversa, vi o sr. Riach virar-se para ele e curvar-se em reverência, o que era, evidentemente, uma zombaria. Apesar de meu mau estado, notei duas coisas: que o piloto estava bêbado, como o capitão havia indicado, e que – bêbado ou sóbrio – ele me pareceu alguém que poderia se tornar um amigo útil.

Cinco minutos depois, minhas amarras foram cortadas e fui colocado nos ombros de um marinheiro, que me carregou até o castelo de proa e me deixou em um beliche com alguns cobertores. Uma vez lá, a primeira coisa que fiz foi perder a consciência.

Foi realmente uma bênção abrir os olhos novamente à luz do dia e me encontrar acompanhado. O castelo de proa era um lugar bastante espaçoso, todo forrado de beliches, onde os vigias fumavam ou cochilavam, deitados. O dia estava calmo, o vento suave e a escotilha aberta, e não só entrava a bela luz do dia, mas também, de vez em quando, com o balanço do navio, um raio de sol marcado pela poeira, o que me deslumbrava e encantava. Mal me mexera e um dos homens me deu um gole de alguma poção curativa que o sr. Riach havia preparado, dizendo-me para me deitar que logo ficaria bom. — Não tem nenhum osso quebrado — explicou-me ele. — Uma pancada na cabeça não é nada, meu rapaz — disse também —, fui eu quem o golpeou.

Fiquei ali trancado como prisioneiro por muitos dias e não apenas recuperei minha saúde, mas tive a oportunidade de conhecer melhor meus companheiros. Eram pessoas rudes, sim, como a maioria dos marinheiros: homens apartados de todas as coisas boas da vida e condenados a ser arremessados juntos para todo lado em meio àqueles mares agitados, com capitães não menos cruéis. Alguns entre eles haviam navegado com piratas e visto coisas das quais seria vergonhoso até mesmo falar; outros haviam escapado dos navios do rei e tinham cabrestos em volta do pescoço – que nem sequer tentavam esconder –, e todos eles se mostravam dispostos a, como se costuma dizer, "ter dois dedos de prosa" com seus companheiros. No entanto, eu não havia nem sequer passado muitos dias trancado com eles, quando comecei a ter vergonha de meus preconceitos acerca daqueles marinheiros, quando me afastara deles no cais, como se fossem bestas imundas. Não há classe de homem que seja completamente ruim, mas cada um tem seus defeitos e suas virtudes, e esses companheiros não fugiam à regra. É verdade que eram bastante rudes e, suponho eu, maus; mas também tinham muitas virtudes. Eram gentis quando se apresentava a oportunidade, mais ingênuos do que um garoto do interior como eu e, por vezes, tinham certos repentes de honestidade.

Havia um homem, talvez de quarenta anos, que passava horas sentado ao lado do meu beliche conversando comigo sobre sua esposa e seu filho. Era um pescador que havia perdido seu barco e fora forçado a viajar pelos mares distantes. Bom, isso foi há muitos anos, mas nunca me esqueci daquele homem. Sua esposa – que era muito jovem para ele, como vivia me dizendo – esperava o marido de volta em vão, pois ele nunca mais lhe acenderia o fogo pela manhã nem cuidaria da criança quando ela estivesse doente. E, na verdade, para muitos daqueles pobres companheiros (como os fatos haveriam de mostrar), aquela seria sua última viagem: os mares distantes e os peixes canibais os engoliriam, e seria uma ingratidão falar mal dos mortos.

Entre outras coisas boas que fizeram, devolveram-me meu dinheiro, que a princípio tinham dividido entre si, e, embora tivesse sido reduzido em quase um terço, fiquei muito feliz em recuperá-lo, porque esperava que fosse muito útil para mim na terra para onde nos dirigíamos. O navio tinha como destino as Carolinas, e você pode presumir que eu não estava indo para lá apenas como exilado. O comércio já havia decaído muito naqueles tempos e, adicionado à rebelião das colônias e a formação dos Estados Unidos, acabaria de uma vez por todas. Mas, nos dias de minha juventude, homens brancos eram vendidos como escravos nas plantações, e esse era o destino a que meu perverso tio me condenara.

O grumete Ransome – por quem fiquei sabendo dessas atrocidades – vinha com frequência do tombadilho, onde dormia e servia, ora em uma angústia silenciosa, para curar algum membro machucado, ora praguejando contra a crueldade do sr. Shuan. Aquilo feria meu coração, mas os marinheiros tinham muito respeito pelo piloto-chefe, que era, como diziam, "o único marinheiro naquela casca de noz e não tão mau sujeito quando estava sóbrio". De fato, como pude observar, havia uma estranha peculiaridade em nossos dois pilotos: o sr. Riach era taciturno, mesquinho e rígido quando sóbrio, ao passo que o sr. Shuan não conseguia matar uma mosca, a menos que estivesse bêbado. Perguntei como era o capitão quando se tratava de bebida, mas disseram-me que o álcool não produzia nenhuma mudança naquele homem de ferro.

Fiz o possível, no pouco tempo que me foi concedido, para transformar aquela pobre criatura chamada Ransome em homem, ou, como seria melhor dizer, em menino. Mas, na realidade, sua mente mal poderia ser considerada humana. Ele não conseguia se lembrar de nada dos tempos antes de sua vida marítima; sabia apenas que o pai fazia relógios e que tinha na sala um estorninho capaz de assobiar a melodia de *The North Country*; tudo o mais havia sido apagado de sua memória durante aqueles anos de sofrimento e crueldade. Ele tinha uma estranha concepção da terra firme, tirada das histórias dos marinheiros: tratava-se de um lugar onde os meninos eram submetidos a uma espécie de escravidão chamada comércio e onde os aprendizes eram continuamente açoitados e trancados em prisões fedorentas. Ele acreditava que, nas cidades, uma em cada duas pessoas era criminosa e, a cada três casas, havia uma onde os marinheiros eram drogados e assassinados. Naturalmente, contei-lhe como me trataram bem naquela terra que ele tanto temia e como fui bem alimentado e educado por meus amigos e pais. Quanto ou via tais coisas logo depois de ter sido espancado, chorava cheio de rancor e jurava que havia de fugir; mas se estivesse com seu humor amalucado de sempre, ou pior, se tivesse bebido álcool no tombadilho, zombava de minhas histórias.

Era o sr. Riach (que Deus o perdoe!) quem dava de beber ao menino, e ele provavelmente tinha boas intenções, mas, além do fato de que isso arruinava sua saúde, era a coisa mais lamentável do mundo ver aquela infeliz criatura, sem pais nem amigos, cambaleando, dançando e falando sem saber o que dizia. Alguns dos homens riam, mas não todos; outros ficavam furiosos

– talvez pensando em sua própria infância ou em seus filhos – e diziam-lhe para acabar com aquele disparate e pensar no que estava fazendo. Quanto a mim, tinha vergonha de olhar para ele. E a imagem daquela pobre criança ainda me aparece em sonhos.

Você deveria saber que, durante todo esse tempo, o Covenant continuou encontrando ventos contrários e jogando para todo lado, de modo que a escotilha estava quase que constantemente fechada e o castelo de proa iluminado apenas por uma lanterna oscilante, pendurada em uma viga. Havia trabalho contínuo para todos os homens; as velas tinham de ser içadas e baixadas de hora em hora, e tamanho esforço afetava o ânimo da tripulação, resultando em resmungos e brigas de um beliche ao outro. Como eu não tinha permissão para pisar no convés, você pode ter uma ideia de como minha vida era monótona e de como eu ansiava impacientemente por uma mudança.

E uma mudança estava para acontecer, como você há de ver, mas antes devo contar-lhe sobre uma conversa que tive com o sr. Riach, que me trouxe algum encorajamento para suportar meus infortúnios. Apanhando-o certa vez no favorável estado de embriaguez – já que, na verdade, ele nunca era visto ao meu lado quando estava sóbrio –, pedi-lhe que guardasse segredo e tratei de contar-lhe toda a minha história.

Ele declarou que aquilo tudo lhe parecia uma canção triste e que faria o que pudesse para me ajudar; disse-me que me traria papel, caneta e tinta para que eu escrevesse algumas linhas ao sr. Campbell e ao sr. Rankeillor, pois – se por acaso eu estivesse lhe dizendo a verdade – ele apostaria dez contra um que eu (com a ajuda deles) sairia daquela situação e recuperaria meus direitos.

— E enquanto isso — acrescentou — não desanime. Você não é o único com problemas, pode ter certeza. Há muitos homens que estão levando tabaco para o estrangeiro e que poderiam muito bem estar cavalgando em suas próprias terras. Há muitos, inúmeros! A vida é uma mudança contínua. Veja meu caso: sou filho de um proprietário e faltava-me pouco para me tornar médico, e cá estou eu, como faz-tudo do Hoseason!

Achei educado perguntar-lhe sobre sua história.

Mas ele começou a assobiar alto.

— Nunca tive uma — respondeu. — Gosto de me divertir, e isso é tudo. — E saiu do castelo de proa.

CAPÍTULO VIII
O TOMBADILHO

Certa noite, por volta das onze horas, um dos vigias do sr. Riach, que estava na ponte, desceu para pegar seu casaco; e, instantaneamente, começou a se espalhar pelo castelo de proa o boato de que Shuan finalmente o tinha matado. Não era preciso dizer qualquer nome: todos nós sabíamos a quem ele se referia. Mas, mal tivemos tempo de formar uma ideia exata acerca do que havia acontecido, muito menos de falar a respeito, quando, subitamente, a escotilha se abriu novamente e o capitão Hoseason desceu as escadas. Com um olhar penetrante, ele vasculhou os beliches ao redor sob a luz tremeluzente da lanterna e, vindo direto até mim, surpreendeu-me ao ouvi-lo falar comigo com um tom afetuoso.

— Meu rapaz — disse-me ele —, precisamos de você no tombadilho. Você vai trocar de beliche com Ransome. Venha rapidamente para a popa comigo.

Ainda não havia terminado de falar quando dois marinheiros apareceram na escotilha, carregando Ransome nos braços. Como o navio virou violentamente naquele momento, a lanterna oscilou e sua luz recaiu sobre o rosto do menino. Estava pálido como cera e tinha uma expressão que se parecia com um sorriso hediondo. Meu sangue gelou e engasguei, como se tivesse levado um soco.

— Vamos para a popa! Venha comigo! — Hoseason gritou.

Saí correndo, esbarrando nos marinheiros e no menino, que não falava nem se movia, e corri pelas escadas do convés.

O brigue estava guinando rápida e vertiginosamente por uma onda longa e furiosa. Estava inclinando para estibordo e, à esquerda, abaixo da base arqueada do traquete, eu podia ver o sol se pondo, ainda bastante forte. Isso, àquela hora da noite, me deixou agradavelmente surpreso; mas eu era muito ignorante para intuir qualquer coisa com tal informação – pois estávamos indo rumo ao norte, contornando a Escócia em alto-mar, entre as Ilhas Órcades e Shetland, tentando evitar as perigosas correntes do estreito de Pentland. De minha parte, tendo passado tanto tempo no escuro e sem nada saber sobre ventos contrários, imaginei que estávamos pelo menos na metade do Atlântico. Na verdade, além de me assustar um pouco com o crepúsculo tardio, não estava prestando muita atenção ao que fazia nem onde estava e, tropeçando no convés e agarrando-me ao cordame, quase caí no mar, não fosse um dos homens, que sempre fora muito bom para mim.

O tombadilho, para onde me haviam designado, e onde agora eu deveria dormir e servir, ficava a cerca de dois metros acima do convés e, considerando o tamanho do brigue, era de boas dimensões. Dentro dele, havia uma mesa fixa, um banco e dois beliches, um para o capitão e outro para os dois pilotos, que o ocupavam alternadamente. Estava tomado por armários por todo canto, para guardar os pertences dos oficiais e parte das provisões do navio. Na parte de baixo, havia uma segunda despensa, acessada por uma escotilha no centro da ponte. Ali eram armazenadas as melhores comidas e bebidas e, além de toda a pólvora, também as armas de fogo, à exceção de duas peças de artilharia de bronze, que eram guardadas em uma estante na parede oposta do tombadilho. A maioria das espadas, no entanto, era mantida em outro lugar.

Uma pequena janela com venezianas de ambos os lados e uma claraboia no teto proporcionavam luz durante o dia, ao passo que uma lâmpada era acesa à noite. Estava ligada quando entrei e, embora não estivesse muito claro, foi-me o bastante para ver o sr. Shuan sentado à mesa com uma garrafa de conhaque e uma xícara de metal à sua frente. Ele era um homem alto, forte e muito moreno. Estava olhando adiante com um semblante abobalhado.

Ele não notou minha entrada, nem se mexeu quando o capitão, vindo atrás de mim, encostou-se no beliche ao meu lado e lançou um olhar maligno para o piloto. Eu tinha muito medo de Hoseason, por um bom motivo, mas algo me disse que eu não tinha nada a temer naquele momento, então sussurrei em seu ouvido: — Como ele está? — E o capitão simplesmente respondeu com um aceno da cabeça, com um ar muito sério, como quem não sabe nada nem quer pensar a respeito.

Imediatamente, entrou o sr. Riach. Lançou para o capitão um olhar que indicava, tão claramente quanto se o tivesse dito, que o menino estava morto e ocupou seu lugar com o restante de nós três, de modo que permanecemos em silêncio, os olhos fixos no sr. Shuan. Ele, por sua vez, não disse nenhuma palavra, simplesmente olhando para a mesa.

De repente, ele estendeu a mão para a garrafa, e o sr. Riach correu em sua direção e arrancou-a dele, um ato mais inesperado do que violento, gritando, com uma blasfêmia, que aquilo já passara dos limites e que haveria um julgamento naquele navio. E, enquanto dizia tudo isso – já que as portas corrediças estavam abertas –, jogou a garrafa no mar.

O sr. Shuan pôs-se de pé em um piscar de olhos. Ainda parecia atordoado, mas estava disposto a matar e, de fato, o teria feito pela segunda vez naquela noite se o capitão não tivesse se colocado entre ele e sua vítima.

— Sente-se! — gritou o capitão. — Seu porco bêbado! Você sabe o que fez? Você matou o menino!

O sr. Shuan pareceu entendê-lo, pois voltou a se sentar, levando a mão à testa.

— Ora — disse ele —, ele me trouxe uma caneca suja.

Ao ouvir essa explicação, o capitão, o sr. Riach e eu nos entreolhamos por um segundo com expressões horrorizadas, e então Hoseason foi até seu primeiro imediato, pegou-o pelo ombro e conduziu-o até seu beliche, ordenando-lhe que se deitasse e dormisse, como se estivesse falando com uma criança travessa. O assassino grunhiu um pouco, mas tirou as botas e obedeceu.

— Ah! — exclamou o sr. Riach com uma voz terrível. — Você deveria ter intervindo há muito tempo. Agora é muito tarde.

— Sr. Riach — disse o capitão —, o que aconteceu esta noite não deve ser conhecido em Dysart. O menino caiu no mar, meu senhor: essa é a história, e eu, com certeza, daria cinco libras do meu bolso para que fosse verdade! — Ele se virou para a mesa. — Por que você jogou fora aquela excelente garrafa? — acrescentou. — Sua atitude não teve sentido, meu senhor. David, vá pegar outra. Elas estão no depósito lá embaixo. Tome — e jogou a chave na minha direção. — Você também precisa de uma bebida, meu senhor — disse a Riach —, foi horrível vê-lo assim.

Então os dois se sentaram para beber e, enquanto bebiam, o assassino, que estava deitado choramingando em seu beliche, sentou-se apoiado em um cotovelo e olhou para eles e para mim.

Essa foi a primeira noite de meu novo serviço e, no dia seguinte, tudo se passou sem nenhuma dificuldade ou problema. Eu tinha de servir as refeições, que o capitão comia em horários determinados, acompanhado pelo oficial que estava de folga, e, durante o dia inteiro, tinha de correr de um dos meus três chefes para o outro para servir-lhes uma bebida. À noite, eu dormia sobre um cobertor jogado nas tábuas do convés, na parte mais à frente da popa, bem no meio da corrente de ar das duas portas. Era uma cama dura e fria, e não me deixavam dormir sem ser interrompido, já que sempre vinha alguém do convés para beber e, quando chegava a hora da mudança de turno, dois deles, e às vezes os três, se sentavam para tomar algo juntos. Até hoje não consigo explicar como a saúde deles não se deteriorava, e muito menos como mantive a minha.

Em outros aspectos, no entanto, era um serviço fácil. Não havia toalhas de mesa para colocar; as refeições consistiam em mingau ou carne salgada, exceto duas vezes por semana, quando havia um tipo de pudim, e, embora eu fosse desajeitado o suficiente para andar pelo navio, sem conseguir firmar meus pés e às vezes caindo com o que lhes estava trazendo, tanto o sr. Riach quanto o capitão eram especialmente pacientes comigo. Eu não era capaz de explicar seu comportamento para comigo, mas imaginava que estavam lutando contra suas consciências e que não teriam sido tão gentis se não tivessem sido terríveis com Ransome.

Quanto ao sr. Shuan, sua bebida, seu crime, ou ambos ao mesmo tempo, haviam perturbado sua cabeça. Eu não poderia afirmar tê-lo visto uma única vez totalmente sóbrio. Ele não tinha se acostumado a me ver ali e constantemente me olhava com um ar que me parecia de terror, e recuou mais de uma vez, evitando o contato da minha mão, quando eu o servia. Desde o início, tive certeza de que ele não estava claramente ciente do que havia feito e, no segundo dia em que me encontrei na popa, tive a prova disso. Estávamos sozinhos, e depois de me olhar por um longo tempo, ele se levantou de repente, pálido como a morte, e se aproximou de mim, me deixando em pânico. Mas não tinha motivos para temê-lo.

— Você não estava aqui antes, estava? — perguntou-me.

— Não, senhor — respondi.

— Havia um outro menino então? — perguntou novamente e, quando lhe respondi, acrescentou: — Ah! Pensei mesmo que tivesse. — E ele virou-se e sentou, sem dizer mais nada, a não ser para me pedir uma bebida.

O que vou lhe dizer pode parecer estranho, mas, apesar de todo o horror que esse homem me causou, sentia pena dele. Ele era casado, e sua esposa morava em Leith; se tinha filhos, não me lembro mais, mas espero que não.

No geral, naquela época, a vida que eu levava não era muito difícil, mas, como você há de ver, isso não durou muito. Eu comia tão bem quanto qualquer outro no barco, e até mesmo me permitiam comer os produtos em conserva – que era o que havia de mais requintado a bordo – e, se assim eu quisesse, poderia ficar bêbado da manhã à noite, como o sr. Shuan. E eu também tinha companhia, e muito boa, diga-se de passagem. O sr. Riach, que tinha ido para a universidade, falava comigo como se fosse efetivamente meu amigo – quando não estava mal-humorado – e me contava muitas coisas curiosas, algumas bastantes esclarecedoras, e mesmo o capitão –, embora me mantivesse à distância na maior parte do tempo – por vezes relaxava um pouco e falava comigo a respeito dos belos países que já visitara.

Sem dúvida, a sombra do pobre Ransome pesava muito sobre os quatro, especialmente sobre o sr. Shuan e sobre mim. Além disso, outra tristeza me atormentava. Estava fazendo um trabalho indigno para três homens que eu desprezava, e pelo menos um deles merecia ser enforcado. E estou falando apenas de minha situação presente, pois, em meu futuro, só me restaria trabalhar como escravo nas plantações de tabaco, com os degredados da África. Talvez por precaução, o sr. Riach nunca mais deixou que eu lhe contasse mais nada de minha história. O capitão, de quem tentava me aproximar, rejeitava-me como a um cão e não queria ouvir nada do que eu dizia. Assim, os dias foram passando, e eu sentia meu coração cada vez mais desanimado, a ponto de ficar feliz por ter aquela ocupação, já que ela me impedia de pensar.

CAPÍTULO IX
O HOMEM DO CINTO DE OURO

Passou-se mais de uma semana e, nesse período, acentuou-se ainda mais o azar que vinha perseguindo o Covenant nesta viagem. Havia dias em que ele pouco avançava, e outros em que retrocedia a olhos vistos. Por fim, fomos arrastados de tal forma para o sul que acabamos navegando em círculos, virando de um lado para o outro, diante do cabo Wrath e das praias selvagens e rochosas que se estendem de ambos os lados. Por isso, os oficiais se reuniram e tomaram uma decisão que não entendi completamente, mas cujo resultado testemunhei: teríamos de tornar favorável o vento contrário, navegando rumo ao sul.

Na noite do décimo dia, as ondas diminuíram e uma espessa névoa branca e úmida recobriu todo o brigue, tornando impossível avistar uma de suas pontas estando no extremo oposto. Sempre que eu me encontrava no deque, encontrava a tripulação e os oficiais ouvindo atentamente das amuradas, "no caso de nos aproximarmos da rebentação", diziam eles; mas, embora não entendesse bem a palavra, percebia o perigo no ar e via-me agitado.

Eram cerca de dez horas da noite, e eu servia a ceia ao sr. Riach e ao capitão, quando o navio bateu em alguma coisa, fez um barulho alto e ouvimos vozes gritando. Ambos os meus chefes levantaram-se de um salto.

— Encalhamos! — disse o sr. Riach.

— Não, senhor — disse o capitão. — Simplesmente afundamos um barco.

E eles saíram, cheios de pressa.

O capitão estava certo. Devido ao nevoeiro, afundamos um barco, dividindo-o ao meio e mandando-o para o fundo com todos os tripulantes, à exceção de um. Aquele homem, como soube mais tarde, estava sentado na popa, como mero passageiro, enquanto os outros remavam nos bancos. No momento da colisão, a popa foi arremessada para o ar e o passageiro – que tinha as mãos livres, mesmo que seu sobretudo de lã fosse até seus joelhos e atrapalhasse seus movimentos – deu um salto e agarrou-se ao mastro da proa do brigue. Eis uma mostra de como ele tinha muita sorte, uma agilidade extraordinária e uma força descomunal para safar-se de tal situação. E, de fato, quando o capitão levou-o ao tombadilho e eu o vi pela primeira vez, ele me parecia tão calmo quanto eu.

Era bastante baixo, mas com constituição forte e ágil como uma cabra; seu rosto tinha uma expressão de franqueza e gentileza, embora estivesse muito queimado de sol e tomado por sardas e marcas de varíola. Seus olhos eram extraordinariamente claros, e havia neles uma espécie de loucura nervosa, que era ao mesmo tempo atraente e alarmante. Assim que tirou seu sobretudo, ele colocou um par de pistolas de prata sobre a mesa, e vi que tinha uma grande espada na cintura. Além disso, suas maneiras eram elegantes, e ele cumprimentou efusivamente o capitão. Em suma, assim que vi aquele homem, logo concluí que seria melhor tê-lo como amigo do que como inimigo.

O capitão também fazia suas próprias observações; mas prestou mais atenção à roupa do homem do que à sua figura. E a verdade é que, assim que ele tirou o manto, pareceu-lhe elegante demais para estar na popa de um brigue mercante: usava um chapéu emplumado, um colete vermelho, calças de veludo preto e um casaco azul com belas rendas e botões de prata; eram roupas caras, embora um tanto desbotadas pelo nevoeiro e por ele ter dormido com elas.

— Sinto muito, senhor, pelo que aconteceu com o barco — disse o capitão.

— Alguns bons homens foram para o fundo — disse o estranho — e preferia muito mais vê-los em terra firme a meia dúzia de barcos.

— Eram seus amigos? — perguntou Hoseason.

— Você mesmo não tem amigos assim em seu país — foi a resposta. — Eles teriam morrido por mim como cães fiéis.

— Bom, meu senhor — disse o capitão, ainda observando-o —, mas há mais homens no mundo do que barcos em que se possa colocá-los.

— Também isso é verdade — exclamou o outro. — Você parece ser um homem de grande percepção.

— Estive na França, meu senhor — disse o capitão, de forma a parecer dar às suas palavras um significado diferente do que mostrava.

— Ora, meu caro — respondeu o outro. — Muitos excelentes homens também lá estiveram, se esse é o caso.

— Sem dúvida, senhor — disse o capitão —, e também finos casacos.

— Ah! — disse o estrangeiro. — Então é disso que estamos tratando? — e, rapidamente, pousou as mãos sobre as pistolas.

— Não se precipite — disse o capitão. — Não faça nenhuma bobagem antes de estar convencido da necessidade de fazê-la. Sem dúvida, você porta um casaco de soldado francês sobre os ombros e uma língua escocesa na cabeça; mas o mesmo acontece com bem mais de uma pessoa honesta hoje em dia, e eu não ousaria falar mal dela.

— O quê? — disse o cavalheiro do casaco bonito. — Você é do partido honesto? — Com isso, ele queria dizer: "Você é jacobita[8]?" – já que cada partido nesse tipo de conflito civil toma para si o nome de honesto.

— Ora, meu senhor — respondeu o capitão —, sou um protestante de verdade e agradeço a Deus por isso. — Foi a primeira vez que o ouvi falar de religião, porém, mais tarde, soube que ia regularmente à missa quando estava em terra. — E, por essa mesma razão — acrescentou —, fico muito triste ao ver outro homem entre a cruz e a espada.

— Ah, é mesmo? — perguntou-lhe o jacobita. — Bom, meu senhor, para lhe ser totalmente sincero, devo dizer que sou um dos cavalheiros honestos que tiveram muitos problemas nos anos quarenta e cinco e quarenta e seis, e – para ser ainda mais sincero – se eu caísse nas mãos de um daqueles senhores de casaca vermelha, sem dúvida passaria por maus bocados. Agora mesmo, meu senhor, estava indo à França: um navio francês deveria passar por aqui para me buscar. Mas, por causa da neblina, acabou passando sem nos avistar, e eu desejei de todo o coração que o mesmo tivesse ocorrido com vocês. Eis tudo o que posso lhe dizer: se conseguir me levar ao ponto para onde eu estava indo, tratarei de oferecer-lhe uma bela recompensa por seu trabalho.

— Na França? — perguntou o capitão. — Não, senhor, não posso fazer isso. Mas, se quiser que eu o deixe no ponto de onde partiu... Podemos conversar.

---

8 Os jacobitas faziam parte de um movimento político dos séculos XVII e XVIII na Grã-Bretanha e Irlanda que tinha por objetivo a restauração da Dinastia de Stuart no poder. (N. do T.)

E, nesse momento, infelizmente, o capitão notou minha presença a um canto e ordenou que eu fosse para a cozinha preparar o jantar para o cavalheiro. Não perdi nem um segundo, juro-lhe; e, quando voltei ao tombadilho, percebi que o homem havia tirado um cinto cheio de dinheiro que lhe envolvia o corpo e lançara um ou dois guinéus sobre a mesa. O capitão olhou para os guinéus, depois para o cinto e, por fim, para o rosto do cavalheiro, que, a meu ver, parecia agitado.

— Metade — exclamou o capitão — e estou às suas ordens.

O outro pôs os guinéus no cinto e tornou a colocá-lo sob o casaco. — Já lhe disse, meu senhor — afirmou o estranho —, que nem mesmo um oitavo desse montante me pertence, mas ao meu patrão — e, ao dizê-lo, levou a mão ao chapéu —, e, mesmo que eu fosse um péssimo portador, se gastasse um pouco dessa quantia para salvar o restante, seria considerado um cão inútil se vendesse minha pele por um preço tão caro. Trinta guinéus para me deixar na praia, ou sessenta, se me levar até o lago Linnhe. Se assim for, pode levá-los; caso contrário, trate de ser impiedoso.

— E se eu quiser entregá-lo aos soldados? — disse Hoseason.

— Faria um péssimo negócio — respondeu o outro. — Meu caro, devo dizer-lhe que meu chefe foi banido dessas terras, como todos os homens honestos da Escócia. Suas propriedades estão nas mãos daquele que chamam de rei George, e são seus subordinados que cobram os aluguéis, ou, pelo menos, tentam fazê-lo. Mas, em honra à Escócia, os pobres inquilinos se lembram de seu chefe banido, e esse dinheiro que tenho aqui faz parte dos aluguéis que o rei tanto deseja. Ora, o senhor parece-me ser um homem capaz de entender as coisas: caso colocasse esse dinheiro à disposição do governo, sabe me dizer quanto dele lhe sobraria?

— Muito pouco, certamente — respondeu Hoseason e, depois, acrescentou, com um tom seco: — Se viessem a saber. Mas acredito que, se tentasse, saberia ficar de boca fechada a respeito.

— Ah, mas é aí que se engana — exclamou o cavalheiro. — Traia-me e agirei com astúcia. Se colocarem a mão em mim, saberão de onde veio esse dinheiro.

— Muito bem — respondeu o capitão —, seja tudo como deve ser. Sessenta guinéus e negócio fechado. Eis aqui minha mão.

— E aqui está a minha — respondeu o outro.

Feito o acordo, o capitão saiu – um tanto quanto apressado, a meu ver – e deixou-me sozinho no tombadilho com o estranho.

Naquela época – pouco depois do ano quarenta e cinco –, havia muitos cavaleiros banidos voltando para a Escócia, arriscando suas vidas, seja para ver seus amigos, seja para coletar algum dinheiro, e, em relação aos chefes escoceses, cujas propriedades haviam sido confiscadas, os procedimentos utilizados por seus inquilinos eram assunto de todas as conversas: dizia-se que eram capazes de se privar de tudo para poderem lhe enviar dinheiro e que os membros do clã enfrentavam os soldados para arrecadar tais quantias, passando, se necessário, em meio aos navios de nossa grande Marinha. É claro que eu tinha ouvido falar de tudo isso e agora tinha diante de meus olhos um homem cuja vida fora penalizada por todas essas acusações, e ainda mais uma, pois ele não era apenas um rebelde e contrabandista de aluguéis, mas também havia se colocado a serviço do rei Luís da França. E se tudo isso não bastasse, ainda usava um cinto cheio de guinéus de ouro ao redor do corpo. Independentemente de minhas opiniões, não pude deixar de sentir um grande interesse por aquele homem.

— Então você é um jacobita? — perguntei-lhe enquanto servia o jantar.

— Sim — disse ele, começando a comer. — E você, a julgar pela cara triste que fez, deve ser um *whig*[9].

— Nem uma coisa nem outra — respondi, para não incomodá-lo, pois eu era tão *whig* quanto o sr. Campbell tentara me tornar.

— Isso não quer dizer nada — respondeu ele. — Mas devo lhe dizer, sr. Nem-uma-coisa-nem-outra, que essa garrafa está vazia, e é difícil pagar sessenta guinéus e ainda ficar sem bebida.

— Vou pedir a chave do armário — disse e subi ao convés.

---

9 Nome dado aos súditos leais ao rei George III (1738-1820). (N. do T.)

A neblina continuava tão espessa quanto antes, mas as ondas haviam diminuído. Eles pararam o brigue porque não sabiam ao certo onde estávamos e o vento, que mal soprava, era inútil para o rumo que havíamos tomado. Alguns dos marinheiros ainda observavam as ondas; o capitão e os dois oficiais, contudo, conversavam a respeito do cinto, com as cabeças praticamente grudadas. Não sei por que tive um palpite de que não estavam tramando nada de bom, e a primeira palavra que ouvi deles, ao me aproximar, confirmou minhas suspeitas.

Era o sr. Riach, que exclamava como se uma ideia lhe tivesse ocorrido subitamente: — Será que não poderíamos usar algum pretexto para tirá-lo do tombadilho?

— É melhor que ele fique onde está — respondeu Hoseason. — Lá ele não tem espaço suficiente para empunhar a espada.

— Isso é verdade — disse Riach. — Mas vai ser difícil chegar perto dele.

— Que nada! — disse Hoseason. — Podemos iniciar uma conversa, postando-nos um de cada lado e, de repente, segurá-lo pelos braços. Se por acaso essa tática não lhe parecer boa, meu senhor, podemos entrar pelas duas portas e agarrá-lo antes mesmo que ele tenha tempo de desembainhar.

Ao ouvir isso, medo e raiva em relação àqueles traidores gananciosos e sanguinários com quem navegava tomaram conta de mim. Meu primeiro pensamento foi correr, o segundo foi um pouco mais ousado.

— Capitão — disse —, o cavalheiro pediu-me uma bebida e a garrafa está vazia. Poderia me dar a chave?

Todos estremeceram, virando-se para mim.

— Ora, eis nossa chance de pôr as mãos nas armas de fogo! — Riach exclamou e então virando-se para mim, acrescentou: — Ouça bem, David, você sabe onde estão as pistolas?

— Sabe, sim — disse Hoseason. — David sabe, ele é um bom menino. Ouça, meu caro David, você sabe que aquele escocês extravagante é um perigo para o navio e, além disso, ele é um inimigo jurado do rei George, que Deus o abençoe.

Nunca antes meu nome havia sido mencionado tantas vezes seguidas em tão pouco tempo desde que subi a bordo; mas eu respondi que sim, como se tudo o que estava ouvindo fosse completamente natural.

— O problema — continuou o capitão — é que todas as nossas armas de fogo, grandes e pequenas, estão no tombadilho, bem debaixo do nariz daquele homem, e o mesmo vale para a pólvora. Ora, se eu, ou um dos oficiais, fosse pegá-las, poderia dar-lhe o que pensar. Mas um garoto como você, David, seria capaz de carregar um polvorim[10] e uma ou duas pistolas sem chamar atenção. E se você puder fazê-lo com habilidade, manterei isso em mente quando você precisar de amigos, ou seja, quando chegarmos às Carolinas.

Nesse instante, o sr. Riach sussurrou algo em seu ouvido.

— Muito bem, meu senhor — respondeu o capitão e então, voltando-se para mim, acrescentou: — E lembre-se, David, que aquele homem tem um cinto cheio de ouro. Dou-lhe a minha palavra de que terá sua parte.

Respondi que faria o que ele mandava, embora na verdade mal tivesse fôlego para falar; então, ele me deu a chave do armário de bebidas, e eu caminhei lentamente até o tombadilho. O que eu deveria fazer? Esses homens eram uns canalhas e ladrões; eles me roubaram meu país, mataram o pobre Ransome; iria eu agora ajudá-los a cometer outro assassinato? Mas, por outro lado, era assaltado pelo medo justificável de uma morte certa, pois o que poderiam fazer um menino e um homem, mesmo que fossem bravos como leões, contra toda a tripulação de um navio?

Eu ainda pesava os prós e os contras, sem ainda conseguir ver bem as coisas, quando cheguei ao tombadilho e vi o jacobita jantando à luz do lampião. Acabei decidindo-me em um instante. Não houve mérito nenhum de minha parte, pois eu não escolhera o que fazer, apenas agira por impulso, e, dirigindo-me direto para a mesa, coloquei a mão no ombro do estranho.

---

10 Objeto usado para guardar pólvora, feito de chifre de animais. (N. do T.)

— Você quer ser morto? — perguntei-lhe. Ele levantou-se de um salto e, com um olhar extremamente expressivo, fez-me uma pergunta sem nem sequer precisar de palavras.

— Ah — exclamei —, todos aqui são assassinos; o navio está cheio deles! Um menino já foi assassinado. Agora é a sua vez.

— Sim, sim — respondeu ele —, mas eles ainda não me agarraram. — E então, olhando-me com curiosidade, acrescentou: — Vai ficar do meu lado?

— Certamente! — eu respondi. — Não sou ladrão, muito menos assassino. Ficarei do seu lado.

— Ora, então qual é o seu nome? — perguntou-me ele.

— David Balfour — respondi; e então, pensando que um homem com um casaco tão elegante gostaria de lidar com pessoas distintas, acrescentei pela primeira vez —, da Casa de Shaws.

Nunca lhe ocorreu duvidar de mim nem por um instante, pois um escocês está acostumado a ver grandes senhores na extrema pobreza, mas, como ele mesmo não tinha nenhuma propriedade, minhas palavras excitaram sua vaidade infantil.

— Meu nome é Stewart — disse ele, endireitando-se. — Chamam-me de Alan Breck. A alcunha de um rei cairia muito bem em mim, embora meu próprio nome seja vulgar e eu não possua nenhuma fazenda cujo título possa ficar no final de meus sobrenomes.

E, depois de fazer-se aquele porém, como se fosse algo de capital importância, começou a examinar nossas defesas.

O tombadilho era construído de forma muito sólida, para resistir ao ataque das ondas. Das cinco aberturas, apenas a claraboia e as duas portas eram largas o suficiente para deixar entrar um homem. Além disso, as portas poderiam ser fechadas hermeticamente. Eram feitas de carvalho maciço, deslizantes e providas de travas para mantê-las abertas ou fechadas, conforme a necessidade. Tranquei a que estava fechada, passando-lhe o trinco; mas, quando estava para trancar a outra, Alan me deteve.

— David — disse-me ele —, perdoe-me por não lembrar o nome de sua propriedade, permitindo-me chamá-lo simplesmente de David... Essa porta aberta é nossa melhor defesa.

— Acho que seria melhor fechá-la — respondi.

— Não, David — disse-me ele —, como vê, tenho apenas um rosto; mas, enquanto essa porta estiver aberta e meu rosto voltado para ela, terei meus inimigos diante de mim, isto é, onde me é conveniente tê-los.

Ele pegou então uma faca para mim, do arsenal – onde havia algumas, além das armas de fogo –, escolhendo-a com muito cuidado, balançando a cabeça e dizendo que nunca tinha visto armas piores na vida. Em seguida, fez-me sentar à mesa com um polvorim, um saco de balas e todas as pistolas, das quais tornou-me responsável.

— E permita-me dizer que esse trabalho — disse-me então — será mais digno a um cavalheiro de origem nobre do que lavar pratos e servir bebidas a um bando de marinheiros cobertos de piche.

Assim dizendo, ele postou-se no meio do tombadilho, diante da porta, e, desembainhando sua grande espada, começou a testar o espaço disponível para manejá-la.

Balançando a cabeça, disse: — Vou ter de atacar direto, e isso é uma pena, porque não poderei mostrar meu talento, que é a guarda alta. E agora — acrescentou — trate de carregar as pistolas e preste atenção ao que eu lhe disser.

Disse-lhe que ouviria com atenção. Senti uma angústia no peito, minha boca estava seca, e minha visão, turva. Meu coração disparou ao pensar no número de homens que saltariam sobre nós, e estranhamente senti a agitação do mar ao redor do brigue, imaginando que meu corpo sem vida seria jogado na água antes do amanhecer.

— Em primeiro lugar — disse ele —, quantos são contra nós?

Fiz um cálculo, e tal era a minha pressa que tive de contá-los duas vezes. — Quinze — disse, por fim.

Alan assobiou. — Bom — retrucou —, para isso não há remédio. Agora, escute-me bem. Meu papel é defender aquela porta onde, imagino, a batalha principal será travada. Quanto a isso, você não tem nada a fazer. E tente não atirar para meu lado, a menos que me derrubem, pois prefiro ter dez inimigos na minha frente do que um amigo como você atirando nas minhas costas.

Disse-lhe então que, na verdade, eu não era muito bom com armas.

— Mostrou muita bravura em admiti-lo — exclamou ele, admirando minha franqueza. — Existem muitos cavalheiros que não ousariam confessar tal coisa.

— Mas, além disso — disse eu —, ainda há a porta atrás do senhor, e talvez eles cheguem a arrombá-la.

— Sim — respondeu ele —, e isso faz parte do seu trabalho. Assim que você carregar suas pistolas, deve subir naquele beliche para ficar de vigia na janela e, caso eles ataquem a porta, atirar. Mas isso não é tudo. Deixe-me ajudá-lo a se tornar um soldado, David. O que mais você deve vigiar?

— Há também a claraboia — respondi. — Mas, na verdade, sr. Stewart, precisaria ter olhos na nuca para ficar de olho em ambos, pois, quando meu rosto está virado para um lado, minhas costas estão voltadas para o outro.

— Tem toda razão — disse Alan —, mas você não tem ouvidos?

— Claro! — exclamei. — Serei capaz de ouvir o vidro quebrando.

— Vejo que você tem algum bom senso — disse Alan, com um tom irônico.

CAPÍTULO X
O CERCO DO TOMBADILHO

O tempo da trégua estava chegando ao fim. Aqueles que haviam permanecido no convés à minha espera aguentaram até ficarem completamente impacientes, e, mal Alan terminara de falar, o capitão apareceu à porta.

— Alto lá! — gritou Alan, apontando-lhe a espada. Realmente, o capitão parou onde estava, mas não se encolheu nem tampouco recuou.

— Desembainhou-me a espada? — disse. — Mas que maneira estranha de retribuir a hospitalidade!

— Está me vendo? — retrucou Alan. — Eu descendo de reis, tenho o nome de um rei. Minha insígnia é o carvalho. Está vendo minha espada? Ela cortou mais cabeças de whigs do que há dedos em seus pés. Chame sua corja em seu auxílio, e ataquem. Quanto mais cedo o confronto começar, mais cedo sentirá o gosto desse aço em suas entranhas.

O capitão não disse nada a Alan, mas me lançou um olhar desagradável. — David — disse-me ele —, vou manter isso em mente. — E o som de sua voz me fez tremer.

No instante seguinte, partiu.

— E agora — disse Alan — não perca a cabeça, pois a hora da luta está chegando.

Alan tirou um punhal do bolso e segurou-o com a mao esquerda, para o caso de algum deles passar por sua espada. Eu, de minha parte, subi no beliche, munido de uma pistola em cada mão e uma espécie de peso no coração, e abri a janela de onde deveria vigiar. Dali, só conseguia ver uma pequena parte do convés, mas era o suficiente para nosso propósito. O mar havia se acalmado e o vento estava firme, mantendo as velas erguidas, de modo que o navio mergulhara em um grande silêncio, fazendo-me perceber um murmúrio de vozes. Pouco depois, houve um barulho no convés, e notei que estavam distribuindo as facas, já que uma delas havia caído. Então fez-se silêncio novamente.

Não sei se tive o que chamam de medo; mas a verdade é que meu coração batia como o de um pássaro, a um ritmo rápido e fraco, e diante dos meus olhos formou-se uma névoa que me obrigava a esfregar os olhos constantemente. Quanto à esperança, não me restara nenhuma; sentia apenas um profundo desespero e uma espécie de raiva contra o mundo inteiro, que me levara a querer permanecer vivo o máximo de tempo possível. Lembro que tentei orar, mas a própria agitação de minha mente, semelhante a um homem correndo, não me permitia pensar nas palavras. Meu principal desejo era que tudo começasse logo, de uma vez por todas, para logo terminar.

E a luta começou subitamente, com uma avalanche de passos e um clamor, seguidos de um grito de Alan, um estrondo de golpes e o lamento de alguém, que parecia ter se ferido. Olhei por cima do ombro e vi o sr. Shuan à porta, duelando com Alan.

— Foi ele quem matou o menino! — eu exclamei.

— Tome conta de sua janela! — Alan disse; e, quando voltei à minha posição, vi-o transpassar a espada pelo corpo do piloto.

Fiz bem em voltar para a minha tarefa, pois, assim que coloquei a cabeça para fora da janela, vi cinco homens passando correndo por mim, na direção da porta fechada, carregando uma das vergas sobressalentes para usar como aríete. Nunca em minha vida havia disparado uma pistola, e raramente uma espingarda – muito menos contra uma criatura viva. Mas tinha de ser agora ou nunca, e, assim que eles se aproximaram, gritei:

— Tomem essa! — e atirei no meio do grupo.

Devo ter alcançado um deles, pois ele gritou e deu um passo para trás, enquanto os outros se detiveram, parecendo um pouco confusos. Antes que tivessem tempo de se recompor, mandei-lhes outra bala, que raspou suas cabeças, e, ao terceiro tiro que disparei – que foi tão longe quanto o segundo –, todo o grupo abandonou sua investida e saiu correndo.

RAPTADO

Olhei então para dentro do tombadilho. Tudo se enchera de fumaça por causa dos meus tiros, e meus ouvidos pareciam ter estourado com o barulho. Mas lá estava Alan, tão firme quanto antes. Mas, agora, sua espada pingava sangue até o punho, e ele, bastante orgulhoso de seu triunfo, assumira um gesto tão arrogante que parecia invencível.

Diante dele, no chão, estava o sr. Shuan de quatro, cuspindo sangue pela boca e definhando pouco a pouco, com o rosto terrivelmente pálido. Enquanto eu observava a cena, alguns dos que estavam atrás dele agarraram seus pés e arrastaram seu corpo para fora do tombadilho. Acredito que foi então que ele morreu.

— Eis aí um de seus whigs para vocês! — gritou Alan e, então, voltando-se para mim, perguntou se eu já havia matado muitos.

Disse-lhe que havia acertado um e que pensava que talvez fosse o capitão.

— E eu matei dois — disse ele. — No entanto, não foi derramado sangue suficiente; eles ainda voltarão. Para seu posto, David. Isso não passou de um mero aperitivo antes do prato principal.

Voltei ao meu posto, carreguei as três pistolas que havia disparado e fiquei à espreita, com olhos e ouvidos atentos.

Nossos inimigos discutiam não muito longe da ponte, e em voz tão alta que pude entender uma ou duas palavras, acima do murmúrio das ondas

— Foi Shuan quem estragou tudo — ouvi um deles dizer

E um outro respondeu com um "Cale a boca, homem! Ele já pagou caro pelo erro!".

Então, as vozes voltaram ao mesmo murmúrio de antes. Só que agora uma pessoa falava a maior parte do tempo, como se traçasse um plano, e, em seguida, as outras lhe respondiam brevemente, uma a uma, como se estivessem recebendo ordens. Assim, deduzi que planejavam voltar e contei a Alan.

— Oremos para que assim seja — respondeu ele. — A menos que lhes demos um gostinho do que temos a oferecer e acabemos com isso, nem você nem eu vamos conseguir pregar o olho. Tenha em mente que, desta vez, eles atacarão para valer.

A essa altura, eu já tinha minhas pistolas prontas e não havia nada a fazer além de ouvir e esperar. Enquanto durou a contenda, não tive tempo para pensar se estava com medo ou não; mas, agora que a tranquilidade voltara a reinar, minha mente não se ocupava com mais nada. O pensamento de espadas afiadas e aço frio me dominava, e, então, quando comecei a ouvir passos furtivos e o farfalhar de roupas masculinas contra a parede do tombadilho e me dei conta de que estavam tomando posições que me eram desconhecidas, poderia muito bem ter começado a gritar com todas as minhas forças.

Tudo isso acontecia do lado de Alan, e eu já começava a acreditar que minha participação na briga havia acabado, quando ouvi alguém pular de mansinho no teto do tombadilho.

Ouviu-se então um assobio, que era o sinal. Um grupo de homens, com facas na mão, precipitou-se contra a porta e, no mesmo instante, o vidro da claraboia quebrou-se em mil pedaços, saltando por ela um homem, que caiu no chão. Antes de se levantar, pressionei o cano da pistola contra suas costas e poderia ter atirado nele; mas, só de tocar no seu corpo e perceber que ele todo tremia (estando, portanto, vivo), foi-me impossível puxar o gatilho.

Ele havia deixado cair a faca ao pular da claraboia e, assim que sentiu a arma, virou-se com rapidez e me agarrou, praguejando. Não sei se foi porque recuperei a coragem ou porque fiquei com muito medo, mas acabei gritando e dei um tiro em seu estômago. O homem soltou o lamento mais horrível e hediondo que já ouvi em minha vida e estatelou-se no chão. Mas, ao mesmo tempo, um segundo sujeito, cujas pernas estavam penduradas na claraboia, chutou-me na cabeça, obrigando-me a pegar outra pistola e atirar na sua coxa; o tiro fez com que ele escorregasse e caísse sobre o corpo do companheiro. Não havia chance de errar o tiro, e aquele era o momento: mirei o cano na direção certa e atirei.

Eu poderia ter ficado ali olhando para os mortos indefinidamente se não tivesse ouvido Alan gritar por socorro, trazendo-me de volta à realidade.

Durante todo esse tempo, ele estivera defendendo a porta, mas um dos marinheiros escapou de sua guarda, enquanto ele lutava contra os outros, e agarrou-o. Alan apunhalou-o com a mão esquerda, mas o cara estava grudado nele como uma sanguessuga. Outro deles se aproximou e estava a ponto de golpeá-lo com a faca. A porta estava repleta de rostos. Achei que estávamos perdidos e, agarrando minha faca, ataquei-os pelos flancos.

Mas não tive tempo de ajudar. O lutador finalmente caiu, e Alan, saltando para trás para ganhar distância, investiu contra os outros, berrando como um touro. Eles se separaram diante dele como água, viraram as costas e começaram a sair em disparada, fugindo como podiam. A espada nas mãos de Alan brilhava como um explosivo em meio à corrida dos inimigos em fuga, cada clarão seguido pelo grito de um homem ferido. Ainda achava que estávamos perdidos, quando descobri que todos haviam sumido e que Alan os perseguia pelo convés, como um cão pastor perseguindo suas ovelhas.

Mal ele voltou logo depois de ter saído, pois era tão cauteloso quanto corajoso, e, enquanto isso, os marinheiros corriam e gritavam como se Alan ainda estivesse em seu encalço, e nós os ouvimos cair uns sobre os outros no castelo de proa, fechando a escotilha atrás deles.

O tombadilho parecia um matadouro: três haviam morrido em seu interior e outro jazia na soleira da porta, agonizando, juntamente com Alan e eu, vitoriosos e ilesos.

Alan veio até mim de braços abertos. — Venha cá! — ele exclamou, abraçando-me e beijando-me nas faces. — David, amo-o como a um irmão. Diga-me, rapaz — acrescentou com uma espécie de êxtase —, sou ou não sou um grande lutador?

Então, virou-se para os quatro inimigos, passou a espada por seus corpos e conduziu-os para fora da popa, um após o outro. Enquanto fazia isso, cantarolava, cantava e assobiava para si mesmo, como alguém tentando se lembrar de uma canção; mas o que estava de fato tentando fazer era inventar uma. Um rubor tingiu suas bochechas e seus olhos brilharam como os de uma criança de cinco anos com um brinquedo novo. Então, ele se sentou à mesa, espada na mão; a melodia que vinha inventando pouco a pouco tomou forma e finalmente irrompeu em uma canção gaélica, cantada com uma voz magnífica.

Tentei traduzi-la aqui, não em versos – pois não tenho tal habilidade –, mas, pelo menos, para um idioma mais fácil de entender do que o gaélico.

A partir daquele momento, Alan passou a cantá-la com frequência e ela se tornou muito popular; assim, tive a oportunidade de ouvi-la, com ele me explicando seu sentido mais de uma vez:

> *Esta é a canção da espada de Alan*
> *O ferreiro forjou-a*
> *O fogo temperou-a*
> *E agora brilha ela nas mãos de Alan Breck.*
>
> *Seus olhos eram muitos e brilhantes*
> *Rápidos ao olhar*
> *Muitas mãos o guiaram*
> *Mas a espada sozinha estava.*
>
> *O rebanho de cervos sobe a montanha*
> *Muitos são eles, uma é a montanha*
> *O rebanho desaparece*
> *A montanha permanece.*
>
> *Venha a mim das montanhas de urze*
> *Venha das ilhas do mar*
> *Ó, águias com olhos penetrantes*
> *Eis aqui sua comida!*

A verdade é que essa canção composta por ele – tanto a letra quanto a música – na hora da nossa vitória é um pouco menos do que justa para comigo, que estive ao seu lado na luta. O Sr.

shuan e cinco outros foram mortos ou ficaram completamente incapacitados; mas, desses, dois caíram por minha conta, os dois que entraram pela claraboia. Mais quatro foram feridos, e deles, um, e não exatamente o menos importante, recebeu seu ferimento de minhas mãos. Então, tendo participado tanto nas mortes quanto nos ferimentos, eu tinha todo o direito de reivindicar um lugar nos versos de Alan. Mas os poetas – como me disse certa vez um sábio – têm de pensar em suas rimas e, em prosa, Alan sempre foi muito justo comigo.

A princípio, não percebi que haviam omitido minha participação na canção. Não só porque não sei uma palavra de gaélico, mas também devido à longa incerteza da espera, à pressa e à exaustão das duas batalhas que travamos, mas, acima de tudo, devido ao horror que minha parte nelas me causou. Tão logo tudo aquilo acabou, foi-me um grande alívio lançar-me, cambaleando, a um assento. Meu peito estava tão apertado que eu mal conseguia respirar, e a ideia de ter matado dois homens me assombrava como um pesadelo. Então, de repente, sem perceber o que estava fazendo, comecei a soluçar e a chorar como uma criança.

Alan me deu um tapinha no ombro, disse-me que eu era um menino corajoso e que só precisava dormir.

— Eu fico com o primeiro turno — disse ele. — Você tem sido muito bom para comigo, David, em todos os sentidos, e eu não o trocaria por Appin... Não, nem mesmo por Breadalbane[11].

Ele arrumou minha cama no chão e montou guarda, pistola na mão e espada sobre os joelhos, por três horas, de acordo com o relógio do capitão na parede. Então acordou-me, eu fiz meu turno de três horas e, antes de terminar, já era dia claro, uma manhã muito calma com um mar ondulante e contínuo, balançando o navio e fazendo o sangue correr para um lado e outro do chão do tombadilho, enquanto uma chuva pesada tamborilava no telhado. Nada fora do comum aconteceu durante meu turno e, pelo barulho do leme, percebi que ninguém o estava manejando.

---

11 Appin e Breadalbane são regiões montanhosas da Escócia. (N. do T.)

Na verdade, como descobri mais tarde, havia tantos feridos e mortos e os outros estavam de tão mau humor que o sr. Riach e o capitão tiveram de se revezar, assim como Alan e eu, para evitar que o brigue encalhasse sem que ninguém sequer percebesse. Foi uma sorte a noite ter ficado tão calma, pois o vento diminuíra assim que a chuva começou. Pela tranquilidade que pairava no ar e pelo grasnar das numerosas gaivotas que vinham pescar em volta do barco, presumi que devíamos estar muito perto da costa ou de uma das ilhas Hébridas e, finalmente, quando olhei pela porta do tombadilho, vi as grandes montanhas rochosas de Skye à minha direita e, um pouco mais à frente, a estranha ilha de Rum.

CAPÍTULO XI
O CAPITÃO SE RENDE

Por volta das seis da manhã, Alan e eu nos sentamos para tomar café. O chão estava coberto de cacos de vidro e uma horrenda imundície de sangue, que me fez perder o apetite. Em todos os outros aspectos, a situação em que nos encontrávamos não era apenas agradável, mas também alegre, pois os oficiais foram expulsos de sua própria cabine, tínhamos à nossa disposição toda a bebida do navio – garrafas de vinho e conhaque – e os alimentos mais seletos, como picles e biscoitos finos. Isso por si só era suficiente para nos deixar de bom humor; mas o mais engraçado de tudo é que os dois maiores bebedores que já haviam saído da Escócia – digo apenas dois porque o sr. Shuan morrera – estavam agora trancados na proa do navio e condenados ao que mais odiavam... Água fria.

— Só por causa disso — afirmou Alan — não vai demorar muito para ouvir falar deles novamente. Podemos manter um homem longe de combate, mas nunca longe de sua garrafa.

Nós dois nos dávamos bem. Alan, de fato, me tratava com muita afeição e, pegando uma faca da mesa, cortou um dos botões de prata do casaco e entregou-o para mim, dizendo:

— Ganhei-os de meu pai, Duncan Stewart, e agora dou um deles de presente a você como lembrança da noite passada. Aonde quer que você vá e mostre esse botão, os amigos de Alan Breck virão em seu auxílio.

Disse isso como se fosse Carlos Magno e comandasse exércitos. A verdade é que, por mais que eu admirasse sua coragem, sempre corria o risco de sorrir de sua vaidade, e digo "corria o risco" porque, se não tivesse mantido minha seriedade, temia ter começado alguma briga.

Assim que terminamos a refeição, ele vasculhou o armário do capitão até encontrar uma escova de roupas e, tirando o casaco, começou a passá-la nele, escovando as manchas com um cuidado e um esforço que eu supunha ser usual apenas entre as mulheres. Certamente ele não tinha outro sobretudo além daquele e, além disso – como ele mesmo me dissera –, aquele ali tinha pertencido a um rei e exigia cuidados reais.

Por tudo isso, quando vi o zelo com que começou a puxar os fios que haviam sobrado quando ele cortara o botão, dei ainda mais valor ao seu presente.

Ele ainda estava empenhado nessa tarefa quando o sr. Riach nos chamou do convés para negociar, e eu, subindo e sentando na borda da claraboia, pistola na mão e cabeça erguida – embora, em meu íntimo, estivesse com medo do vidro quebrado –, ordenei-lhe que falasse em voz alta. Ele caminhou até a beirada do tombadilho e subiu em um monte de corda enrolada, de modo que seu queixo ficasse nivelado com o teto. Então ficamos nos encarando em silêncio por alguns instantes. O sr. Riach não estivera na linha de frente durante a batalha, pois não tinha grandes ferimentos além de um corte na bochecha; mas parecia desanimado e muito cansado, pois passara a noite acordado, ou de vigia ou cuidando dos feridos.

— Esta situação é terrível — disse ele finalmente, balançando a cabeça.

— Nós não tivemos escolha — respondi.

— O capitão gostaria de falar com seu amigo — disse ele. — Poderiam conversar através da janela.

— E como sabemos que ele não está tramando alguma cilada? — indaguei.

— O capitão não tem tal intenção, David — respondeu o sr. Riach —, e, se tivesse, digo-lhe com toda a sinceridade que não acharia homens suficientes para apoiá-lo.

— Ah, a situação está assim? — disse-lhe.

— E digo mais — acrescentou. — Não são apenas os marinheiros que se recusam a ajudá-lo, eu também estou contra ele. Estou exausto, Davie. — E sorriu para mim. — Não — continuou —, tudo o que queremos é fugir dele.

Então consultei Alan, e as negociações foram aceitas com a palavra de honra de ambas as partes; mas isso não era tudo o que o sr. Riach queria, pois, em seguida, ele me implorou para lhe dar uma bebida – com tanta insistência e tantas alusões à atenção que me dera no passado que, por fim, entreguei-lhe uma caneca com cerca de meio litro de conhaque. Ele bebeu um pouco e levou o restante para o deque, imagino que para dividir com seu superior.

Pouco depois, conforme havíamos combinado, o capitão aproximou-se de uma das janelas, e ali ficou, sob a chuva, com o braço em uma tipoia, o semblante sombrio e pálido, e tão envelhecido que meu coração doía por ter atirado nele.

Imediatamente, Alan apontou uma arma para seu rosto.

— Levante essa pistola! — disse o capitão. — Não lhe dei minha palavra, meu senhor? Ou será que está tentando me afrontar?

— Capitão — respondeu Alan —, não confio em sua palavra. Ontem à noite, o senhor pechinchou e argumentou como uma feirante, dando-me então sua palavra e oferecendo-me sua mão, e sabemos muito bem qual foi o resultado. Para o inferno com sua palavra!

— Ora, ora, meu senhor — respondeu o capitão —, avançamos muito pouco com blasfêmias. — E é verdade que o capitão estava completamente isento dessa falta. — Mas temos outras coisas para conversar — continuou ele, com um tom de amargor. — Vocês fizeram uma confusão em meu brigue. Não tenho homens suficientes para manobrá-lo, e o senhor perfurou com sua espada as entranhas do meu primeiro oficial – sem o qual vou me sair mal –, fazendo-o ir desta para melhor sem dizer uma só palavra. Não tenho escolha, meu senhor, a não ser retornar ao porto de Glasgow para buscar homens, e lá, deixando-nos, o senhor há de encontrar pessoas mais capazes para levá-lo para onde quer ir.

— Ah, é assim? — retrucou Alan. — Pode ter certeza de que eu também terei algo a lhes dizer! Espero que haja alguém naquela cidade que fale inglês, pois tenho uma história muito interessante para contar: quinze marinheiros sujos de um lado, e um homem e um menino, quase uma criança, do outro. Ah, meu amigo, que coisa lamentável!

Hoseason ficou completamente vermelho.

— Não — continuou Alan —, não vou fazer nada disso. O senhor vai me deixar em terra, como combinamos.

— Mas, como o senhor sabe bem melhor do que eu — disse Hoseason —, meu primeiro imediato está morto, e nenhum de nós conhece bem essa costa, que é muito perigosa para se navegar.

— Dou-lhe uma escolha — respondeu Alan. — Deixe-me no continente, em Appin, Ardgour, Morven, Arisaig ou Morar; ou seja, onde quiser, contanto que eu fique a cinquenta quilômetros de minha região, mas não na área dos Campbell[12]. Tem à sua disposição muitos lugares para ir. Se não conseguir chegar a nenhum deles, estará me mostrando que é tão inútil para a navegação como foi para a luta, já que meus pobres compatriotas vão de ilha em ilha em seus pequenos barcos de pesca com bom ou mau tempo, e mesmo à noite, se necessário.

— Um barquinho não é um navio, meu senhor — respondeu o capitão. — Não depende dos ventos.

---

12 O clã Campbell é uma tribo escocesa da região das Terras Altas. (N. do T.)

— Bom, então iremos a Glasgow, se preferir! — retrucou Alan. — Assim, pelo menos, vamos rir às suas custas.

— Não tenho cabeça para rir agora. Mas tudo isso vai lhe custar dinheiro.

— Ora, meu senhor — disse Alan. — Não sou vira-casaca. Continuarei a lhe oferecer trinta guinéus se me desembarcar na praia e sessenta se me deixar no lago de Linnhe.

— Mas lembre-se, meu senhor, de onde estamos, a apenas algumas horas de navegação de Ardnamurchan — disse Hoseason. — Dê-me os sessenta, e eu o deixarei lá.

— O senhor acha realmente que vou calçar meus sapatos e correr o risco de esbarrar nos casacas-vermelhas só para lhe agradar? — Alan exclamou. — Não, senhor, se quer sessenta guinéus, há de ganhá-los desembarcando-me em meu país.

— Estarei arriscando meu brigue assim, meu senhor — disse o capitão —, e também suas vidas.

— É pegar ou largar — disse Alan.

— O senhor seria capaz de pilotar o navio? — perguntou o capitão, franzindo a testa.

— Não tenho certeza — respondeu Alan. — Sou melhor lutador – como o senhor mesmo testemunhou – do que marinheiro. Mas fui apanhado e desembarcado naquela costa tantas vezes que devo saber algo sobre sua conformação.

O capitão balançou a cabeça, ainda com a testa franzida.

— Se eu não tivesse perdido tanto dinheiro nessa miserável cruzada — disse —, preferiria vê-lo enforcado a ter de arriscar meu brigue, senhor. Mas que seja como quiser. Assim que o vento soprar – e, se não me engano, vem vento aí –, vamos começar a trabalhar. Mas há mais um detalhe. Podemos encontrar o navio de algum rei e, se acaso nos abordarem, não será minha culpa. Eles estão acostumados a navegar por essas costas, e o senhor sabe muito bem o porquê. Agora, meu senhor, se isso acontecer, terá de lhes entregar o dinheiro.

— Capitão — respondeu Alan — se vir uma flâmula real, é seu dever escapar. E agora, como ouvi dizer que está faltando bebida na proa, proponho uma troca: uma garrafa de conhaque por dois baldes de água.

Foi essa a última cláusula do tratado, devidamente cumprida por ambas as partes. Assim, Alan e eu poderíamos finalmente limpar o tombadilho e nos livrar das memórias daqueles que havíamos matado, e o capitão e o sr. Riach poderiam se alegrar novamente à sua maneira, ou seja, bebendo.

CAPÍTULO XII
OUÇO FALAR DO "RAPOSA VERMELHA"

Antes de terminarmos de limpar o tombadilho, uma leve brisa nordeste começou a soprar, varrendo a chuva e destapando o sol.

E, nesse ponto, devo dar uma explicação, e o leitor fará por bem consultar um mapa. No dia da neblina e do naufrágio do barco de Alan, estávamos passando pelo estreito de Minch. Ao amanhecer, após a batalha, paramos por falta de vento a leste da ilha de Canna, ou entre ela e a ilha de Eriska, ao longo do arquipélago das Hébridas. Então, para ir de lá até o lago Linnhe, o caminho mais fácil era através do estreito de Mull. Mas o capitão não tinha carta marítima e estava, assim, com medo de aventurar seu brigue em meio àquelas ilhotas e, como havia vento favorável, preferiu tomar o rumo oeste, na direção de Tiree, e subir pela costa sul da grande ilha de Mull.

A brisa manteve-se o dia todo na mesma direção, aumentando de intensidade em vez de diminuir, e, no cair da tarde, começaram a surgir as ondas que circundam as ilhas Hébridas exteriores, cuja costa dá para o alto-mar. Nossa rota, que previa contornar as ilhas internas, estava a sudoeste e, a princípio, as ondas nos atrapalharam um pouco. Mas, depois do anoitecer, quando contornamos a ponta de Tiree e colocamos a proa mais a leste, a ondulação mudou para nossa retaguarda.

No entanto, a primeira parte do dia, antes do aumento das ondas, foi muito agradável, pois navegávamos com um sol escaldante e muitas ilhas montanhosas de ambos os lados. Alan e eu sentamos no tombadilho com as duas portas abertas – já que o vento soprava logo atrás de nós – e fumamos um ou dois cachimbos com o excelente tabaco do capitão. Foi então que contamos nossas respectivas histórias, o que foi muito importante para mim, pois passei a conhecer um pouco mais aquele conturbado país que era a Escócia, onde logo desembarcaria. Naqueles tempos tão próximos da Grande Rebelião[13], era necessário que cada um soubesse o que estava fazendo quando caminhava sobre a urze.

Fui eu que comecei o relato, contando-lhe todas as minhas desgraças, que ele ouviu com muito boa disposição. Foi só quando mencionei o meu bom amigo, o sr. Campbell, o clérigo, que Alan ficou furioso e começou a gritar que odiava todo mundo com aquele nome.

— Por quê? — disse eu. — Tenho certeza de que esse é um homem que você teria orgulho de ajudar.

— Não consigo pensar em nada que eu possa fazer para ajudar um Campbell — disse ele —, exceto acertar-lhe uma bala de chumbo. Eu teria prazer em caçar todos os que portam tal sobrenome como se fossem perdizes. Mesmo se eu estivesse morrendo, rastejaria até a janela do meu quarto para atirar em um deles.

— Diga-me então, Alan — indaguei —, o que aconteceu entre você e os Campbell?

— Você sabe muito bem que sou um Stewart, de Appin, e os Campbell há muito vêm saqueando e arruinando minha família. Eles tiraram nossas terras traiçoeiramente, nunca com a espada — gritou ele, batendo com o punho na mesa. Não lhe dei tanta atenção, pois sabia o que os vencidos costumavam dizer. — E ainda tem mais — continuou ele —, mas a história

---

[13] Também conhecido como Levante Jacobita de 1745, a Grande Rebelião Escocesa foi uma tentativa de Charles Edward Stuart (1720-1788) de retomar o trono britânico de seu pai, James Francis Edward Stuart (1688-1766). (N. do T.)

é sempre a mesma: um bando de mentiras, documentos falsos, golpes típicos de mascates, mas o que mais me irrita é que tudo se esconde sob um verniz de legalidade.

— Vendo como você desperdiça seus botões — disse eu —, dificilmente posso chamá-lo de bom avaliador de negócios.

— Ah! — exclamou ele, voltando a sorrir. — Herdei o desperdício do mesmo homem que me deu tais botões, do meu pobre pai, Duncan Stewart, que Deus o perdoe. Ele era o melhor homem de sua estirpe e o melhor espadachim de toda a Escócia, que é o mesmo que dizer de todo o mundo, David. Foi ele quem me ensinou o que sei. Ele fez parte da Guarda Negra[14] desde o início e, como outros cavalheiros, tinha um ajudante que o seguia, carregando seu mosquete durante as marchas. Bom, parece que o rei queria ver a habilidade dos tais cavalheiros com a espada, e meu pai e três outros foram escolhidos e enviados à cidade de Londres para que o rei visse o que havia de melhor. Os quatro entraram no palácio e exibiram sua arte por umas boas duas horas diante do rei George, da rainha Carolina, do Carniceiro Cumberland[15] e de muitos outros, cujos nomes não me lembro. E, quando eles terminaram, o rei, embora fosse apenas um usurpador consumado, falou gentilmente com eles e deu a cada um três guinéus. Mas, ao saírem do palácio, tiveram de passar pela guarita, e ocorreu a meu pai que, sendo talvez o primeiro cavalheiro particular escocês a passar por aquele portão, era seu direito dar ao guarda a devida noção de sua qualificação. Colocou, então, os três guinéus do rei na mão do homem, como era seu costume. Os três que o seguiram fizeram o mesmo, de modo que, quando saíram para a rua, ficaram sem um centavo depois do trabalho que haviam feito. Existem diferentes versões sobre quem foi o primeiro a gratificar o guarda do rei, mas a

---

14 A Guarda Negra é um batalhão de infantaria do Regimento Real Escocês. Seu nome veio do kilt preto que os soldados usavam. (N. do T.)

15 George II (1683-1760), rei da Grã-Bretanha e da Irlanda de 1727 até sua morte; Carolina de Ansbach (1683-1737) foi sua esposa e rainha consorte; William Augustus (1721-1765) era o filho mais novo dos dois e duque de Cumberland. Ficou conhecido por esmagar as insurreições jacobitas e, por isso, ganhou o apelido de "Carniceiro". (N. do T.)

verdade é que Duncan Stewart foi o primeiro a lhe oferecer dinheiro, e estou disposto a provar, seja com minha espada ou a pistola. E esse foi o pai que eu tive, que Deus o tenha!

— Ele não me parece ter sido um homem que pudesse torná-lo rico — eu disse.

— É verdade — respondeu Alan. — Ele apenas me deixou minhas calças para me cobrir, e pouco mais. Foi por isso que tive de me alistar, o que, na melhor das hipóteses, foi uma simples mancha na minha reputação, mas seria ainda mais terrível se tivesse feito parte dos casacas-vermelhas.

— O quê? — exclamei. — Você pertenceu ao exército inglês?

— Pois é — respondeu Alan. — Mas desertei e me juntei ao lado correto em Prestonpans[16], o que me conforta um pouco.

Dificilmente poderia compartilhar sua opinião, pois considerava a deserção do Exército uma ofensa imperdoável contra a honra. Mas, apesar de minha juventude, fui sábio o suficiente para não expressar meus pensamentos. — Meu querido amigo — disse eu —, a punição pelo que você fez é a morte.

— Sim — respondeu ele —, se pusessem as mãos em mim, eles me despachariam rapidamente e reservariam uma longa corda para mim. Mas guardo no bolso a nomeação que o rei da França me deu, e isso pode me servir de proteção.

— Duvido muito — respondi.

— Também duvido — respondeu Alan, com um tom seco.

— Mas, por Deus, meu amigo — exclamei. — Você é um rebelde condenado, um desertor e um homem a serviço do rei da França... Por que está tentando voltar ao seu país? Isso já é desafiar a Providência.

— Ah — disse Alan —, eu volto todo ano, desde 1746!

— E o que o traz aqui, meu amigo? — perguntei-lhe.

---

16 Batalha de Prestonpans, ocorrida em 21 de setembro e primeiro confronto significativo do Levante Jacobita de 1745. (N. do T.)

— Ora, veja bem — respondeu ele —, quero ver meus amigos, minha região. A França é um país corajoso, sem dúvida, mas sinto falta da urze, dos alces. Além disso, tenho alguns pequenos assuntos a tratar. Nesse meio-tempo, alisto alguns rapazes para servir o rei da França. Recrutas, entende? Isso me dá algum dinheiro. Mas vou principalmente por conta dos negócios do meu chefe, Ardshiel.

— Achei que o nome do seu chefe era Appin — disse eu.

— Sim, mas Ardshiel é o capitão do clã — respondeu ele, o que não me esclareceu nada. — Você só deve saber, David, que ele foi um grande homem durante toda a sua vida, que tem sangue e personalidade de reis e que agora é forçado a viver na França como um pobre zé-ninguém. Já o vi, com meus próprios olhos, comprar manteiga no mercado e levar para casa embrulhada em folha de couve, justo ele, que já teve quatrocentas espadas à sua disposição, bastando-lhe dar um assobio. Isso não é apenas penoso, mas também uma vergonha para nós de sua família e clã. Além disso, naquele país distante, há as crianças, a esperança de Appin, a quem é necessário ensinar as primeiras letras e o manejo da espada. E, agora, o povo de Appin tem de pagar aluguel ao rei George; mas seus corações são inquebrantáveis e eles permanecem fiéis ao seu chefe e, com amor e um pouco de força – e talvez uma ou duas ameaças –, o pobre povo consegue juntar um segundo aluguel para Ardshiel. E, David, sou a mão que leva para ele tal dinheiro.

Ao dizer isso, deu um tapa no cinto que usava para que tilintassem os guinéus.

— E eles pagam os dois aluguéis? — perguntei.

— Sim, David, ambos — respondeu ele.

— O quê? Dois aluguéis? — repeti.

— Sim, David — disse ele. — Contei ao capitão uma história diferente, mas o que estou lhe dizendo é a verdade. E o que me impressiona é como é necessário fazer pouca pressão sobre eles. Mas esse é o trabalho de meu bom parente e amigo de meu pai,

James, dos Glen, ou seja, James Stewart, meio-irmão de Ardshiel. É ele quem arrecada o dinheiro e quem administra tudo.

Essa foi a primeira vez que ouvi o nome desse tal James Stewart, que ficara tão famoso à época de seu enforcamento. Mas, naquele instante, prestei pouca atenção, pois toda a minha mente estava ocupada com a generosidade daqueles pobres escoceses.

— Isso é o que eu chamo de nobreza — exclamei. — Sou apenas um whig comum, mas não tenho outro nome para tal ato.

— Sim — respondeu — você é um whig, mas é um cavalheiro, e isso explica tudo. Mas, se você pertencesse à maldita família Campbell, você rangeria os dentes ao ouvir o que lhe disse. Se você fosse o Raposa Vermelha... — e, ao pronunciar tal nome, ele mesmo cerrou os dentes e ficou quieto. Já havia visto rostos coléricos, mas nunca vi tanta raiva nos olhos de ninguém como nos olhos de Alan quando ele mencionou o nome Raposa Vermelha.

— E quem é o Raposa Vermelha? — perguntei, assustado, mas também curioso.

— Quem é ele? — Alan exclamou. — Bom, vou lhe dizer quem é. Quando os membros do clã foram derrotados em Culloden, e a boa causa fracassou, com os cavalos cavalgando com os tornozelos banhados no melhor sangue do norte, Ardshiel teve de fugir para as montanhas como um pobre cervo – ele, a esposa e os filhos. Algo muito triste, mas tivemos de fazê-lo antes que pudéssemos embarcá-lo; e, enquanto ele ainda estava escondido na charneca, os bandidos ingleses, já que não podiam tirar sua vida, tiraram seus direitos. Destituíram-no de seus poderes, despojaram-no de suas terras, arrebataram as armas das mãos dos membros de seu clã – armas que carregavam por trinta séculos. E também lhes tiraram as vestes que lhes cobriam as costas. Agora, portar um tecido xadrez é pecado, e qualquer homem pode ser jogado na prisão por usar um kilt. Mas há uma coisa que eles não conseguiram destruir: o amor que os homens do clã têm por seu chefe. Estes guinéus são a prova. E agora aparece um homem, um Campbell, um ruivo, um tal Colin, de Glenure...

— É esse que você chama de Raposa Vermelha? — perguntei-lhe.

— E o que você acha? — Alan gritou ferozmente. — Sim, esse é o homem. Ele simplesmente aparece e obtém com o rei George os papéis para se tornar seu agente nas terras de Appin. A princípio, ele se mostra bonzinho e começa uma parceria com Sheamus, ou seja, James, dos Glen, o agente do meu chefe. Mas, pouco a pouco, o que eu lhe disse chega aos seus ouvidos; ele descobre que os pobres de Appin, os fazendeiros, arrendatários e pastores, passam a vender suas próprias roupas para poderem juntar um segundo aluguel e enviá-lo a Ardshiel, do outro lado do mar. Como foi que você chamou tal gesto quando lhe contei a respeito?

— Chamei de nobreza, Alan — respondi.

— E você se diz um whig comum! — Alan exclamou. — Mas, quando Colin Roy descobriu o que vinha acontecendo, o sangue ordinário dos Campbell ferveu em suas veias. Ele estava à mesa, bebendo vinho e rangendo os dentes. O quê? Como é que ele não era capaz de evitar que um Stewart recebesse uma migalha? Ah, Raposa Vermelha, se algum dia eu o tiver ao alcance do cano da minha arma, que Deus tenha misericórdia de você! — Nesse instante, Alan parou para engolir a raiva. — Ora, David, o que você acha que esse sujeito fez? Ele declarou que todas as fazendas estavam à disposição para serem alugadas. E sua mente sombria pensou: em breve, terei outros arrendatários que me oferecerão mais do que os Stewarts, Maccolls e Macrobs – todos esses nomes pertencem ao meu clã, David – e, então, Ardshiel terá de tirar seu chapéu escocês para pedir esmola nas estradas da França.

— Bom — disse eu —, e o que aconteceu depois?

Alan largou o cachimbo, que estava há muito tempo apagado, e pôs as mãos nos joelhos.

— Ah, você nunca seria capaz de imaginar! — disse ele. — Pois esses mesmos Stewarts, Maccolls e Macrobs, que tinham dois aluguéis a pagar – um ao rei George pela força, e outro a Ardshiel por pura compaixão –, ofereceram-lhe um preço melhor do que qualquer Campbell, em toda a grande Escócia.

E perceba que ele foi procurar outros inquilinos bem longe, até mesmo às margens do rio Clyde e da cruz de Edimburgo, sempre implorando, elogiando e rogando que fossem a qualquer parte onde houvesse um Stewart morrendo de fome e um cão ruivo Campbell passível de ser agraciado!

— É uma história realmente estranha e interessante, Alan — eu disse. — E, como whig que sou, fico feliz que tenham enganado aquele homem.

— Ele, enganado? — repetiu Alan. — Ah, como você conhece pouco os Campbells! E ainda menos o Raposa Vermelha! Enganado? Não, não o enganarão até que seu sangue escorra pela encosta da montanha. Mas se chegar o dia, David, meu rapaz, em que eu encontre tempo e tranquilidade suficientes para voltar a caçar, garanto-lhe que toda a urze da Escócia não será suficiente para escondê-lo da minha vingança!

— Meu caro Alan — retruquei —, você não é muito prudente nem muito cristão para proferir tantas palavras de raiva. Essas palavras não farão mal ao homem que você chama de Raposa e nem tampouco lhe farão bem. Apenas me conte sua história. O que ele fez a seguir?

— Muito bem observado, David — disse Alan. — É verdade que minhas palavras não lhe farão mal, e é uma pena! E, tirando a questão do cristianismo – pois minha opinião é bem diferente, ou eu não seria cristão –, concordo plenamente com você.

— Não é uma questão de opinião — respondi-lhe —, todos sabem que o cristianismo proíbe a vingança.

— Ora, parece que você foi educado por um Campbell! — retorquiu ele. — Seria um mundo muito conveniente para eles e sua laia se não houvesse um sujeito com uma arma atrás de uma moita! Mas isso não tem nada a ver com o assunto. Você há de ouvir o que ele fez.

— Sim — eu disse —, vamos ao que interessa.

— Ora, David — Alan retomou —, já que não conseguiu se livrar dos leais inquilinos por meio de procedimentos legais, ele jurou que se livraria deles por meios ilegais. Ardshiel deveria morrer de fome: era essa sua intenção. E, como aqueles que o alimentavam em seu exílio não se deixaram comprar, ele os expulsaria, por bem ou por mal. Então, ele ordenou que viessem em seu auxílio advogados, com seus documentos, e casacas-vermelhas, para protegê-lo. E a boa gente daquele país teve de fazer as malas e partir, com cada filho saindo da casa de seu pai, para bem longe do lugar onde fora criado e educado, e onde brincara quando criança. E quem vai tomar seu lugar? Mendigos vagabundos! O rei George pode esperar sentado por seus aluguéis, agora vai ter de se satisfazer com muito menos, vai ter de passar menos manteiga no seu pão. Com que se importa Colin? Se ele queria prejudicar Ardshiel, alcançou seu propósito e, se conseguir tirar a comida da mesa do meu chefe e os poucos brinquedos das mãos de seus filhos, vai voltar muito feliz para Glenure.

— Permita-me uma palavra — retorqui. — Pode ter certeza de que, se menos aluguel está sendo arrecadado, o governo está trabalhando nisso. Isso não é culpa dos Campbell, são as ordens que eles recebem. E se você matasse o tal Colin amanhã, de que adiantaria? Outro agente viria substituí-lo tão rápido quanto seu cavalo o permitisse correr.

— Você é um ótimo menino para a luta — disse Alan —, mas, meu amigo, tem sangue whig correndo por suas veias!

Ele falou com toda a gentileza, mas havia tanta raiva e desprezo em seu olhar que achei prudente mudar de assunto. Expressei minha admiração por um homem em sua posição ser capaz de viajar como bem entendesse pelas Terras Altas – repletas de tropas e guardadas como uma cidade sitiada – sem que fosse capturado.

— É mais fácil do que você pensa — respondeu Alan. — Você há de entender que a encosta nua de uma montanha é como qualquer estrada; se houver um sentinela em um local, você simplesmente segue o caminho oposto. Além disso, as charnecas são de grande ajuda. E em todos os lugares há casas de amigos, estábulos e palheiros. E também quando as pessoas falam sobre um país coberto de tropas, isso é apenas conversa fiada. Um soldado não vigia mais do que o chão coberto pelas solas de suas botas. Eu já pesquei em um lago com um vigia na margem oposta, peguei uma bela truta e sentei-me a dois metros de um outro sentinela, em uma moita de urze, e decorei a bela melodia que ele assobiava. Era mais ou menos assim — disse ele e começou a entoá-la para mim.

— Além disso — continuou ele —, as coisas não estão tão ruins quanto em 1746. As Terras Altas estão pacificadas, como costumam dizer. Não é nenhum milagre, é claro, pois não lhes restou nem uma espingarda ou espada, de Cantyre ao cabo Wrath, à exceção das armas que as pessoas conseguiram esconder com todo o cuidado em seus palheiros. Mas o que eu gostaria de saber, David, é quanto tempo isso vai durar. Não muito, suponho, com homens como Ardshiel no exílio e sujeitos como o Raposa Vermelha bebendo tanto vinho quanto podem e oprimindo os pobres em sua própria terra. O que é complicado é determinar quanto tempo a cidade vai aguentar ou os motivos para o ruivo Colin cavalgar por toda a minha pobre região de Appin e nenhum menino corajoso aparecer e enfiar-lhe uma bala no corpo.

E, ao dizer isso, Alan tornou-se pensativo e ficou bastante triste e calado, por muito tempo.

Acrescentarei eu o que resta a ser dito sobre meu amigo: ele era muito bom em tudo relacionado à música, mas principalmente na gaita de foles; era um poeta altamente considerado em sua própria língua e lera vários livros em francês e inglês; também atirava com extrema precisão, além de ser bom pescador e excelente esgrimista, tanto com o sabre quanto com sua própria espada. Quanto aos defeitos, eles eram evidentes, e eu já os conhecia todos. O pior deles, sua propensão infantil a se ofender e procurar brigas, não se aplicava a mim, imagino que por pura consideração à nossa batalha no tombadilho. Mas não sei dizer se isso se dava ao meu bom comportamento na luta ou por ter presenciado sua maior destreza, pois, embora ele admirasse a coragem de outros homens, a que mais lhe causava admiração era a sua própria.

CAPÍTULO XIII
A PERDA DO BRIGUE

Já era tarde da noite e tão escuro quanto possível naquela época do ano – o mesmo que dizer que ainda estava bastante claro –, quando Hoseason enfiou a cabeça pela porta do tombadilho.

— Venha aqui para fora e veja se é capaz de pilotar — disse ele.

— É mais um de seus truques? — perguntou Alan.

— Estou com cara de quem está pensando em truques? — respondeu o capitão. — Tenho mais no que pensar... Meu brigue está em perigo!

Pela expressão inquieta em seu rosto e, sobretudo, pelo tom áspero com que falava de seu brigue, Alan e eu percebemos que estava falando sério; portanto, sem temer possíveis traições, subimos ao convés.

O céu estava claro; o vento soprava forte e fazia um frio de rachar; ainda havia bastante luz do dia, e a lua, que estava quase cheia, brilhava vividamente. O brigue encontrava-se perto do cabo, a ponto de contornar a ponta sudoeste da ilha de Mull, cujas montanhas – e a que chamavam de Ben More elevando-se sobre as outras com uma espiral de névoa no seu topo – estendiam-se a bombordo. Embora não fosse um bom lugar para o Covenant navegar, ele singrava rumo leste, cortando as águas em alta velocidade, avançando com grande esforço, e seguido de perto pelas ondas vindo do oeste.

No geral, não fazia uma noite tão ruim para navegar; e eu começava a me perguntar o que tanto incomodava o capitão, quando, subitamente, o brigue ergueu-se na crista de uma onda extremamente alta e Hoseason, apontando para algo, fez com que olhássemos naquela direção aos gritos. Ao longe, a sota-vento, algo parecido com um chafariz apareceu no mar iluminado pela lua e, logo depois, ouvimos um profundo rugido.

— O que diria que é aquilo? — perguntou o capitão, com um tom sombrio.

— Ondas quebrando contra um recife — respondeu Alan. — E, sabendo onde estamos, o que mais poderia ser?

— Como se eu fosse o único a saber — retrucou Hoseason.

E, de fato, enquanto ele falava, um segundo chafariz apareceu mais ao sul.

— Ali — disse Hoseason. — Veja por si mesmo. Se eu conhecesse esses recifes, se tivesse um mapa, ou se Shuan estivesse vivo, nem por sessenta guinéus – não, nem por seiscentos – eu teria decidido arriscar meu brigue nessa cordilheira. Mas e o senhor, que supostamente ia nos guiar, não tem nada a dizer?

— Estou pensando — disse Alan. — Parece-me que são os chamados rochedos Torran.

— E há muitos deles? — perguntou o capitão.

— A verdade, meu senhor, é que não sou piloto — disse Alan —, mas lembro-me de ter ouvido dizer que se estendem por mais de quinze quilômetros.

O sr. Riach e o capitão se entreolharam.

— Há algum caminho aberto entre eles? — perguntou o capitão.

— Sem dúvida — respondeu Alan —, mas não sei onde. No entanto, vem-me à mente que talvez seja ao sul da costa.

— Sério? — disse Hoseason. — Então teremos de ir contra a corrente, sr. Riach. Precisamos chegar o mais perto possível da ilha Mull, meu senhor. Assim, em todo caso, teremos a costa para nos proteger do vento, e esses rochedos ficarão do lado oposto. De qualquer forma, temos de atravessar como pudermos.

Dizendo isso, deu ordens ao timoneiro e mandou Riach para a gávea grande. No convés havia apenas cinco homens, contando os oficiais, pois eram os únicos aptos – ou, pelo menos, aptos e dispostos – para o trabalho. Então, como dissera, foi a vez de o sr. Riach subir até o topo do navio e observar tudo ali sentado, comunicando ao convés o que via do alto.

— O mar está agitado ao sul — gritou ele depois de um tempo —, parece mais calmo perto da costa.

— Muito bem, meu senhor — disse Hoseason a Alan —, vamos tentar o curso que indicou. Mas me parece que é a mesma coisa que confiar em um violinista cego. Roguemos a Deus que esteja certo.

— Tomara Deus que eu esteja! — Alan falou para mim. — Mas onde será que ouvi falar desse caminho? Ora essa, que seja o que tiver de ser.

À medida que nos aproximávamos do contorno da costa, recifes começaram a aparecer por todo lado, exatamente em nosso caminho, e, por várias vezes, o sr. Riach nos ordenou que mudássemos o curso. No entanto, nem sempre nos avisava a tempo, pois, certa vez, o barlavento do brigue passou tão perto de um recife que, quando uma onda bateu nele, toda a água caiu sobre o deque, encharcando-nos como se fosse chuva.

A claridade da noite nos revelava esses perigos tão perfeitamente quanto o dia, o que, talvez, fosse ainda mais alarmante. Também me permitia ver o rosto do capitão, postado ao lado do timoneiro, ora firmando-se em um pé, ora no outro, ora soprando nas mãos, mas sempre com os ouvidos atentos e parecendo inabalável como aço. Nem ele nem o sr. Riach se destacaram em combate, mas, agora, pude ver como eram corajosos em seu ofício e admirei-os ainda mais por ver quão pálido Alan ficara.

— Que diabos, David! — disse ele. — Esse não é o tipo de morte que eu esperava!

— O quê? — exclamei. — Você não está com medo?

— Não — ele respondeu, umedecendo os lábios. — Mas você há de convir que seria um final deprimente.

A essa altura, virando para um lado e para o outro para evitar os recifes, mas sempre nos mantendo entre a costa e o soprar do vento, contornamos a ilha de Iona e navegamos ao longo de Mull. A maré estava muito forte próximo à terra e sacudia o brigue. Dois homens haviam sido colocados no leme e, às vezes, o próprio Hoseason os ajudava; foi curioso ver três homens fortes apoiando-se com toda a força no timão, com ele – como algo vivo – opondo-se a eles e empurrando-os para trás. Esse passara a ser o maior dos perigos, já que o mar ficara livre de obstáculos por algum tempo. Além disso, o sr. Riach anunciou do topo da gávea que já conseguia ver mar aberto à frente.

— Estava certo — disse Hoseason a Alan. — Salvou o brigue, meu senhor. Terei isso em mente quando acertarmos as contas. — Acredito que ele não apenas havia falado francamente, mas que teria cumprido o que disse, já que tinha grande estima pelo Covenant.

Mas tudo isso não passa de conjecturas, já que os fatos ocorreram de forma bem diferente daquela que o capitão previra.

— Mova o brigue um grau — disse Riach. — Recife a barlavento!

E, praticamente no mesmo instante, uma onda acertou o brigue e sugou todo o vento das velas. O navio girou como um pião e, em seguida, atingiu o recife com tanta violência que nos atirou contra o convés, e esteve a ponto de derrubar o sr. Riach de seu posto na gávea.

Pus-me de pé em um segundo. O recife que havíamos atingido ficava próximo à extremidade sudoeste de Mull, ao largo de uma ilhota chamada Erraid, que se estendia a bombordo, pequena e sombria. Ora as ondas quebravam muito acima de onde estávamos, ora simplesmente esmagavam o pobre brigue no recife, quando então o ouvíamos ser feito em pedaços; aquela barulheira, junto com o estrondo das velas, o assobio do vento, a espuma voando contra o luar e a sensação de perigo reinante, parecia ter completamente desequilibrado minha mente, pois eu nem sequer conseguia compreender tudo o que estava vendo.

Percebi então que o sr. Riach e os marinheiros estavam ocupados com o bote e, embora ainda me encontrasse desorientado, corri para ajudá-los. Assim que comecei a trabalhar, minha mente voltou ao lugar. A tarefa não se mostrou nada fácil, pois o bote estava no meio do navio, cheio de lixo, e a poderosa investida das ondas nos obrigava a largá-lo e nos segurar. Ainda assim, fizemos um esforço cavalar enquanto pudemos.

Enquanto isso, os feridos que podiam se mover subiram pela escotilha dianteira e começaram a nos ajudar, enquanto o restante – aqueles que jaziam indefesos em seus beliches – angustiava-me com seus gritos, implorando para serem salvos.

O capitão não participava dos esforços. Parecia estar completamente atordoado. Agarrado às velas, falava consigo mesmo e gemia cada vez que o navio batia contra a rocha. Seu brigue era para ele como sua esposa e seu filho. Dia após dia, ele testemunhara o tormento do pobre Ransome sem nada sentir; mas, quando chegou a vez de seu brigue, parecia estar sofrendo junto com ele.

Só me lembro de uma coisa que aconteceu enquanto trabalhávamos no barco: ter perguntado a Alan, olhando para a costa, que região era aquela, ao que ele respondeu que se tratava do pior lugar possível para ele, a terra dos Campbell.

Havíamos ordenado a um dos feridos que ficasse atento e nos avisasse de qualquer perigo. Pois bem, já tínhamos o bote pronto para ser jogado na água, quando o tal homem disse, gritando desesperadamente: — Pelo amor de Deus, esperem! — Pelo seu tom, entendemos tratar-se de algo fora do comum e, de fato, seguiu-se uma onda tão colossal que chegou a levantar completamente o brigue, derrubando-o sobre sua lateral. Não sei dizer se o grito de alerta tinha vindo muito tarde ou se eu estava fraco demais para me segurar, mas, com a súbita inclinação do navio, fui jogado ao mar.

Fui ao fundo, engoli bastante água e depois voltei à superfície, vi de relance a lua e voltei a afundar. Dizem que, na terceira vez, afundamos em definitivo; se isso é verdade, não devo ser como os outros, porque não sei dizer quantas vezes fui ao fundo, nem tampouco quantas vezes voltei à superfície. Todo esse tempo, via-me sendo arrastado, sufocado e depois engolido pelas águas; no entanto, tudo aquilo me atordoara tanto que não senti tristeza nem medo.

Pouco depois, percebi que me agarrara a um mastro, o que me ajudou um pouco. E, de repente, encontrei-me em águas calmas e comecei a tomar consciência de onde estava.

Havia na verdade segurado a retranca do brigue e fiquei surpreso ao ver a que distância estava seu casco. Gritei, mas ele estava claramente longe do alcance da minha voz. O brigue continuava a flutuar, mas encontrava-me distante e baixo demais para poder ver se o bote havia sido lançado ao mar.

Enquanto eu chamava o brigue, notei um trecho de água entre nós onde praticamente não havia ondas, apesar de a água estar completamente branca de espuma, brilhando sob o luar, tomada por ondulações e bolhas. Às vezes, toda a extensão de água ondulava como a cauda de uma serpente e, por instantes, todas as ondas desapareciam momentaneamente, voltando a se agitar logo depois. Como não conseguia adivinhar o que significava tudo aquilo, meu medo aumentava com o passar do tempo; mas agora sei que se tratava da ressaca marítima, que me carregava com tanta rapidez e me lançava com tanta crueldade que, por fim, como se tivesse cansado de brincar comigo, jogou-me, ainda agarrado à retranca, na praia.

Agora, havia me acalmado completamente e começava a entender que um homem pode tanto se afogar quanto morrer congelado. A costa de Erraid estava próxima; ao luar, era capaz de distinguir pontos de urze e os reflexos dos cristais de mica nas rochas.

— Bom — disse para mim mesmo —, seria muito estranho se eu não conseguisse chegar até ali.

Eu não sabia nadar, já que o lago de Essen era muito pequeno. Mas, segurando firme na retranca com os dois braços, comecei a chutar e não demorei a perceber que estava avançando. Era um esforço descomunal e absolutamente lento, mas, depois de quase uma hora chutando e espirrando água, chegara à metade do caminho até aquela baía arenosa, cercada por colinas baixas.

O mar ali estava completamente calmo; não se ouvia nenhum barulho de ondas; a lua brilhava intensamente, e pensei em meu íntimo que nunca tinha visto um lugar tão deserto e desolado. Mas, pelo menos, tratava-se de terra seca e quando, por fim, o fundo ficou tão raso que consegui largar a retranca e avançar a pé até a margem, não sei dizer se estava mais cansado do que agradecido. Acredito que ambos: cansado como nunca estivera antes daquela noite e grato a Deus como estivera muitas vezes, mas nunca com tantos motivos para tal.

CAPÍTULO XIV
A ILHOTA

Ao colocar os pés no chão, começou a parte mais infeliz de minhas aventuras. Era meia-noite e meia e, embora o vento fosse abafado pela terra, fazia muito frio. Não ousei sentar na areia – pois pensei que iria congelar –, mas tirei os sapatos e comecei a andar para um lado e para o outro, descalço e batendo no peito, exausto como nunca. Não ouvia nenhum ruído de homem ou gado; nem o canto de galo nenhum, embora fosse sua hora de despertar; apenas o barulho das ondas podia ser ouvido ao longe, lembrando-me dos perigos enfrentados por mim e meus amigos. Caminhar pela orla àquela hora da manhã, em um lugar tão deserto e solitário, incutia certo medo em minha mente.

Assim que o dia começou a clarear, calcei os sapatos e subi uma ladeira – a subida mais difícil que já percorri –, caindo a todo tempo por entre grandes blocos de granito ou saltando de um para o outro. O amanhecer já despontava quando cheguei ao topo. Não havia nenhum sinal do brigue, que devia ter sido arrancado do recife e afundado. Também não pude avistar o bote. Não havia uma única vela no oceano e, pelo que pude ver, naquela terra não havia casas nem homens.

Tinha medo de pensar no que poderia ter acontecido aos meus companheiros e também de contemplar uma paisagem tão desolada; mas eu já tinha preocupações o bastante com minhas roupas molhadas, meu cansaço e minha barriga, que começava a doer de fome. Assim, comecei a caminhar rumo leste ao longo da costa sul, na esperança de encontrar uma casa onde pudesse me aquecer e, quem sabe, ter notícias daqueles que tinha perdido. E pensei que, na pior das hipóteses, logo sairia o sol e secaria minhas roupas.

Em pouco tempo, meu caminho viu-se entrecortado por uma enseada, ou uma baía, que parecia adentrar bastante na terra e, como não tinha meios de atravessá-la, tive de mudar de direção para contorná-la. Essa também foi a caminhada mais difícil que já fizera, pois toda aquela região, não apenas Erraid, mas também a vizinha Mull – que costumam chamar de Ross –, é formada por nada além de um amontoado de rochas de granito com urze entre elas. A princípio, a enseada estreitou-se como esperado; mas então, para minha surpresa, descobri que começava a alargar-se novamente. Ao ver aquilo, pus-me a coçar a cabeça, ainda sem entender o que se passava, até que finalmente cheguei a uma elevação no terreno e, em um único instante, percebi que havia aportado em uma ilhota deserta, isolada por todos os lados por água salgada.

Ao invés do sol para me secar, o que veio foi chuva, e uma espessa neblina se formou, tornando a minha situação a mais lamentável possível.

Fiquei na chuva, tremendo de frio e me perguntando o que fazer, até que me ocorreu que poderia atravessar a enseada. Recuei até seu ponto mais estreito e comecei a fazê-lo. Mas, mal tinha me afastado três metros da margem, quando afundei completamente até a cabeça e, se consegui me safar dessa, foi mais pela graça de Deus do que por minha prudência. Não saí mais molhado por ser absolutamente impossível ficar mais molhado do que já estava, mas fiquei com ainda mais frio com aquele contratempo e, como havia perdido outra das pouquíssimas esperanças que me restavam, senti-me ainda mais infeliz.

Foi quando, subitamente, lembrei-me da retranca. O que me carregara através do mar certamente me ajudaria a atravessar com segurança aquela tranquila enseada. Com isso em mente, parti destemido pela ilha para recuperar a retranca e trazê-la até aquele ponto. Foi uma caminhada muito cansativa em todos os sentidos, e se a esperança não tivesse me amparado, eu teria desanimado e desistido de meu propósito. Fosse por causa do sal da água, ou porque começava a ter febre, o certo é que a sede me atormentava e tive de parar para beber a água turva das poças.

Por fim, cheguei à baía, mais morto do que vivo. À primeira vista, pareceu-me que a retranca estava um pouco mais longe do que onde a havia deixado. Pela terceira vez, entrei na água. A areia era lisa, firme e gradualmente inclinada para baixo, de modo que fui capaz de submergir gradualmente até que a água chegasse quase ao meu pescoço e as pequenas ondas batessem no meu rosto. Mas, naquela profundidade, meus pés começaram a falhar e não ousei me aventurar mais longe. Quanto ao mastro, era capaz de vê-lo flutuando calmamente, a cerca de seis metros de distância.

Havia suportado tudo até aquela última decepção, mas, quando voltei à praia, joguei-me na areia e comecei a chorar.

Até hoje, a lembrança do tempo que passei naquela ilha me causa tanto horror que preciso contar os fatos sem me alongar muito neles. Em todos os livros que eu havia lido sobre náufragos, seus bolsos estavam cheios de apetrechos ou o mar jogava um baú cheio de coisas na praia, como que de propósito. Mas, no meu caso, tudo era bem diferente. Eu não tinha nada nos bolsos além de dinheiro e o botão prateado de Alan e, como havia crescido no interior, carecia tanto de conhecimentos marítimos quanto de ferramentas.

É claro que eu sabia que os crustáceos eram bons para comer e, entre as rochas da ilha, encontrei um grande número de lapas – um tipo de molusco –, que, a princípio, nem sequer conseguia tirar de seus esconderijos, sem saber que isso tinha de ser feito o mais rapidamente possível. Havia também uns caramujos pequenos que chamávamos de burgaus. Esses dois tipos de mariscos compunham toda a minha dieta, e eu os devorava frios e crus, da forma que os encontrava, pois estava com tanta fome que, a princípio, me pareceram ser deliciosos.

Talvez estivessem fora da estação de pesca, ou talvez as águas ao redor da minha ilha contivessem algo prejudicial. A verdade é que, mal terminei minha primeira refeição, fiquei tão tonto e enjoado que permaneci deitado por muito tempo, quase como se estivesse morto. Uma segunda prova da mesma comida – na verdade, não houve outra – fez-me sentir melhor e revigorou minhas forças. Mas, em todo o tempo em que estive na ilha, nunca soube o que me esperava depois de comer, já que, às vezes, corria tudo bem e, em outras, sentia uma tontura agonizante. Tampouco consegui distinguir qual daqueles mariscos me fazia sentir-me mal.

Não parou de chover abundantemente durante todo o dia; toda aquela ilhota parecia uma panela de sopa, era impossível encontrar um único ponto seco. Quando me deitei à noite, entre duas pedras que formavam uma espécie de teto, meus pés pareciam feitos de lama.

No segundo dia, percorri a ilha em todas as direções. Não havia uma parte melhor do que a outra. Tudo estava desolado e rochoso; não encontrara outras criaturas vivas, além das aves de rapina – que eu não era capaz de caçar – e as gaivotas, que sobrevoavam as rochas isoladas aos bandos. Mas a enseada, ou o estreito, que separava a ilhota das terras de Ross, abria-se ao norte para formar uma baía que, por sua vez, dava em Iona. E foi nas proximidades desse lugar que escolhi estabelecer meu lar, mesmo que, se tivesse parado para pensar em chamá-lo de lar, certamente teria desatado a chorar.

Tinha boas razões para fazer tal escolha. Existia, nessa parte da ilha, uma pequena cabana semelhante àquelas usadas para guardar porcos, onde dormiam os pescadores quando lá iam pescar, mas o telhado de grama havia desabado completamente, de modo que a cabana não me servia para nada e me oferecia menos abrigo do que as rochas. O mais importante era que havia crustáceos em abundância e, quando a maré baixava, eu conseguia pescar muitos de uma única vez, o que certamente era uma comodidade. Mas havia ainda outra razão, mais significativa. Não conseguia de forma alguma me acostumar com a horrível solidão da ilhota e estava sempre olhando ao meu redor, em todas as direções – como um homem que estava sendo caçado –, dividido entre o medo e a esperança de ver algum ser humano chegando. Agora, de uma pequena colina beirando a baía, avistava a grande e velha igreja e os telhados das casas dos habitantes de Iona. E, do lado oposto, sobre as planícies de Ross, eu podia ver sinais de fumaça, de manhã e à noite, como se houvesse alguma casa em alguma parte no baixio daquelas terras.

Quando estava encharcado e tremendo de frio, com minha mente abalada pela solidão, costumava olhar para aquela fumaça e pensar em abrigo e companhia até meu coração ferver de ansiedade. O mesmo acontecia em relação aos telhados no estreito de Iona. No conjunto, essa visão distante de lares e vidas agradáveis aumentava meu sofrimento, mas, ao mesmo tempo, mantinha viva minha esperança, me dava coragem para continuar comendo os crustáceos crus – que não demoraram a se tornar abjetos para mim – e me libertava da sensação de horror que sentia sempre que me dava conta de que estava sozinho, em meio a pedras inertes, pássaros, chuva e o mar gélido.

Digo que era isso que mantinha viva minha esperança pois realmente me parecia impossível ser deixado à morte na costa de meu próprio país, à vista de uma torre de igreja e da fumaça das casas habitadas. Mas o segundo dia passou e, embora eu tenha ficado de vigia observando os barcos que vinham pelo estreito e os homens que passavam por Ross enquanto houvesse luz do dia, nenhuma ajuda veio até mim. Continuava a chover, e voltei a dormir tão molhado quanto antes e com uma dor de garganta cruel, mas um tanto quanto reconfortado, talvez por ser capaz de desejar boa-noite aos meus vizinhos, o povo de Iona.

O rei Charles II disse que um homem pode passar mais dias ao ar livre no clima da Inglaterra do que em qualquer outro, uma afirmação muito típica de um rei, com um palácio sobre sua cabeça e roupas secas para vestir. Mas ele deve ter tido mais sorte em sua fuga de Worcester[17] do que eu naquela ilha miserável. Estávamos em pleno verão e, apesar disso, choveu por mais de

---

17 Referência à Batalha de Worcester, ocorrida em 3 de setembro de 1651, ao fim da qual o futuro rei Charles II da Inglaterra (1630-1685) foi forçado a fugir para evitar seu assassinato. (N. do T.)

vinte e quatro horas seguidas e o tempo só começou a abrir na tarde do terceiro dia.

Esse foi o dia dos incidentes. De manhã, vi um veado-vermelho, um tipo de cervo com belas e grandes galhadas, postado sob a chuva no topo da ilha; mas, assim que ele me viu levantar de debaixo da minha pedra, trotou para o lado oposto. Concluí que tivesse atravessado o estreito a nado; mas o que não conseguia entender era o que poderia atrair qualquer criatura a Erraid.

Pouco depois, enquanto saltava de um lado para o outro à procura das minhas lapas, assustei-me ao ver um guinéu rolar sobre um rochedo à minha frente e cair no mar. Quando os marinheiros devolveram meu dinheiro, eles não apenas ficaram com um terço do valor total, mas também com a bolsa de couro de meu pai, fazendo com que, daquele dia em diante, eu tivesse de carregar o dinheiro solto em um bolso fechado com um botão; mas me ocorreu que devia haver um buraco nele, e levei com toda a pressa minha mão à calça, o mesmo que fechar a porta do estábulo depois que o cavalo já tinha sido roubado. Eu deixara a costa de Queensferry com quase cinquenta libras e, agora, tinha apenas dois guinéus e um xelim de prata.

É verdade que logo recuperei um terceiro guinéu, que brilhava sobre a grama. Tinha uma fortuna de três libras e quatro xelins, em dinheiro inglês, a fortuna de um menino que era o herdeiro legítimo de uma propriedade e que, agora, morria de fome em uma ilha na parte mais distante das selvagens Terras Altas.

Minha situação desencorajava-me ainda mais. Na terceira manhã, meu estado era realmente lamentável. Minhas roupas começavam a apodrecer; minhas calças, em especial, ficaram completamente rasgadas, a ponto de minhas pernas estarem nuas; minhas mãos estavam amolecidas de tanto tempo molhadas; minha garganta doía; minhas forças haviam diminuído consideravelmente; e meu estômago revirava de tal forma com a imundície em que eu me via condenado a comer que, só de olhar para minhas refeições, tinha ânsia de vômito.

No entanto, o pior ainda estava por vir.

Na parte noroeste de Erraid, há uma rocha bastante alta que eu costumava frequentar, por ter um topo plano que dava para o estreito. Além disso, não ficava muito tempo parado em nenhum lugar, exceto quando dormia, porque minha angústia não me deixava descansar e me consumia em idas e vindas contínuas, sem rumo, sob a chuva.

No entanto, assim que o sol nasceu, deitei-me em cima daquela pedra para me secar. O alívio que o sol produz é algo que não consigo expressar. Comecei a ter esperanças em meu resgate – do qual já começava a desconfiar – e olhei para o mar e para Ross com um interesse renovado. Ao sul da minha rocha, uma parte da ilha se projetava, ocultando o mar aberto, de modo que um barco poderia subir por aquele lado sem que eu percebesse.

O fato é que, de repente, um pequeno barco com uma vela escura e uma dupla de pescadores a bordo surgiu subitamente naquele canto da ilha. Ele se dirigia para os lados de Iona. Gritei na sua direção e caí de joelhos na rocha com minhas mãos postadas, implorando-lhes que me viessem resgatar. Estavam perto o suficiente para me ouvir, já que eu podia até mesmo distinguir a cor de seus cabelos, e não havia dúvida de que eles também me viram, porque gritaram algo em gaélico e riram. Mas não viraram o barco, acelerando-o, diante dos meus olhos, em direção a Iona.

Eu não conseguia acreditar em tamanha maldade e corri de rocha em rocha ao longo da costa chamando-os pateticamente e, mesmo depois que já estavam fora do alcance da minha voz, continuei gritando e acenando a eles. Quando desapareceram, pensei que meu coração fosse explodir. Em todos aqueles momentos de infortúnio, só chorei duas vezes: a primeira foi quando não consegui recuperar minha retranca e agora, a segunda, ao ver que aqueles pescadores haviam ignorado meus gritos. Mas, desta vez, meu choro era furioso, o pranto de um menino perverso, arrancando a grama com as unhas e esfregando o rosto na areia. Se desejar fosse o suficiente para matar um homem, aqueles dois pescadores não teriam visto a manhã seguinte e eu, certamente, teria morrido na minha ilha.

Quando por fim superei um pouco minha raiva, tive de comer novamente, mas ficara tão enojado com a comida que mal conseguia me controlar. E a verdade é que teria sido melhor ficar em jejum, pois meus mariscos voltaram a me envenenar. Senti as dores da primeira vez; minha garganta estava tão ruim que mal conseguia engolir; tive calafrios tão violentos que meus dentes batiam e, em seguida, surgiu em mim aquele terrível mal-estar cujo nome preciso inexiste em inglês ou escocês. Achei que ia morrer e acertei as contas com Deus, perdoando todos os homens, até mesmo meu tio e aqueles pescadores, e, quando meu espírito estava preparado para o pior, minha mente clareou. Observei que a noite caía sem chuva, que minhas roupas estavam bem secas e que, de fato, eu estava melhor do que antes, quando desembarcara naquela ilhota, e, por fim, adormeci com um sentimento de gratidão no coração.

No dia seguinte – o quarto daquela minha terrível experiência –, minhas forças haviam diminuído ainda mais. Mas o sol brilhava, o vento era fresco, e o que consegui comer me fez bem e reavivou minha coragem.

Assim que voltei ao meu rochedo – onde sempre ia depois de comer –, vi um barco saindo do estreito, e pareceu-me que sua proa vinha em minha direção.

Aquilo me encheu de grandes esperanças, e de grandes temores. Achei que os tais homens poderiam ter pensado melhor sobre sua crueldade e talvez tivessem vindo em meu auxílio; mas, ao mesmo tempo, também imaginei que não poderia suportar outra decepção como a do dia anterior. Então virei as costas para o mar e assim permaneci, sem olhar para eles novamente, até depois de ter contado até mais de cem. O barco ainda vinha na direção da ilha. Na segunda vez em que lhes dei as costas, contei até mil, o mais devagar que pude, meu coração batendo tão forte que doía. Então não havia mais dúvidas: o barco estava vindo para Erraid!

Não consegui mais continuar de costas e corri em direção à margem, pulando de pedra em pedra, até chegar o mais longe que pude. E foi um milagre eu não ter me afogado, pois, quando finalmente fui forçado a parar, minhas pernas estavam bambas e minha boca tão seca que tive de umedecê-la com a água do mar para conseguir gritar.

Durante todo esse tempo, o barco continuava a se aproximar, e pude confirmar que se tratava do mesmo barco, com os mesmos dois homens do dia anterior. Reconheci-os pelos cabelos, louros claros em um, e pretos no outro. Mas, agora, havia um terceiro homem com eles, que parecia ser de uma classe superior.

Quando chegaram ao alcance da minha voz, baixaram a vela e pararam. Apesar dos meus apelos, eles não se aproximaram, e o que mais me assustou foi que o novo sujeito ria junto com os outros, sem tirar os olhos de mim.

Então ele se levantou e conversou muito comigo, falando alto e gesticulando muito. Disse-lhe que não entendia gaélico e, ao me ouvir, ficou muito bravo, e comecei a suspeitar que ele pensava estar falando minha língua. Ouvindo com muita atenção, captei várias vezes o termo "qualquer", embora mal pronunciado; mas o restante era gaélico, o que para mim era o mesmo que falar grego ou hebraico.

— Qualquer — disse-lhe eu, para mostrar-lhe que havia entendido uma palavra.

— Sim, sim... Sim, sim — disse ele.

E, então, ele olhou para os outros, como se dissesse "eu lhes disse que falava a língua dele!" e gritou comigo de novo, como antes, em gaélico.

Desta vez, captei outra palavra, "maré". Então, surgiu um lampejo de esperança. Percebi que o homem continuava acenando com a mão na direção de Ross.

— Você quer dizer quando a maré baixar...? — exclamei, mas não consegui terminar a frase.

— Sim, sim — respondeu ele. — Maré.

Virei então as costas para o barco – onde meu conselheiro mais uma vez voltou às suas risadinhas – e voltei por onde tinha vindo, saltando de rocha em rocha, atravessando a ilha mais rápido do que nunca. Depois de meia hora, cheguei às margens do estreito e, como imaginei, ele havia se reduzido a um riacho. Atirei-me à água, que mal chegava aos meus joelhos, atravessei o estreito e, quando coloquei os pés na outra margem, soltei um grito de alegria.

Qualquer menino criado à beira-mar não teria passado nem sequer um dia em Erraid, que nada mais era do que uma ilhota de maré, pois, no baixio, era possível entrar e sair dela duas vezes por dia em águas estreitas, a pé ou, no máximo, avançando sem dificuldade pela água. Eu mesmo, que havia observado várias vezes a maré subir e descer para pescar mariscos, poderia ter descoberto o segredo e me libertado se tivesse pensado um pouco mais, em vez de me enfurecer contra meu destino. Não era de surpreender que os pescadores não tivessem me entendido; mais surpreendente era que tivessem adivinhado meu lamentável engano e se dado ao trabalho de voltar. Eu havia passado quase cem horas naquela ilha, morrendo de fome e frio e, se não fossem aqueles pescadores, poderia ter enterrado meus ossos lá, por pura ignorância. E, embora tudo já estivesse terminado, eu pagara caro pela minha estupidez, não só com meus sofrimentos passados, mas com a situação em que agora me encontrava, vestido como um mendigo, mal podendo andar e sofrendo muito com a dor profunda da minha garganta irritada.

Conheci homens maus e homens tolos, muitos deles, e acredito que todos, no final, acabam pagando por sua culpa, mas os primeiros a pagar são os tolos.

CAPÍTULO XV
O RAPAZ DO BOTÃO DE PRATA: ATRAVÉS DA ILHA DE MULL

A ilha de Ross, ou Mull, que finalmente consegui alcançar, era acidentada e sem trilhas como a ilhota que eu acabara de deixar; nada mais que pântanos, arbustos e grandes pedras. Poderia haver trilhas para quem conhece bem a região; mas eu não tinha outro guia além do meu próprio nariz e da imponente Ben More.

Dirigi meus passos na direção da fumaça que tantas vezes avistara da ilha e, apesar de meu tremendo cansaço e das dificuldades da marcha, cheguei a uma casa situada em um pequeno vale, por volta das cinco ou seis horas da tarde. Era uma casa longa e baixa, com telhado de capim e construída com pedras sem argamassa e, em um montinho diante da casa, um velho senhor sentava-se ao sol, fumando seu cachimbo.

Com o pouco de minha língua que sabia, ele deu-me a entender que meus companheiros de bordo tinham chegado bem e que, no dia seguinte, haviam jantado naquela mesma casa.

— Havia alguém com eles vestido como um cavalheiro? — perguntei.

Ele me respondeu que todos usavam sobretudos grosseiros, mas que, de fato, o primeiro deles, que viera sozinho, usava bombachas e meias, ao passo que os outros usavam calças de marinheiro.

— Ah — exclamei —, e por acaso não usava também um chapéu com penas?

Disse-me que não, que tinha a cabeça descoberta como eu.

A princípio, presumi que Alan havia perdido o chapéu, mas, então lembrei-me da chuva, e parecia mais provável que ele o usasse sob o casaco, para não estragá-lo. Isso me fez sorrir, em parte porque meu amigo estava seguro e também porque me lembrei de sua vaidade em relação às roupas.

Então o velho deu um tapa na testa e exclamou que eu devia ser o menino do botão de prata.

— Sim, eu mesmo! — disse, bastante surpreso.

— Nesse caso — respondeu o velho —, tenho uma mensagem para você: vá se juntar ao seu amigo na região dele, em Torosay.

Em seguida, perguntou-me o que havia acontecido comigo e eu contei-lhe minha história. Um sulista certamente teria rido, mas aquele velho cavalheiro – chamo-o assim por conta de seus modos, já que suas roupas estavam em frangalhos – ouviu toda a história com seriedade e compaixão. Quando terminei, pegou-me pela mão e levou-me para seu casebre – pois não podia ser chamado de outra coisa – e apresentou-me sua esposa, como se ela fosse a rainha, e eu, um duque.

A boa mulher me serviu pão de aveia e frios, dando-me tapinhas nas costas e sorrindo o tempo todo, pois não falava minha língua; o velho cavalheiro – para também me ajudar – fez-me um ponche fortíssimo com a aguardente daquela região. Enquanto comia e, depois, bebia meu ponche, mal podia acreditar em minha boa sorte, e a casa, embora escurecida pela fumaça da lareira e com tantos buracos quanto um escorredor, parecia-me um palácio.

O ponche fez-me suar em profusão e dormir profundamente, e aquela boa gente me deixou repousar até quase o meio-dia do dia seguinte, quando tomei a estrada. Minha garganta estava muito melhor e meu ânimo completamente restaurado pela boa comida e pelas boas notícias. Embora eu insistisse muito com ele, o velho cavalheiro não aceitou dinheiro e me deu um boné surrado para cobrir minha cabeça; mas devo dizer que, assim que saí da casa, lavei cuidadosamente aquele presente em uma fonte à beira da estrada.

Lembrando-me da hospitalidade daquela gente, não pude deixar de dizer a mim mesmo: — Se são esses os selvagens montanheses, gostaria muito que meus compatriotas fossem ainda mais selvagens.

Não só comecei a caminhar tarde, como também devo ter perdido quase metade do tempo perambulando. O fato é que encontrei muitas pessoas capinando campos pequenos e miseráveis, que não poderiam nem sequer ter um gato nem criar bezerros maiores do que um burrico. Como as vestimentas escocesas eram proibidas por lei desde a rebelião e as pessoas eram condenadas a usar roupas típicas das Terras Baixas – de que não gostavam muito –, era curioso ver a variedade de suas vestes. Alguns estavam nus, apenas com uma capa ou sobretudo, as calças jogadas atrás das costas, como uma carga inútil; outros teceram uma imitação de xadrez, com tiras de tecido colorido costuradas como uma colcha velha; outros ainda usavam o kilt, mas com alguns pontos entre as pernas para transformá-lo em uma espécie de calça, parecida com as bombachas holandesas. Todas aquelas vestimentas improvisadas eram proibidas e passíveis de punição, já que a lei era rigorosamente aplicada, na esperança de acabar com o espírito dos clãs; mas, naquela ilha tão remota, limitada pelo mar, poucos foram os que as notaram, e menos ainda os que as denunciaram.

Eles pareciam viver em extrema pobreza, o que era bastante natural, já que haviam sido pilhados e, agora, os chefes dos clãs não tinham mais suas casas abertas a todos; assim, as estradas – até mesmo a tortuosa trilha que percorri – estavam infestadas de mendigos. E também nisso observei uma grande diferença em relação ao meu país. Pois os mendigos de nossas Terras Baixas – até mesmo os trabalhadores têm o direito de mendigar – são amigáveis e lisonjeiros e, se alguém lhes der uma moeda grande e pedir troco, eles o devolvem com muita cortesia. Mas esses mendigos das Terras Altas zelam por sua dignidade e só pedem esmola para comprar rapé – de acordo com eles mesmos – e não dão troco.

A verdade é que nada disso me importava, apenas servindo de distração enquanto eu caminhava. O que mais interessava a meus propósitos era que pouquíssimos compreendiam o que eu falava, e aqueles que o faziam – a menos que fossem mendigos profissionais – não estavam muito ansiosos para me responder. Como sabia que meu destino era Torosay, repetia-lhes tal nome e apontava com o dedo. Mas, em vez de me mostrarem o caminho, iniciavam um discurso em gaélico que me deixava louco. Assim, não é de admirar que eu tenha saído do meu caminho tantas vezes.

Finalmente, por volta das oito horas da noite e já muito cansado, cheguei a uma casa erma, onde pedi abrigo – que me negaram –, até me ocorrer o poder do dinheiro em uma região tão pobre, ostentando então um de meus guinéus. Surpreendentemente, o dono da casa, que até aquele momento fingia não falar minha língua, mandando-me sair de sua porta em gaélico, subitamente começou a falar com a clareza necessária e concordou em me hospedar durante a noite e me guiar no dia seguinte até Torosay por cinco xelins.

Naquela noite, dormi muito inquieto, temendo ser roubado; mas poderia ter evitado tal preocupação, pois meu hospedeiro não era um ladrão, mas um pobre coitado e um velhaco. Mas não era o único na pobreza, pois, na manhã seguinte, tivemos de caminhar quase dez quilômetros até a casa de um sujeito que meu hospedeiro chamava de rico, para poder trocar um de meus guinéus. Esse homem provavelmente seria rico na ilha de Mull; no sul, dificilmente seria considerado assim, pois ele teve de sair à procura de tudo o que tinha – revirando a casa de cabeça para baixo – e pedir emprestado a um vizinho para conseguir arranjar vinte xelins de prata. Ele ficou com o xelim restante, argumentando que não poderia manter uma quantia tão grande de dinheiro trancada a sete chaves. Ainda assim, era uma pessoa muito gentil e eloquente, fez com que sentássemos à mesa para jantar com sua família e serviu-nos ponche em uma bela tigela de porcelana, fazendo com que o pilantra do meu guia ficasse tão alegrinho que se recusou a continuar a me acompanhar.

Eu estava começando a ficar com raiva e apelei para o homem rico – seu nome era Hector Maclean – que havia testemunhado nosso acordo e meu pagamento de cinco xelins. Mas Maclean havia tomado sua parte da bebida e jurou que nenhum cavalheiro deveria deixar sua mesa depois de feito o ponche. Assim, não tive escolha a não ser sentar novamente e ouvir brindes jacobitas e canções gaélicas até que todos estivessem completamente bêbados e caíssem na cama, ou no palheiro, para passar a noite.

No dia seguinte – o quarto da minha viagem –, nós nos levantamos antes das cinco da manhã, mas o patife do meu guia agarrou-se novamente à garrafa e três horas se passaram antes que eu pudesse tirá-lo da casa, simplesmente para decepcionar-me novamente, como há de ver.

Enquanto descíamos um vale cheio de urze, diante da casa do sr. Maclean, tudo corria bem. Mas meu companheiro continuava olhando para trás e, quando lhe perguntei o motivo, ele apenas fez uma careta. Mas, assim que cruzamos o topo da colina e perdemos de vista as janelas da casa, ele me disse que Torosay estava logo à frente e que o topo de uma colina para a qual ele apontava seria minha melhor bússola.

— Isso pouco me importa — disse-lhe eu —, pois você vem comigo.

O velhaco sem-vergonha respondeu-me em gaélico que não compreendia minha língua.

— Meu caro — respondi —, sei perfeitamente bem que sua compreensão da minha língua aparece e desaparece. Diga-me quanto vai custar para recuperá-la. Quer mais dinheiro?

— Mais cinco xelins — disse ele — e eu mesmo o levarei até lá.

Ponderei por um momento e então ofereci-lhe dois, que ele aceitou sem pestanejar, insistindo em tê-los em mãos imediatamente "para lhe dar sorte" – palavras suas –, embora eu achasse que fosse mais para me trazer infortúnio.

Os dois xelins não lhe permitiram percorrer mais do que alguns quilômetros e, ao fim daquela distância, sentou-se à margem da estrada e tirou seus sapatos, como quem se punha a descansar.

Eu já fumegava de raiva.

— Ah — exclamei —, já não entende mais o que digo?

Respondeu-me descaradamente: — Não.

Ao ouvi-lo, pus-me furioso e levantei a mão, pronto para bater nele. Ele, no entanto, tirou uma faca de seus trapos e agachou-se, mostrando os dentes para mim como um gato selvagem. Então, esquecendo-me de tudo menos de minha raiva, lancei-me sobre ele, afastei sua faca com meu braço esquerdo e dei-lhe um soco na boca com o direito. Eu era um menino forte dominado pela raiva, ao passo que ele era apenas um sujeitinho baixo; assim, ele caiu diante de mim com toda a força. Por sorte, a faca escorregou de sua mão quando ele caiu.

Peguei tanto sua faca quanto seus sapatos, dei-lhe bom-dia e segui meu caminho, deixando-o descalço e desarmado.

Enquanto caminhava, ria, certo de que havia me livrado daquele pilantra, por uma série de motivos. Em primeiro lugar, ele sabia que nunca mais receberia dinheiro de mim; em segundo, aqueles sapatos não deveriam custar mais do que alguns centavos naquela região; e, por fim, a faca – que na verdade era uma adaga – fora proibida por lei de ser usada.

Após cerca de meia hora de caminhada, encontrei um homem muito alto e esfarrapado que caminhava a passos rápidos, mesmo que tateasse o chão com uma bengala. Era completamente cego e me disse que era catequista, o que deveria ter me tranquilizado. Mas não gostei do rosto dele; parecia sombrio, temerário e misterioso; e, na verdade, quando começamos a caminhar lado a lado, vi a coronha de aço de uma pistola aparecendo por baixo da aba do bolso de sua jaqueta. Carregar aquilo implicava em uma multa de quinze libras esterlinas, na primeira infração, e deportação para as colônias, em caso de reincidência. Eu não era capaz de entender os motivos para um pregador religioso estar armado, nem tampouco o que um cego poderia estar fazendo com uma arma.

Contei-lhe o que acontecera comigo e meu guia, pois sentia-me orgulhoso do que fizera e, naquele momento, minha vaidade foi mais forte do que minha prudência. À menção dos cinco xelins, ele soltou uma exclamação tão alta que decidi não lhe dizer nada quanto aos outros dois e fiquei feliz por ele não ter me visto enrubescer.

— Ofereci muito? — perguntei-lhe, gaguejando um pouco.

— Claro que foi muito! — exclamou ele. — Ora, posso guiá-lo até Torosay por um copo de conhaque. Além disso, você terá o grande prazer de desfrutar de minha companhia, pois sou um homem de certa cultura.

Disse-lhe que não entendia como um cego poderia servir de guia; mas, ao ouvir-me, ele começou a rir, dizendo que sua bengala tinha olhos dignos de uma águia.

— Pelo menos na ilha de Mull — continuou —, onde conheço de cor cada rocha e moita de urze. Veja só — acrescentou, golpeando à esquerda e à direita com a bengala, como para ter certeza —, há um riacho correndo lá embaixo e, na sua nascente, fica uma pequena colina com um grande rochedo que se inclina até o topo. No sopé dessa colina, estende-se a estrada que vai para Torosay, ao passo que esse caminho que pegamos, feito para o gado, é bastante movimentado e só se mostra mais cheio de mato quando atravessa a urze.

Tive de admitir que ele estava certo em tudo o que dissera e expressei meu espanto.

— Ah — disse —, isso não é nada. Você acreditaria em mim se eu dissesse que antes da publicação da Lei[18], quando ainda havia armas neste país, eu era capaz de atirar? E era bom! —exclamou e então, olhando de soslaio, acrescentou: — Se você tivesse uma pistola consigo, ou algo parecido, eu lhe mostraria como sou bom.

Disse-lhe que não tinha nenhuma arma comigo e afastei-me um pouco dele. Mal sabia ele que sua pistola estava visivelmente saindo de seu bolso e que eu podia ver o sol refletindo no aço da coronha. Mas, felizmente para mim, ele não havia percebido e acreditava que sua arma estivesse oculta e que poderia mentir à vontade.

Começou então a me interrogar, cheio de astúcia. Ele queria saber de onde vinha, se era rico, se poderia lhe trocar uma moeda de cinco xelins – que afirmava ter em sua bolsa de couro — e, o tempo todo, tentava se aproximar de mim, ao passo que eu continuava a me afastar dele. Estávamos agora em uma espécie de trilha gramada para o gado, que atravessava as colinas em direção a Torosay, e mudávamos constantemente de lado, como se estivéssemos dançando uma quadrilha. Eu me considerava tão superior a ele que meu humor melhorou muito, e comecei a me divertir, como se estivesse brincando de cabra-cega. Mas o catequista foi ficando cada vez mais furioso, até que, por fim, desatou a praguejar em gaélico e a bater nas minhas pernas com a bengala.

---

18 (Disarming) Act, em inglês. Decreto de proibição de porte de armas por cidadãos escoceses, promulgado em 1715. (N. do T.)

Disse-lhe então que, como ele, também tinha uma arma no bolso e que se ele não fosse para o outro lado da colina, rumo sul, eu estouraria seus miolos.

Imediatamente, ele se tornou muito educado e, depois de tentar me acalmar por algum tempo sem sucesso, xingou-me novamente em gaélico e partiu. Vigiei-o enquanto ele caminhava pelos pântanos e arbustos, tateando com sua bengala, até chegar ao sopé de uma colina e desaparecer no vale que a seguia. Então retomei minha marcha para Torosay muito mais feliz por ir sozinho do que acompanhado por aquele homem culto. Fora um dia miserável, e aqueles dois sujeitos de que me livrara sucessivamente foram os piores homens que já conheci nas Terras Altas.

Em Torosay, sobre o estreito de Mull e com vista para as terras de Morven, havia uma estalagem com um hospedeiro – aparentemente do clã Maclean, uma família muito digna, já que os estalajadeiros têm uma reputação muito melhor nas Terras Altas do que entre nós, talvez por trabalharem com hospitalidade ou por lidarem com desocupados e bêbados. Ele falava muito bem inglês e, imaginando que eu fosse um estudante, dirigiu-se a mim primeiro em francês – levando a melhor com facilidade – e, depois, em latim, e, desta vez, não sei dizer quem obteve vantagem. Essa divertida rivalidade nos colocou imediatamente em termos amigáveis, e sentei-me para tomar um ponche com ele – ou, para ser mais exato, sentei e observei-o beber –, até ele ficar tão bêbado que começou a chorar no meu ombro.

Mostrei-lhe, casualmente, o botão de Alan. Mas era evidente que ele nunca o tinha visto ou ouvido falar dele. Na verdade, ele guardava um certo rancor contra a família e os amigos de Ardshiel e, antes de se embriagar, leu para mim uma sátira – em excelente latim, mas com péssimas intenções – que havia composto em versos elegíacos contra um membro daquela família.

Quando lhe contei sobre o catequista, ele balançou a cabeça e disse que tivera sorte de me livrar dele.

— Trata-se de um homem muito perigoso — disse. — Seu nome é Duncan Mackiegh, e ele pode atirar de ouvido a vários metros de distância. Foi acusado inúmeras vezes de roubo nas estradas e, em certa ocasião, denunciaram-no por assassinato.

— O engraçado — respondi — é que ele se diz catequista.

— E por que não deveria dizê-lo já que, de fato, o é? — respondeu ele. — Foi Maclean, de Duart, quem o nomeou catequista, por ser cego. Mas talvez tenha sido um erro — acrescentou meu estalajadeiro —, pois ele está sempre nas estradas, indo de um lugar para outro para ouvir as crianças recitarem o catecismo e, sem sombra de dúvida, o pobre homem encontra muitas tentações pelo caminho.

Por fim, quando meu estalajadeiro não podia mais beber, ele me indicou uma cama, e deitei-me muito satisfeito por ter percorrido a maior parte daquela vasta e tortuosa ilha de Mull, de Erraid a Torosay, oitenta quilômetros em linha reta – quase cem, se contar as vezes em que me perdi naquelas estradas – em quatro dias, e sem me cansar muito. Realmente me sentia muito melhor, de espírito e de saúde, no final dessa longa caminhada, do que quando a começara.

CAPÍTULO XVI
O RAPAZ DO BOTÃO DE PRATA: ATRAVÉS DE MORVEN

Entre Torosay e Kinlochaline, que fica no continente, há uma balsa regular. Ambos os lados do estreito pertencem ao país do poderoso clã Maclean, e as pessoas que cruzaram comigo na balsa eram quase todas desse clã. Por outro lado, o capitão do barco se chamava Neil Roy Macrob e, como Macrob era um dos nomes do clã de Alan e o próprio Alan havia me mandado tomar aquela balsa, estava ansioso para conversar a sós com Neil Roy.

Em um barco lotado como este, isso era, obviamente, impossível, e a travessia se dava de forma extremamente lenta. Não havia vento e, como os equipamentos do barco eram de péssima qualidade, não conseguíamos nos mover com mais do que dois remos de um lado e um do outro. Os homens, porém, trabalhavam com afinco e, de vez em quando, revezavam-se com os passageiros, e todos matavam o tempo entoando canções de marinheiros em gaélico. Assim, com aquelas cantigas, a brisa do mar, a boa disposição de todos e o bom tempo, a travessia foi algo bastante agradável de presenciar.

Mas havia algo de melancólico em tudo aquilo. Na desembocadura do lago Aline, encontramos um grande navio ancorado. A princípio, presumi que fosse um dos cruzadores do rei que percorria a costa, tanto no verão quanto no inverno, para impedir a comunicação com os franceses. Mas, quando chegamos um pouco mais perto, ficou claro que se tratava de um navio mercante; e o que mais me intrigava era que não só o convés do navio estava apinhado de gente, mas também a praia, e que os botes iam e vinham constantemente de um lugar para o outro. À medida que nos aproximávamos, um som de lamento começou a chegar aos nossos ouvidos, já que tanto a bordo quanto em terra havia pessoas chorando e se lamentando, de tal forma que era de partir o coração.

Entendi então tratar-se de um navio de emigrantes, que tinha como destino as colônias americanas.

Atracamos a balsa ao lado do navio, e os exilados se inclinaram sobre a amurada, chorando e estendendo as mãos para meus companheiros de viagem, entre os quais contavam alguns amigos íntimos. Não sei quanto tempo aquilo durara, pois eles davam a impressão de ter perdido a noção do tempo; mas, por fim, o capitão do navio, que parecia fora de si no meio de toda aquela gritaria e confusão – o que não é de admirar –, dirigiu-se à lateral da balsa e pediu que nos afastássemos.

Neil, então, virou o barco e o mestre do coro de nosso navio começou a cantar uma melodia triste, que foi imediatamente retomada pelos emigrantes e seus amigos em terra, ressoando por todo canto como um lamento pelos moribundos. Vi as lágrimas escorrendo sem parar pelas faces dos homens e das mulheres em nosso barco enquanto eles se curvavam sobre os remos, e as circunstâncias e a letra da canção – cujo nome é "Adeus, Lochaber" – comoveram a todos nós profundamente, até mesmo eu.

Em Kinlochaline, chamei Neil Roy à beira da praia, buscando certificar-me de que se tratava de um dos homens de Appin.

— E por que quer saber? — disse-me ele.

— É que estou procurando alguém — respondi — e imagino que possa ter notícias dele. Seu nome é Alan Breck Stewart. — E, muito tolamente, em vez de lhe mostrar o botão, tentei comprar suas informações pondo um xelim em sua mão.

Ao ver meu gesto, ele recuou. — Estou muito ofendido — disse-me ele. — Isso não é maneira de tratar um cavalheiro. O homem sobre o qual está perguntando encontra-se na França, mas, mesmo que eu o estivesse carregando em minha bolsa — acrescentou — e você tivesse a barriga cheia de xelins, não tocaria nem sequer em um fio de cabelo dele.

Entendi que havia errado e, sem perder tempo com desculpas, mostrei-lhe o botão de prata que tinha na palma da mão.

— Agora, sim — disse Neil. — Acredito que deveria ter começado por aí! Se é o menino do botão de prata, não há mais nada a dizer, pois sou eu quem zela pela sua segurança. Ainda assim, se me permite falar com franqueza — acrescentou —, há um nome que nunca deveria sair de seus lábios, e esse nome é Alan Breck, e algo mais que nunca deveria fazer, que é oferecer seu dinheiro sujo a um cavalheiro das Terras Altas.

Não foi fácil pedir desculpas, pois não poderia lhe dizer – mesmo sendo verdade – que nunca imaginaria que ele fosse um cavalheiro se não me tivesse dito. Neil, por sua vez, não desejava prolongar seu relacionamento comigo; queria apenas cumprir suas ordens e acabar com aquilo. Por isso, apressou-se em me passar as instruções que eu deveria seguir. Passaria a noite em Kinlochaline, na estalagem da aldeia; cruzaria Morven no dia seguinte, rumo a Ardgour, e dormiria na casa de um certo John de Claymore, que já fora informado de minha chegada. No terceiro dia, conduzir-me-iam através de um lago em Corran, e outro em Balachulish, e então perguntaria o caminho até a casa de James, da família Glen, em Aucharn, perto de Duror. Como dá para perceber, boa parte da viagem era feita de balsa, pois, nessa região, o mar entra por uma grande distância em meio às montanhas, serpenteando aos seus pés, o que torna toda a região muito fácil de defender, mas difícil de cruzar. No entanto, também faz com que seja cheia de cenários maravilhosos, inexplorados e perigosos.

Recebi mais alguns conselhos de Neil, como não falar com ninguém na estrada, evitar whigs, Campbells e os "casacas-vermelhas", e sair do caminho e me esconder nos arbustos se visse algum deles chegando, "pois topar com eles nunca trazia boas consequências"; em suma, comportar-me como se eu fosse um ladrão ou um agente jacobita, como Neil provavelmente havia suposto que eu fosse.

A estalagem de Kinlochaline era um lugar tão miseravelmente imundo que até mesmo os porcos a teriam evitado, tão cheia de fumaça, insetos e taciturnos habitantes da região. Eu estava infeliz não apenas com meu alojamento, mas comigo mesmo, por minha má conduta com Neil, e pensei que dificilmente poderia estar pior. Mas, como pude ver sem demora, enganara-me profundamente, pois não fazia nem meia hora que estava na estalagem – a maior parte do tempo à porta, tentando aliviar meus olhos da fumaça – quando começou uma tempestade, um aguaceiro que desabava sobre o pequeno morro onde ficava a pousada, alagando parte da casa. Naquela época, as estalagens eram muito ruins em toda a Escócia; ainda assim, era-me surpreendente ter de atravessar uma enxurrada para ir da chaminé até a cama em que ia dormir.

No dia seguinte, bem cedo pela manhã, continuei minha jornada e, no caminho, encontrei um homem pequeno, forte e solene, que caminhava muito devagar, com os pés virados para fora, ora lendo um livro, ora marcando a página com o dedo, e vestido com decência e simplicidade, com certo ar eclesiástico.

Mais tarde soube se tratar de outro catequista, mas pertencente a uma ordem diferente daquela do cego de Mull, pois era, na verdade, um dos enviados pela Sociedade de Propagação do Conhecimento Cristão de Edimburgo[19] para evangelizar os lugares mais atrasados das Terras Altas. Seu nome era Henderland; falava com um forte sotaque sulista, do qual já começava a sentir saudade, e, além de nossa origem comum, logo descobrimos que existia entre nós um vínculo de interesse mais importante. Em seu tempo livre, meu bom amigo, o clérigo de Essendean, havia traduzido para o gaélico uma série de hinos e livros religiosos, que Henderland usava em seu trabalho e tinha em alta estima. E, de fato, uma dessas traduções era a que ele carregava e lia quando nos conhecemos.

Imediatamente concordamos em continuar o caminho juntos, pois ambos íamos para Kingairloch. Ele parava a cada instante para falar com os caminhantes e trabalhadores que encontrávamos ou que passavam por nós e, embora obviamente eu não fosse capaz de entender o que diziam, concluí que o sr. Henderland era muito querido na região, pois notei que muitas das pessoas com quem ele falava tiravam seus estojos de rapé para compartilhar uma pitada com ele.

Falei-lhe de meus negócios tanto quanto julguei prudente, isto é, não lhe disse nada a respeito de Alan, e afirmei estar indo a Balachulish para encontrar um amigo, pois pensei que contar-lhe sobre Aucharn, ou mesmo Duror, seria algo muito específico e poderia dar-lhe algumas pistas acerca de meus reais propósitos.

Ele, por sua vez, me falou bastante de seus afazeres e das pessoas com que trabalhava, dos sacerdotes e jacobitas que estavam escondidos, da lei que proibia o porte de armas e também de roupas e muitas outras curiosidades daquela região e época. Ele parecia ser moderado, censurando os membros do Parlamento em vários pontos, especialmente por terem elaborado uma lei mais severa contra as pessoas que usavam os trajes típicos escoceses do que contra aqueles que portavam armas.

Sua moderação me levou a questionar-lhe a respeito do Raposa Vermelha e dos inquilinos de Appin, questões que considerei naturais na boca de quem viajava por aquele país.

---

19 Associação missionária presbiteriana, fundada em 1709 e em funcionamento até nossos dias. (N. do T.)

Ele me respondeu que aquilo era um mau negócio. — É simplesmente maravilhoso — acrescentou — que os inquilinos consigam arranjar qualquer dinheiro, já que sua vida se passa em meio a uma fome constante. (Por acaso o senhor não carrega rapé consigo, não é? Não, tudo bem, não deveria usá-lo mesmo.) Mas, como vinha dizendo, esses inquilinos são, sem dúvida nenhuma, obrigados a ir atrás desse dinheiro. James Stewart, em Duror (o tal que chamam de James, de Glen), é o meio-irmão de Ardshiel, o chefe do clã, e é um homem altamente respeitado e enérgico. Além dele, há um outro, que chamam de Alan Breck...

— Ah — exclamei —, que é feito dele?

— Quem é capaz de saber para onde o vento acaba de soprar? — Henderland respondeu. — Está sempre aqui e acolá; aqui hoje, amanhã já longe; ele não passa de um gato selvagem. Não ficaria surpreso se ele estivesse escondido atrás de um daqueles arbustos de tojo! Por acaso, o senhor não tem um pouco de rapé, não é?

Disse-lhe que não e que ele já havia me feito a mesma pergunta há pouco.

— É muito provável — disse ele, soltando um suspiro. — Mas é bastante estranho que você não carregue rapé. Bom, como estava dizendo, esse Alan Breck é um sujeito intrépido, inconsequente e, como todos sabem, o braço direito de James. Sua vida já está condenada, mas ele não vai parar por nada e, talvez, se algum dos inquilinos se negasse a pagar, Alan bem que seria capaz de enfiar a faca em sua barriga.

— Tudo o que está me contando, sr. Henderland — disse-lhe eu —, é uma história lamentável. Se somos obrigados a temer ambos os lados, prefiro não ouvir mais nada a respeito.

— Mas — respondeu o sr. Henderland — também há amor e abnegação em tudo isso, sentimentos que, infelizmente, talvez faltem no senhor e em mim. Há algo de belo nisso – mesmo que não possa ser considerado cristão –, mas humanamente belo. Até o próprio Alan Breck, pelo que ouvi falar dele, é um sujeito que merece respeito. Talvez haja um grande número de hipócritas sentados ao nosso lado na igreja local, que parecem respeitáveis aos olhos do mundo, mas provavelmente são muito piores, sr. Balfour, do que aqueles que derramam o sangue alheio. Pois, então, devemos aprender com eles. Talvez pense que estou morando nas Terras Altas há tempo demais, não é? — acrescentou, sorrindo.

Disse-lhe que não, mas que tinha já visto o bastante para admirar os habitantes daquela região e, afinal, o próprio Sr. Campbell era filho das Terras Altas.

— Sim, isso é verdade — disse ele. — É uma excelente linhagem.

— E como é o agente do rei? — perguntei-lhe.

— Colin Campbell? — Henderland respondeu. — Ele está enfiando a mão em um ninho de vespas!

— Ouvi dizer que está expulsando os inquilinos à força — retruquei.

— Sim — ele me respondeu —, mas essa questão chegou em um beco sem saída, como costumam dizer. Primeiro, James de Glen foi a Edimburgo para encontrar um advogado – alguém da família Stewart, sem dúvida, já que todos eles ficam juntos como pombos em um campanário – e conseguiu adiar todo esse processo. E então Colin Campbell voltou à carga, conseguindo tudo o que queria dos barões do tesouro real. E agora ouvi dizer que os inquilinos originais vão sumir amanhã mesmo. As expropriações devem começar por Duror, debaixo do nariz de James, o que – na minha humilde opinião – não me parece prudente.

— O senhor acha que eles vão lutar? — perguntei.

— Não sei — disse Henderland. — Eles estão desarmados, ou deveriam estar, pois ainda há muitas armas escondidas em lugares secretos. Além disso, Colin Campbell mandou trazer tropas. Mas, apesar de tudo, se eu fosse a esposa dele, não ficaria tranquila até vê-lo de volta em casa. Eles são estranhos, os Stewarts de Appin.

Perguntei-lhe se eram piores do que seus vizinhos.

— Não são — respondeu-me ele. — E isso é o pior de tudo. Bom, se Colin Roy conseguir o que quer em Appin, então ele fará o mesmo no condado ao lado, que chamam de Mamore, e que faz parte das terras dos Cameron. Ele é o representante do rei em ambas as regiões e terá de expulsar os inquilinos das duas; e, de fato, sr. Balfour, falando-lhe francamente, parece-me que, se ele escapar por um lado, encontrará a morte no outro.

Continuamos conversando e caminhando durante a maior parte do dia, até que, por fim, o sr. Henderland, depois de expressar seu prazer em ter minha companhia e sua satisfação por ter conhecido um amigo do sr. Campbell – a quem, disse ele, eu ousaria chamar pelo nome do doce cantor da nossa abençoada Sião[20] –, sugeriu que eu interrompesse minha viagem e passasse a noite em sua casa, que ficava um pouco além de Kingairloch. Para dizer a verdade, fiquei muito feliz, pois não desejava ver John, de Claymore, e, desde minha dupla desventura, primeiro com o guia e depois com o capitão do barco, não tinha tanta confiança nos cidadãos das Terras Altas. Aceitei, então, o convite, selando nosso acordo com um aperto de mãos, e, à tarde, chegamos a uma casinha isolada, às margens do lago de Linnhe. O sol já havia se posto nas montanhas desertas de Ardgour, mas brilhava, mais longe, nas montanhas de Appin. As águas do lago eram absolutamente calmas, e só se ouvia o grasnar das gaivotas voando nas encostas, e todo aquele lugar tinha uma aparência solene e selvagem.

Mal havíamos chegado à porta da casa do sr. Henderland, quando ele, para minha surpresa – pois eu já havia me acostumado à cortesia reinante nas Terras Altas –, passou por mim bruscamente, adentrou a casa com rapidez, alcançou um jarro e uma pequena colher de chifre e começou a enfiar quantidades realmente excessivas de rapé no nariz. Em seguida, teve um acesso de espirros e, por fim, virou-se para mim com um sorriso bobo.

— É uma promessa que fiz — disse-me ele. — Prometi não carregar rapé comigo. Sem dúvida, para mim, é uma grande

---

20 Referência ao prenome do personagem, David ("Davi", em inglês), homônimo do rei bíblico conhecido por entoar salmos no monte Sião, uma das colinas de Jerusalém. (N. do T.)

privação. Mas, quando penso nos mártires, não apenas dos covenanters da Escócia[21], mas também de outros cristãos, envergonho-me de quão pouco vale meu voto.

Assim que comemos – e a dieta do bom homem era composta apenas de mingau e soro de leite –, ele ficou muito sério e disse-me que tinha um dever para com o sr. Campbell, que era saber de minha disposição de espírito para com Deus. Eu já estava a ponto de rir dele desde o que se passara com o rapé, mas ele conseguiu me levar às lágrimas depois de algumas poucas palavras. Há duas coisas das quais os homens nunca devem se cansar: da bondade e da humildade; e nenhuma delas é fácil de encontrar neste mundo cruel, entre tanta gente fria e orgulhosa. Mas o sr. Henderland falava muito bem e, embora eu tivesse muito orgulho de minhas aventuras – e de, como dizem, ter me safado com vida de tudo o que passara –, aquele simples e pobre velho não demorou a me fazer ajoelhar-me a seus pés, sentindo-me ao mesmo tempo feliz e honrado de ali estar.

Antes de irmos para a cama, ele ofereceu-me seis centavos – do pouco dinheiro que guardava na parede de turfa de sua casa – para facilitar minha viagem. Diante daquele excesso de bondade, não soube o que fazer. Mas ele insistiu tanto que pareceu mais cortês aceitar sua oferta, mesmo tornando-o ainda mais pobre do que eu.

CAPÍTULO XVII
A MORTE DO RAPOSA VERMELHA

No dia seguinte, o sr. Henderland foi à busca de um homem, que tinha seu próprio barco e ia atravessar o lago de Linnhe para pescar naquela mesma tarde, passando por Appin. O homem

---

21 Os covenanters eram membros de um movimento religioso e político escocês do século XVII, que apoiava uma igreja presbiteriana própria da Escócia e a primazia de seus líderes em assuntos religiosos. (N. do T.)

concordou em me levar, já que era parte do rebanho de fiéis de meu amigo, e assim economizei um longo dia de viagem e o custo de duas balsas, que, de outra forma, teria de pegar.

Era cerca de meio-dia quando partimos. Era um dia sombrio, com muitas nuvens, embora o sol brilhasse através de algumas clareiras. O mar ali era bem fundo e calmo, praticamente sem ondas, o que me fez levar um pouco de água à boca para me convencer de que era realmente salgada. As montanhas de ambos os lados eram altas, escarpadas e estéreis, bastante escuras e lúgubres à sombra das nuvens, embora entrelaçadas de feixes prateados, vindos dos reflexos dos riachos ao sol. Parecia-me uma região selvagem demais, essa de Appin, para que seus habitantes amassem tanto quanto Alan o fazia.

Havia apenas uma coisa que vale a pena mencionar. Pouco depois de partirmos, o brilho do sol transformou-se em uma mancha escarlate em movimento ao longo da costa norte. A cor era muito parecida com a dos casacos dos soldados e, de vez em quando, viam-se faíscas e raios, como se o sol estivesse açoitando o aço brilhante.

Perguntei ao meu barqueiro o que poderia ser aquilo, e ele me disse que suspeitava serem alguns dos casacas-vermelhas, vindo de Fort Willian para Appin para atacar os pobres arrendatários da região. Aquilo me entristeceu e, seja porque pensei em Alan, seja por algum prenúncio em meu peito, a verdade é que, mesmo sendo apenas a segunda vez que via as tropas do rei George, não conseguia lhes desejar nada de bom.

Por fim, chegamos tão perto da terra quando entramos no lago de Leven que pedi ao barqueiro que me deixasse na praia. Ele, que era um homem honesto e fiel à promessa feita ao catequista, quis levar-me até Balachulish, mas, como esse plano me distanciava de meu destino secreto, insisti, e ele finalmente me permitiu desembarcar, ao pé da floresta de Lettermore – ou Lettervore, pois ouvi chamarem-na das duas formas –, em Appin, ou seja, na região de Alan.

Lettermore era simplesmente um bosque de bétulas que crescia na encosta íngreme e rochosa de uma montanha que se elevava sobre o lago. Tinha muitas clareiras e algumas áreas cobertas de samambaias, e uma estrada, mais parecida com uma trilha para cavalos, cruzava-o de norte a sul, à beira de uma nascente, onde me sentei para comer um pouco do pão de aveia que o sr. Henderland me dera e pensar na minha situação.

Nesse local, não só fui perturbado por uma nuvem de mosquitos que me picavam sem parar, mas também, e em maior grau, pelas dúvidas que me enchiam a cabeça. O que deveria fazer? Por que eu me encontraria com um homem fora da lei, suspeito de assassinato como Alan? Não seria melhor, como faria um homem sensato, ir direto para o sul por minha conta e risco? O que pensariam o sr. Campbell e o próprio sr. Henderland se soubessem de minha loucura, de minha presunção? Tais eram as dúvidas que começaram a me assaltar com mais força do que nunca.

Enquanto eu pensava, ali sentado, um som de homens e cavalos chegou aos meus ouvidos através da floresta e, pouco depois, em uma curva da estrada, vi surgirem quatro sujeitos. A estrada era tão íngreme e estreita naquele trecho que os viajantes eram obrigados a seguir em fila indiana, um após o outro, contendo seus cavalos com as rédeas. O primeiro deles era um homem alto, ruivo e com um rosto corado e autoritário; tinha o chapéu na mão e abanava-se com ele, pois era sufocado pelo calor. O segundo, pela sobriedade das vestes pretas e da peruca branca, pareceu-me – e não me enganara – um advogado. O terceiro era um criado, e parte de suas roupas era feita com tecido xadrez, o que mostrava que seu senhor era de uma família das Terras Altas – um fora da lei – ou, então, tinha boas relações com o governo, pois usar xadrez era ilegal. Se eu fosse mais versado nessas coisas, saberia que o xadrez que ele portava tinha as cores dos Argyles – ou seja, dos Campbells. O criado tinha amarrados à sela de seu cavalo um baú bastante grande e uma rede de limões – para fazer ponche –, como era costume dos viajantes ricos daquela região.

Quanto ao quarto e último, já tinha visto outros tipos semelhantes a ele e, por isso, soube imediatamente ser um agente da polícia.

Assim que vi essas pessoas aparecerem, decidi – sem saber por que motivo – continuar com minhas aventuras e, assim que o primeiro deles passou por mim, levantei-me e perguntei-lhes o caminho para Aucharn.

O homem parou e olhou para mim – de uma maneira estranha, ao que me pareceu – e então, voltando-se para o advogado, disse-lhe: — Mungo, muita gente interpretaria isso como um aviso. Aqui estou eu a caminho de Duror para realizar a tarefa que conhece, e eis que surge um menino por entre a relva e me pergunta se estou indo na direção de Aucharn.

— Glenure — respondeu o outro —, isso não é motivo para brincadeiras.

Os dois homens se aproximaram um do outro e encararam-me, enquanto os outros dois, que vinham atrás, pararam a poucos passos de distância.

— E o que está procurando em Aucharn? — perguntou Colin Roy Campbell de Glenure, aquele que era chamado de "Raposa Vermelha", pois era ele que eu parara.

— O homem que lá habita — respondi.

— James, dos Glens — disse Glenure, pensativo. Então virou-se para o advogado: — Você acha que ele está reunindo sua gente?

— Em todo caso — respondeu o advogado —, o melhor que podemos fazer é ficar onde estamos e esperar que os soldados nos alcancem.

— Se estão preocupados comigo — disse-lhes eu —, não é necessário, pois não pertenço à sua gente, nem à deles. Sou um súdito honrado do rei George, que não deve e não teme ninguém.

— Muito bem dito — respondeu o agente. — Mas posso perguntar o que esse homem honesto está fazendo tão longe de sua terra e por que está procurando o irmão de Ardshiel? Devo avisá-lo que tenho poder nestas terras. Sou o agente do rei em diversos condados e tenho doze fileiras de soldados atrás de mim.

— Ouvi mesmo dizer na região — disse eu, um pouco irritado — que é um homem difícil de se lidar.

Ele continuou a olhar para mim, como se hesitasse.

— Bom — disse ele, por fim —, você tem uma língua ousada, mas não desgosto da franqueza. Se tivesse me perguntado o caminho para a casa de James Stewart em qualquer outro dia que não hoje, eu teria lhe dito e lhe desejaria uma boa viagem. Mas logo hoje... Não é, Mungo? — E virou-se para olhar o advogado.

Mas, assim que ele se virou, ouvi o estampido de um tiro vindo do topo da colina e, quase no mesmo instante, Glenure caiu no chão.

— Ah, conseguiram me matar! — gritou ele, várias vezes.

O advogado levantou-o e segurou-o nos braços, enquanto o criado se inclinava sobre ele e torcia suas mãos. O ferido fitou-os, primeiro um e depois o outro, com os olhos cheios de pânico, e houve uma mudança em sua voz que me emocionou.

— Vocês, tomem cuidado — disse ele. — Eu já estou morto.

Ele tentou desabotoar as roupas, como se estivesse à procura de seu ferimento, mas seus dedos escorregaram dos botões. Então soltou um profundo suspiro, sua cabeça caiu sobre os ombros e ele faleceu.

O advogado não disse palavra, mas seu rosto mostrava-se mais mordaz do que uma pena e mais pálido do que o do morto; o criado lamentava e chorava como uma criança, e, quanto a mim, permaneci imóvel, olhando para eles com uma espécie de terror. O agente da polícia começou a correr assim que ouviu o tiro, para apressar a chegada dos soldados.

Finalmente, o advogado deitou o morto na poça de seu próprio sangue e cambaleou um pouco.

Parece-me que foi esse movimento que me fez recobrar os sentidos, pois, assim que ele se levantou, comecei a subir o morro, gritando: — Assassino! Assassino!

Tão pouco tempo se passou que, quando cheguei ao topo da primeira encosta e pude ver uma clareira na montanha, o assassino ainda corria não muito à minha frente. Era um homem grande, com um casaco preto com botões de metal, e carregava um longo rifle de caça.

— Aqui! — gritei. — Ainda consigo vê-lo!

Ao me ouvir, o assassino lançou um rápido olhar por cima do ombro e saiu correndo. No instante seguinte, eu já o perdera por entre as bétulas, mas ele reapareceu em um ponto mais alto, onde avistei-o subindo como um macaco, pois aquela parte era novamente muito íngreme. Depois de uma curva, no entanto, ele desapareceu e nunca mais o vi.

Eu não parara de correr durante todo esse tempo e acabara de chegar ao topo, quando uma voz, gritando, ordenou-me que parasse.

Eu estava no limite da floresta, no alto da montanha, e, quando parei e olhei para trás, vi toda a clareira da colina estendendo-se abaixo de mim.

O advogado e o agente da polícia encontravam-se mais adiante na estrada, chamando-me e acenando para que eu voltasse e, à esquerda deles, os casacas-vermelhas, mosquete na mão, começavam a marchar, em fila única, saindo da floresta, ao pé da montanha.

— Por que preciso voltar? — gritei. — Subam vocês!

— Dez libras para quem pegar aquele menino! — gritou o advogado. — Ele foi cúmplice. Colocaram-no aqui para nos deter com sua conversa.

Ao ouvir essas palavras – que pude ouvir claramente, embora não fossem dirigidas a mim, mas aos soldados –, meu coração apertou e senti um novo pânico. Porque uma coisa é realmente estar em perigo de morte, e outra bem diferente é arriscar-se a perder a vida e a honra. Além disso, tudo acontecera tão de repente, como se um trovão tivesse soado em um céu claro, que encontrava-me atordoado e desamparado.

Os soldados começaram a se espalhar, alguns correndo, outros apontando seus mosquetes para mim, e eu permaneci imóvel.

— Embrenhe-se entre as árvores — disse uma voz muito perto de mim.

Obedeci, embora não tivesse consciência do que estava fazendo, e, naquele exato momento, ouvi os tiros e o assobio das balas através das bétulas.

E, abrigado sob aquelas árvores, encontrei Alan Breck, em pé, com uma vara de pescar na mão. Sem me cumprimentar, pois não era hora de ser civilizado, ele simplesmente me disse "Venha!" e desceu correndo a encosta da montanha em direção a Balachulish. E, como um cordeirinho, eu o segui.

Ora corríamos entre as bétulas, ora agachávamo-nos atrás das colinas, ora andávamos de quatro entre as urzes. O ritmo era frenético, e meu coração parecia estar tentando quebrar minhas costelas. Não tinha tempo para pensar, nem para recuperar o fôlego e falar o que fosse. Só me lembro de observar com espanto que Alan, de tempos em tempos, erguia-se o máximo que podia para olhar para trás e que, a cada vez que o fazia, um grito distante de soldados chegava até nós.

Quinze minutos depois, Alan parou, estendeu-se completamente na charneca e, voltando-se para mim, disse:

— Falo sério agora. Copie tudo o que eu fizer, pois sua vida depende disso.

E, com a mesma rapidez, mas agora com muito mais cautela, cruzamos uma vez mais a encosta, voltando pelo mesmo caminho de onde tínhamos vindo, embora talvez um pouco mais acima, até que finalmente Alan alcançou o alto da floresta de Lettermore, onde eu o encontrara, e ali parou, em meio às samambaias, ofegando como um cachorro.

Minhas costas doíam tanto, minha cabeça girava de tal forma e minha boca estava tão seca com o calor que caí a seu lado como se estivesse morto.

CAPÍTULO XVIII
CONVERSO COM ALAN NA FLORESTA DE LETTERMORE

Alan foi o primeiro a se recuperar. Levantou-se, foi até o limite da floresta, deu uma olhada em torno, voltou e sentou-se.

— Bom — disse ele —, foi uma fuga e tanto, David.

Eu não disse nada, nem sequer levantei a cabeça. Presenciara um assassinato e um cavalheiro corpulento, corado e jovial ter sua vida extirpada em um único instante. O aspecto lamentável daquela cena, ainda fresco em minha memória, era apenas uma parte de minhas preocupações. O homem que Alan odiava havia sido assassinado e ali estava ele, espreitando entre as árvores e fugindo das tropas; se tinha sido ele o executor do tiro ou simplesmente quem dera a ordem, pouco importava. A meu ver, meu único amigo naquela região selvagem era culpado de um crime de primeira ordem; estava horrorizado com tudo aquilo e não conseguia olhar para seu rosto; teria preferido ficar sozinho na chuva, na minha gélida ilhota, a permanecer naquela floresta quente com um assassino.

— Ainda está cansado? — perguntou-me ele.

— Não — respondi sem desviar o olhar das samambaias —, não, não estou mais cansado, e posso falar. Você e eu devemos nos separar — acrescentei. — Gosto muito de você, Alan, mas os caminhos que segue não são iguais aos meus, nem sequer são de Deus e, mais cedo ou mais tarde, seja como for, teremos de nos separar.

— Não gostaria de me separar de você, David, sem um motivo — disse Alan, com profunda gravidade. — Se tem algo contra minha reputação, o mínimo que pode fazer, em nome da nossa velha amizade, é dizer-me o que é. Se se trata simplesmente de não gostar de minha companhia, tenho o direito de julgar se fui insultado.

— Alan — retruquei —, o que está dizendo? Você sabe muito bem que o sangue do Campbell que você perseguia está espalhado por esta estrada.

Ele ficou em silêncio por um momento e, então, disse: — Você já ouviu a história do Homem e da Boa Gente? — "boa Gente", aqui, queria dizer "fadas".

— Não — respondi — e nem quero ouvir.

— Bom, se me permite, sr. Balfour, vou lhe contar de qualquer modo — disse Alan. — Um homem foi banido para um rochedo em alto-mar, onde dizem que a Boa Gente costumava descansar, a caminho da Irlanda. O rochedo se chama Skerryvore e não fica longe de onde naufragamos. O fato é que, aparentemente, o homem chorava de maneira tão lamentável, dizendo que queria poder ver seu filhinho antes de morrer, que o rei da Boa Gente apiedou-se dele e mandou uma das fadas voar e trazer a criança dentro de um saco, deixando-a ao lado do pai enquanto dormia. Assim foi feito e, quando o homem acordou, viu o saco ao seu lado e sentiu algo se mexer dentro dele. Pois bem, parece que aquele homem era daquelas pessoas que sempre pensam o pior e, para assegurar-se contra qualquer perigo, antes de abrir o saco, perfurou-o com sua adaga, encontrando depois o filho morto. E me parece, sr. Balfour, que tem muito em comum com esse homem.

— Você quer me dizer que não teve parte no que aconteceu? — exclamei, sentando.

— Antes de tudo, devo dizer-lhe, de amigo para amigo, sr. Balfour, de Shaws — disse Alan —, que, se eu quisesse matar um cavalheiro, não o faria em minha própria região, para não prejudicar meu clã. E, além disso, não o faria sem qualquer espada ou pistola, e com apenas uma longa vara de pescar nas costas.

— Ora — retruquei —, isso lá é verdade!

— E agora — continuou Alan, desembainhando sua adaga e colocando a mão sobre ela de uma maneira peculiar — juro por este santo aço que não tive nenhuma parte ou papel, seja em atos ou pensamentos, em tudo o que aconteceu aqui.

— Agradeço a Deus por isso! — exclamei e ofereci-lhe a minha mão.

Ele pareceu não notar meu gesto.

— E os Campbells ainda nos darão muito trabalho — disse ele. — Eles não são tão poucos, pode ter certeza!

— Pelo menos — retruquei —, você não pode me culpar, pois deve se lembrar perfeitamente do que me disse a bordo do brigue. Mas tentação e ação são coisas diferentes, e agradeço a Deus por isso uma vez mais. Todos nós podemos ser vítimas de tentações, mas tirar uma vida a sangue frio, Alan... — E não pude dizer mais nada a respeito. — Mas por acaso sabe quem o matou? — continuei. — Você conhece o homem do casaco preto?

— Não me lembro muito bem de como era o casaco — disse Alan, astuciosamente —, mas me vem à mente que talvez fosse azul.

— Azul ou preto, tanto faz. Conhece o sujeito? — perguntei novamente.

— Não poderia, em sã consciência, afirmar com certeza — respondeu Alan. — É verdade que ele passou muito perto de mim, mas, naquele exato momento, estava amarrando meus sapatos.

— Você poderia jurar que não o conhece, Alan? — exclamei, meio zangado, meio rindo de suas evasivas.

— Na verdade, não — respondeu ele —, mas minha memória é excelente para esquecer, David.

— Mas se há uma coisa de que me lembro claramente — eu disse — é de que você expôs, a si mesmo e a mim, para atrair os soldados.

— É bem provável — disse Alan —, e qualquer cavalheiro faria o mesmo. Você e eu éramos inocentes nessa questão.

— Mais uma razão, já que as suspeitas que recaíam sobre nós eram falsas, para não fugir — respondi. — O inocente deve aparecer antes do culpado.

— Ora, David — respondeu Alan —, o inocente sempre tem uma chance de ser absolvido no tribunal. Quanto àquele menino que disparou a bala, acho que o melhor lugar para ele é no mato.

Aqueles que nunca se meteram em nenhuma encrenca devem ajudar os que se encontram com problemas. Isso, sim, é ser um bom cristão. Pois se a situação fosse inversa, e o menino, que não consegui ver claramente, estivesse em nosso lugar e nós no dele – como poderia muito bem ter acontecido –, tenho certeza de que teríamos ficado muito gratos se ele tivesse chamado a atenção dos soldados para si.

Quando chegamos a esse ponto, desisti de vez de Alan. Mas ele era tão inocente e havia uma boa-fé tão latente no que ele dissera, e uma tal prontidão em se sacrificar pelo que acreditava ser seu dever, que minha boca permaneceu fechada. Lembrei-me das palavras do sr. Henderlan, de que deveríamos ter aulas com aqueles selvagens montanheses. Bom, eu tinha recebido a minha. A moralidade de Alan era muito complacente, e ele estava disposto a dar a vida por ela, apesar de suas falhas.

— Alan — eu disse —, no meu modo de entender as coisas, isso não é ser um bom cristão, mas é bom o bastante e, por isso, ofereço-lhe minha mão uma segunda vez.

Ele me ofereceu então suas duas mãos, dizendo que, sem dúvida, eu havia lhe lançado um feitiço, já que ele me perdoava incondicionalmente. Em seguida, ficou muito sério e disse que não tínhamos tempo a perder, pois teríamos de fugir daquela região; ele, por ser um desertor – e, como revistariam Appin inteira, cada um seria obrigado a prestar contas do que fazia ali – e eu, por certamente ter sido implicado no assassinato.

— Ah, não tenho medo da Justiça de meu país — disse eu, querendo dar-lhe uma pequena lição.

— Como se este fosse o seu país! — respondeu ele. — Ou como se você fosse ser julgado aqui, no país dos Stewarts!

— É tudo parte da Escócia — retruquei.

— Meu amigo, há momentos em que você me surpreende — disse Alan. — O morto é um Campbell, e o caso será julgado em Inverara, o lar dos Campbells, com quinze deles no júri e o Campbell mais importante de todos, o duque, sentado no banco do juiz. Justiça, David? Em todo o mundo, não há mais justiça do que a que Glenure encontrou há pouco na estrada.

Confesso que sua fala me assustou um pouco, e teria me assustado ainda mais se eu soubesse quão precisas são as previsões de Alan; ele apenas exagerara em um ponto, pois não haveria mais do que onze Campbells no júri. Mas, como os quatro restantes também dependiam do duque, isso contava menos do que parecia. No entanto, disse a Alan que ele estava sendo injusto com o duque de Argyle, que – embora fosse um whig – era um nobre sábio e honesto.

— Aquele lá é um whig, sem dúvida — disse Alan —, e nunca vou negar que é um bom líder para o clã. O que diria então seu clã se um Campbell tivesse sido morto e ninguém fosse enforcado, sendo seu próprio chefe o principal magistrado? Mas é verdade que muitas vezes observei — continuou Alan — que nas suas Terras Baixas não há uma ideia clara da diferença entre o que é certo e errado.

Ao ouvir isso, não aguentei mais e caí na gargalhada. Para minha surpresa, Alan se juntou a mim, rindo tanto quanto eu.

— Ora, ora — disse ele —, mas ainda estamos nas Terras Altas, David, e quando eu lhe digo para correr, acredite em mim, você deve correr. Sem dúvida, é difícil se esconder e passar fome nas charnecas, mas é ainda mais difícil ficar acorrentado a uma prisão de casacas-vermelhas.

Perguntei-lhe para onde deveríamos fugir e, quando ele respondeu — para as Terras Baixas —, senti-me um pouco mais propenso a ir com ele, pois estava cada vez mais impaciente para lá voltar e lidar com meu tio. Além disso, Alan tinha tanta certeza de que não haveria justiça naquela questão que eu começava a temer que ele estivesse certo. Entre todas as formas de morrer, a última que eu escolheria seria o cadafalso; a imagem daquele instrumento sobrenatural veio à minha mente com extraordinária clareza – exatamente como eu tinha ouvido falar dele na "Canção do Mascate"[22] – e perdi todo o desejo de lidar com tribunais.

----

22 "Pedlar's Ballad", no original. Canção folclórica escocesa. (N. do T.)

— Vou correr o risco, Alan — disse. — Vou com você.

— Mas lembre-se de que não será fácil — respondeu ele. — Você terá de dormir mal e, muitas vezes, ainda com o estômago vazio. Sua cama será o ninho dos tetrazes; sua vida, como a de um cervo caçado, e você terá de dormir com uma arma na mão. Sim, meu amigo, você há de passar por muitas dificuldades antes de nos vermos livres! Já lhe digo com antecedência, porque conheço muito bem essa vida. Mas, se me perguntar se temos outra possibilidade, responderei que não há escapatória. Ou vem para a montanha comigo, ou vai para a forca.

— A escolha é fácil — disse eu, e apertamos as mãos em acordo.

— Agora, vamos dar outra olhada nos casacas-vermelhas — retrucou Alan. E levou-me para o extremo nordeste da floresta.

Espiando por entre as árvores, éramos capazes de observar boa parte da encosta da montanha, que descia muito abruptamente até as águas do lago. Era uma região acidentada, cheia de pedras salientes, urzes e grandes aglomerados de bétulas; e, ao longe, em direção a Balachulish, os minúsculos soldados vermelhos subiam e desciam a montanha, ficando cada vez menores. Já não gritavam, pois, creio eu, precisavam do fôlego que lhes restava para outros usos; mas continuavam a procurar, sem dúvida acreditando que estávamos muito perto deles.

Alan os observava rindo consigo mesmo.

— Muito bem! — disse ele. — Eles vão se cansar antes de terminar seu dever de casa! Então, você e eu, David, podemos nos sentar e comer alguma coisa, respirar com mais facilidade e tomar um gole da minha bebida. Em seguida, iremos a Aucharn, para a casa de meu parente, James, dos Glen, onde devo pegar roupas, armas e dinheiro para a viagem; e depois, David, gritamos "Vá na frente, Fortuna" e nos lançamos na urze.

Assim, sentamo-nos, comemos e bebemos, em um lugar de onde podíamos ver o pôr do sol sobre uma paisagem de grandes montanhas inexploradas e desabitadas, cenário em que fora condenado a viajar com meu companheiro. Em parte, enquanto estávamos sentados e, em parte depois, na estrada para Aucharn, contamos nossas respectivas aventuras. Das que Alan viveu, contarei apenas o que considero mais curioso, ou necessário.

Aparentemente, Alan correu para o mar assim que a onda passou; ele viu-me, perdeu-me de vista e viu-me novamente, quando eu me debatia na água. Finalmente, avistou-me por um último instante, quando eu já estava agarrado à retranca. Aquilo trouxe-lhe alguma esperança de que talvez eu pudesse chegar à terra, e é por isso que ele deixou todos aqueles sinais e mensagens que me fizeram chegar – por minha própria conta – a esta ingrata região de Appin.

Enquanto isso, aqueles que haviam permanecido a bordo do brigue conseguiram lançar o bote ao mar, e um ou dois deles já haviam embarcado nele quando uma segunda onda, ainda maior do que a primeira, ergueu o brigue de onde havia encalhado, e ele certamente teria afundado se não tivesse ficado preso em uma saliência do recife. O primeiro golpe foi na proa, de modo que a popa ficara mais abaixo; mas a segunda onda ergueu a popa, mergulhando a proa no mar e fazendo com que a água começasse a entrar pelas escotilhas como em uma eclusa.

Percebi que Alan empalideceu ao me contar o que se seguiu. Ainda havia dois inválidos em seus leitos e, quando viram que a água estava entrando, começaram a gritar, pensando que o navio estava afundando; tais gritos eram tão tocantes que todos no convés correram para o bote, caindo uns sobre os outros, e agarraram os remos. Não tinham remado nem mesmo duzentos metros quando surgiu uma terceira onda, erguendo o brigue por completo. Suas velas tremularam por um momento, dando a parecer que iria navegar logo atrás do bote, quando começou a afundar aos poucos como se puxado por uma mão invisível, e o mar, por fim, encobriu o Covenant, de Dysart.

Os marinheiros não falaram nenhuma palavra enquanto remavam, de tão atordoados que estavam com o horror daqueles gritos, mas, mal haviam colocado os pés na praia, o capitão Hoseason pareceu acordar de um devaneio e ordenou-lhes que agarrassem Alan; no entanto, eles resistiram, pois não lhes agradava tal tarefa.

Hoseason, furioso, gritou que Alan estava sozinho, que carregava bastante dinheiro consigo, que tinha sido o responsável pela perda do brigue e pelo afogamento de seus companheiros e que, matando-o, eles obteriam não apenas vingança, mas também riqueza. Eram sete contra um e, naquela parte da costa, não havia nenhuma rocha que pudesse servir de escudo a Alan; assim, os marinheiros começaram a se espalhar, com o intento de persegui-lo.

— E então — disse Alan — aquele homenzinho ruivo, cujo nome não me lembro...

— Riach — disse eu.

— Isso, Riach! — Alan continuou. — Bom, foi ele quem ficou do meu lado, perguntando aos homens se não tinham medo de serem julgados, e acrescentando: "Vão em frente, e eu mesmo hei de proteger o sujeito". Não era inteiramente mau, seu homenzinho ruivo — acrescentou, por fim. — Ele tem certos arroubos de decência.

— Ele sempre foi bom para mim, à maneira dele — disse eu.

— E para Alan também — ele retrucou — e, palavra de honra, achei sua atitude para comigo exemplar. Mas, veja bem, David, a perda do barco e os gritos daqueles pobres marujos mexeram com o homem, e acho que foi por isso que ele me defendeu.

— Também acho — respondi —, já que, no início, ele era tão ruim quanto os outros. E como Hoseason reagiu?

— Acredito que tenha aceitado tudo da pior forma possível — disse Alan. — Mas o homenzinho aconselhou-me a correr e, como pensei tratar-se de um bom conselho, corri. A última coisa que pude ver foi que estavam todos emaranhados na praia, como gente que não sabe muito bem entrar em um acordo.

— O que quer dizer com isso? — perguntei-lhe.

— Ora, estavam se esmurrando — disse Alan —, e cheguei a ver um deles se estatelar no chão. Mas me pareceu mais sensato não esperar. Há inúmeros Campbells naquela ponta de Mull, o que não é exatamente uma boa companhia para um cavalheiro como eu. Se não fosse por isso, eu teria esperado para testemunhar o que aconteceria, além de dar uma mãozinha ao homenzinho ruivo. — Eu achava estranho que Alan enfatizasse tanto a altura do sr. Riach, já que, para falar a verdade, ele não era muito mais alto do que o outro. — Então — continuou ele — corri o mais rápido que pude e gritei para todos que encontrei que havia ocorrido um naufrágio na costa. Rapaz, ninguém nem sequer parou para falar comigo! Você deveria tê-los visto correndo para a praia! E, quando lá chegaram, descobriram que haviam corrido à toa, o que é bem-feito para qualquer Campbell. Estou pensando que o fato do brigue ter afundado inteiro, sem se quebrar, foi simplesmente um castigo de Deus enviado ao clã. Mas também foi uma falta de sorte para você, pois, se algum destroço tivesse chegado à costa, eles teriam revistado a área de cima a baixo e o teriam encontrado imediatamente.

CAPÍTULO XIX
A CASA DO MEDO

A escuridão caiu enquanto caminhávamos, e as nuvens, que tinham se dispersado à tarde, voltaram a se formar, ficando mais espessas, de modo que, para aquela época do ano, o crepúsculo era extremamente escuro. Estávamos seguindo por um caminho de encostas pedregosas, e, embora Alan seguisse em frente com grande confiança, não conseguia entender como ele se orientava.

Finalmente, por volta das dez e meia, chegamos ao topo de uma colina e avistamos luzes logo abaixo. Pareciam vir de uma casa com a porta aberta, por onde saía o clarão de uma lareira e de uma vela. E, ao redor da tal casa, cinco ou seis pessoas se moviam apressadas, cada uma carregando uma tocha acesa.

— James deve ter enlouquecido — disse Alan. — Ele teria muitos problemas se fossem soldados que estivessem chegando, em vez de você e eu! Mas imagino que deva haver algum vigia na estrada e tenho certeza de que nenhum soldado poderia encontrar o caminho por onde viemos.

Em seguida, ele assobiou três vezes, de uma maneira muito peculiar. Foi curioso ver como, ao primeiro assobio, todas as tochas pararam de se mover – parecendo que seus portadores tinham se assustado – e como, ao terceiro assobio, a movimentação voltou ao que era antes.

Tendo prevenido aqueles sujeitos, descemos a ladeira e fomos recebidos à porta do curral – pois aquele lugar parecia uma fazenda, e muito bem administrada – por um homem alto e bonito, aparentando pouco mais de cinquenta anos, que cumprimentou Alan em gaélico.

— James Stewart — disse Alan —, devo pedir-lhe que não fale em gaélico, pois este jovem cavalheiro que está comigo não conhece nossa língua. Este cavalheiro — acrescentou ele, tomando meu braço — vem das Terras Baixas e, além disso, possui um feudo em seu país. Mas acredito que seria melhor que ele desse adeus ao nome dele.

James, dos Glens, virou-se para mim por um momento, cumprimentou-me com toda a educação e depois virou-se para Alan.

— Foi um acidente terrível o que aconteceu — exclamou então — e trará problemas ao país. — E começou a torcer as mãos.

— Ora, ora! — Alan disse. — Você tem de aceitar as coisas como são, meu amigo. Colin Roy está morto, agradeça por isso!

— Ah! — exclamou James. — Palavra de honra, preferiria que estivesse vivo. É muito fácil se gabar e se vangloriar antecipadamente, mas, agora que já aconteceu, Alan, quem vai levar a culpa? Lembre-se de que seu assassinato aconteceu em Appin, e Appin terá de pagar por isso. E não se esqueça tampouco de que eu tenho uma família para proteger.

Enquanto eles conversavam, comecei a observar os criados ao meu redor. Alguns deles subiam escadas, vasculhavam o telhado da casa e dos outros prédios da fazenda, e de lá tiravam espingardas, espadas e outras armas de guerra; outros levavam-nas embora e, pelo som de golpes de enxada que vinham da encosta, imaginei que as estavam enterrando. Embora estivessem todos muito ocupados, não havia nenhuma ordem em suas tarefas, tanto que uns e outros começaram a brigar pela mesma espingarda, perseguindo-se com tochas acesas. James interrompia sua conversa com Alan a todo momento para gritar ordens que, aparentemente, não eram atendidas. À luz das tochas, os semblantes dessas pessoas eram de pressa e pânico e, embora ninguém estivesse gritando, o tom de suas vozes revelava ansiedade e raiva.

Foi então que uma garota saiu da casa carregando um embrulho, e eu sempre caio na risada ao pensar em como a atenção de Alan foi desviada quando ele a viu.

— O que essa garota está carregando? — perguntou ele.

— Estamos apenas colocando a casa em ordem — disse James, em seu tom de voz assustado e um tanto subserviente. — Vão vasculhar toda Appin, centímetro por centímetro, e devemos ter tudo pronto. Estamos enterrando as armas e as espadas no musgo, como pode ver, e o que a garota está carregando são, presumo, suas roupas francesas. Penso que devam ser enterradas.

— Vão enterrar minhas roupas francesas! — exclamou Alan. — Por Deus, não! E, tomando o embrulho, foi ao celeiro se trocar, recomendando-me nesse meio-tempo ao seu parente.

James guiou-me até a cozinha e sentou-se comigo à mesa, sorrindo e falando, a princípio de maneira muito hospitaleira. Mas, então, seu pessimismo voltou, e ele permaneceu sentado, franzindo a testa e roendo as unhas, lembrando-se de minha presença de tempos em tempos, quando então balbuciava uma ou duas palavras e dava-me um sorrisinho, voltando a seus terrores secretos. Sua esposa, que se encontrava sentada perto do fogo, chorava com o rosto entre as mãos; seu filho mais velho, agachado no chão, olhava para uma pilha de papéis, escolhendo de vez em quando um, acendendo-o e deixando-o queimar por completo. Enquanto isso, uma criada de bochechas vermelhas vasculhava o cômodo com uma agitação alucinada e cheia de medo, gemendo enquanto andava de um lado para o outro. E, a todo instante, a cabeça de algum homem aparecia à porta, dando alguma ordem.

Por fim, James não conseguiu mais permanecer sentado e, pedindo perdão por sua descortesia, disse-me: — Sei que venho sendo uma péssima companhia, meu senhor, mas não consigo pensar em nada além daquele terrível acidente e nos problemas que ele causará a pessoas completamente inocentes.

Pouco depois, percebi que seu filho estava queimando um pedaço de papel que ele pensava ser melhor guardar, e aquilo inflamou-o de tal forma que foi triste presenciar a cena, pois ele bateu repetidamente no rapaz.

— Ficou louco? — ele gritou. — Você quer que seu pai seja enforcado? — E, ignorando minha presença, continuou falando com ele em gaélico por muito tempo, sem que o jovem respondesse nada. Sua esposa, ao ouvir falar da forca, jogou o avental sobre o rosto e chorou mais alto do que antes.

Isso tudo era bastante triste aos olhos e ouvidos de um estranho como eu, e fiquei muito feliz quando Alan voltou, vestido com suas finas roupas francesas, que ficavam maravilhosas nele – embora, com toda a honestidade, estivessem puídas demais para merecer o adjetivo de finas. Chegou então a minha vez de me trocar e saí com um dos filhos de James, que me forneceu novas roupas, algo de que eu precisava há muito tempo. Ele também me deu um par de sandálias feitas de camurça, típicas da região; no início, elas me machucaram um pouco, mas tornaram-se muito confortáveis depois que me acostumei a elas.

Quando voltei à casa, Alan já devia ter contado sua história, já que parecia certo que eu fugiria com ele, e todos estavam ocupados fazendo as malas. Deram uma espada e pistolas a cada um de nós, mesmo depois de eu tê-los advertido de minha incapacidade de manejar a primeira, e, além dessas armas e algumas munições, um saco de mingau de aveia, uma caçarola de ferro e uma garrafa de genuína aguardente francesa – tudo o que nos seria útil em nossa escapada pela urze. Faltava-nos dinheiro, é claro. Restavam-me cerca de dois guinéus, e como o cinto de Alan havia sido despachado por outras mãos, a fortuna de nosso fiel mensageiro contabilizava apenas dezessete centavos. Quanto a James, ele aparentemente ficara tão empobrecido com as viagens a Edimburgo e as custas judiciais para defender os colonos que só conseguiu levantar três xelins e cinco centavos, além de alguns poucos vinténs.

— Isso não é dinheiro suficiente — disse Alan.

— Você vai encontrar uma paragem segura aqui perto — disse James. — Pense apenas, Alan, que você tem de fazer todo o possível para sair com vida daqui. Não é hora de reparar em um guinéu ou dois. Vão, com certeza, descobrir que você está aqui e vão procurá-lo. E, na minha opinião, certamente vão culpá-lo pelo que aconteceu hoje. Se a acusação recair sobre você, também recairá sobre mim, que sou seu parente mais próximo e lhe dei refúgio enquanto você estava na região. E, se isso acontecer comigo... — ele hesitou e começou a roer as unhas, com o rosto muito pálido. — Seria muito doloroso para nossos amigos se me enforcassem — acrescentou.

— Seria um péssimo dia para Appin — disse Alan.

— É o vislumbre de um dia como esse que pesa em meu coração — disse James. — Ah, meu amigo, meu amigo... Meu grande amigo Alan! Nós falamos demais, como dois tolos! — exclamou ele, batendo na parede com tanta força que fez a casa reverberar.

— Sim, isso também é verdade — respondeu Alan —, e este meu amigo das Terras Baixas — disse, apontando para mim — deu-me alguns bons conselhos sobre esse assunto, conselhos que eu deveria ter ouvido.

— Ouça bem — disse James, voltando ao seu tom natural —, se eu for pego, Alan, então você vai precisar de dinheiro. Por tudo o que eu falei e por tudo o que você falou, as coisas vão ficar muito feias para vocês dois, entendeu? Preste atenção em mim e você há de entender que não terei escolha a não ser oferecer uma recompensa por sua captura eu mesmo. Sim, é o que eu vou ter de fazer! É muito lamentável que tal coisa tenha de ser feita entre parentes tão próximos, mas, se eu for responsabilizado por esse terrível evento, serei forçado a me defender, meu amigo. É capaz de compreender?

Ele falou com bastante fervor, agarrando Alan pelas lapelas de seu casaco.

— Sim — disse Alan —, eu compreendo.

— E você terá de deixar não só esta região, Alan... Mas também toda a Escócia... Você e também seu amigo das Terras Baixas. Porque também serei obrigado a denunciar seu amigo. Você entende, não é, Alan? Diga-me que entende!

Pareceu-me que Alan corou um pouco. — Tê-lo trazido comigo acabou pesando muito contra mim, James — disse ele, jogando a cabeça para trás. — É como se eu o tivesse traído!

— Ora, Alan, meu amigo! — exclamou James. — Veja as coisas como elas são! Ele seria denunciado de qualquer forma. Certamente Mungo Campbell vai se assegurar disso. De que importa se eu também o fizer? Além disso, eu tenho uma família para proteger. — E, depois de uma breve pausa de ambos os lados, acrescentou: — E não se esqueça, Alan, de que o júri será composto pelos Campbells.

— Há algo importante a considerar — disse Alan, pensativo. — Ninguém sabe o nome dele.

— E nem vão saber, Alan! Você tem minha palavra! — James exclamou, como se ele realmente soubesse meu nome e estivesse fazendo um enorme sacrifício. — Mas e quanto às roupas que estava vestindo, sua aparência, sua idade e tudo o mais? Não me resta escolha.

— Você me surpreende — Alan exclamou, com severidade. — Você pretende vender o menino, com se fosse um presente. Você troca as roupas dele e depois o trai?

— Não, não, Alan — disse James. — Não, não as roupas que ele tirou, as que Mungo viu. — Ele me pareceu bastante abatido. Na verdade, estava se agarrado a qualquer esperança e, ao seu redor, até onde pude perceber, não via nada além dos rostos de seus inimigos hereditários, no tribunal e no banco do júri, com o cadafalso ao fundo.

— Muito bem, meu caro — disse Alan, virando-se para mim —, o que me diz sobre isso? Você está sob minha proteção e é meu dever garantir que não façam nada contra você.

— Só tenho uma coisa a dizer — respondi —, pois estou totalmente alheio a essa discussão. Mas é senso comum que a culpa recaia sobre o culpado e, nesse caso, trata-se do homem que disparou o tiro. É a ele que devem denunciar, como vocês mesmo disseram, é a ele que devem perseguir, e que os honestos, os inocentes, possam mostrar o rosto sem medo. — Ao me ouvirem falar assim, James e Alan soltaram uma exclamação de horror, implorando-me que calasse a boca, pois tal coisa estava fora de questão, e me perguntaram o que os Camerons iriam pensar – simplesmente confirmando que fora um Cameron, de Mamore, quem cometera tal ato – e se eu não compreendia que o rapazinho poderia ser preso. — Certamente você não pensou nisso — disseram em seguida, com tanta ingenuidade que desisti de continuar qualquer discussão.

— Muito bem, então — retruquei —, denunciem-me, por favor, denunciem Alan, denunciem o rei George. Somos, os três, inocentes, mas parece-me que é isso que desejam. Mas, pelo menos, meu senhor — dirigi-me a James, recuperando-me de meu acesso de raiva —, sou amigo de Alan e não hesitarei em correr riscos por seus amigos.

Achei que o melhor era fingir que consentia com tudo aquilo, pois percebi que Alan estava chateado e, além disso – pensei comigo mesmo –, assim que eu virar as costas vão me denunciar de qualquer forma, eu concordando ou não. Mas vi que estava enganado quanto a isso, pois, mal havia falado tais palavras, a sra. Stewart saltou de sua cadeira, veio correndo em nossa direção e chorou em meu peito e no de Alan, agradecendo a Deus por nossa bondade para com sua família.

— Quanto a você, Alan, apenas cumpriu com seu dever — disse ela. — Mas este menino, que aqui apareceu em nosso pior momento, que viu meu marido, um bom homem, mendigar como um miserável, quando por direito poderia comandar como um rei... Quanto a você, meu filho — acrescentou —, o meu coração não sabe seu nome, mas guarda sua imagem e, enquanto ele bater no meu peito, guardarei tal imagem, pensarei nela e hei de abençoá-la. — E, ao dizê-lo, beijou-me, e uma vez mais seus soluços me desconcertaram.

— Muito bem, muito bem — disse Alan, parecendo bastante abobalhado. — Neste mês de julho amanhece bem cedo, e amanhã vamos ter muito alvoroço em Appin, com os dragões gritando: "Cruachan[23]!", e os casacas-vermelhas em disparada. Então é melhor sairmos daqui o mais rápido possível.

Assim, tratamos de nos despedir e voltar à estrada, tomando o rumo leste, em meio às trevas de uma noite agradável, através do mesmo terreno acidentado de antes.

CAPÍTULO XX
A FUGA ATRAVÉS DA URZE: AS ROCHAS

Às vezes caminhávamos, outras vezes corríamos; e, conforme a manhã se aproximava, caminhávamos menos e corríamos mais. Embora essa região parecesse deserta, havia, entretanto, cabanas e casas escondidas em lugares tranquilos nas montanhas, e devemos ter encontrado mais de vinte delas. Cada vez que chegávamos a uma dessas casas, Alan me deixava na estrada e seguia sozinho, acordando o proprietário e conversando um pouco através da janela. Fazia isso simplesmente para transmitir as últimas notícias locais, algo que, naquela região, era uma regra obrigatória – tanto que Alan tinha de cumpri-la mesmo estando em fuga para salvar sua vida – e todos a cumpriam tão bem que em mais da metade das portas onde ele bateu já tinham ouvido falar do assassinato. Nas casas onde ainda não sabiam de nada – tanto quanto pude apurar, estando sempre à distância e

---

23 Grito de guerra do clã dos Campbells. "Persistência", em gaélico. (N. do T.)

escutando uma língua estrangeira –, a notícia era recebida com mais consternação do que surpresa.

Apesar de nossa pressa, o amanhecer começou a romper enquanto ainda estávamos longe de qualquer abrigo. O sol nos alcançou em um maravilhoso vale rochoso, por onde corria um rio caudaloso. Montanhas nuas o cercavam e nenhuma grama ou árvore crescia nele; por isso, desde aquele momento, às vezes me pergunto se não se tratava do vale chamado Glencoe, onde ocorrera o massacre dos tempos do rei William[24]. Quanto aos detalhes do nosso roteiro, eu estava completamente perdido: nosso caminho passava ora por atalhos curtos, ora por longos desvios; nosso ritmo era bastante rápido e geralmente viajávamos à noite, e como os nomes dos lugares – nomes que eu perguntava, ouvindo então a resposta – eram em gaélico, esqueci-os facilmente.

A primeira luz do dia nos mostrou aquele lugar sombrio, e pude ver que Alan ficara carrancudo.

— Este lugar não é seguro nem para você nem para mim — disse ele. — Certamente vão nos procurar por essas paragens.

E, dizendo isso, começou a correr mais rápido do que nunca morro abaixo em direção à margem, em um ponto onde o rio se separava em dois, com três rochedos como divisores. As águas fluíam com um estrondo tremendo – o que me fez estremecer – e formavam uma névoa de espuma. Alan não olhou nem para a direita nem para a esquerda, mas pulou certeiro no rochedo ao centro, aterrissando de quatro para conter o impulso, já que era uma rocha pequena e ele poderia ter caído de cabeça do outro lado. Quanto a mim, mal tive tempo de medir a distância ou perceber o perigo antes de segui-lo, simplesmente pulei, e ele me agarrou, detendo minha trajetória.

E lá ficamos nós dois, colados um ao outro, em uma pequena pedra escorregadia por conta da espuma do rio, com um outro salto bem maior para dar e as águas ensurdecedoras nos

---

24 Referência ao Massacre de Glencoe, ocorrido em 13 de fevereiro de 1692. Estima-se que 30 membros do clã MacDonald foram mortos por soldados reais, por não terem jurado fidelidade ao novo monarca escocês, William III (1650-1702). (N. do T.)

envolvendo por todos os lados. Quando percebi onde estava, o medo tomou conta de mim, e cobri os olhos com as mãos. Alan agarrou meu corpo e sacudiu-me; notei que ele falava comigo, mas o barulho da cachoeira e a confusão na minha mente impediam-me de ouvi-lo; só vi que seu rosto estava vermelho de raiva e que ele batia o pé contra a pedra. Enquanto olhava para ele, vislumbrei as águas turbulentas e a névoa suspensa no ar e voltei a tapar os olhos, tremendo de medo.

No minuto seguinte, Alan levou a garrafa de conhaque aos meus lábios e me obrigou a tomar um longo gole, fazendo com que o sangue subisse novamente à minha cabeça. Então, juntando as mãos, aproximou a boca do meu ouvido e gritou: — Enforcado ou afogado! — E, virando as costas para mim, saltou para a outra margem do rio, aterrissando são e salvo.

Fiquei sozinho na rocha e, portanto, com mais espaço; já começava a sentir os efeitos do conhaque; tinha presenciado um bom exemplo do que deveria fazer, e ainda me restava bom senso o suficiente para perceber que se não pulasse logo não pularia nunca mais. Pus-me de joelhos e saltei, com aquele tipo de desespero furioso que às vezes tomava o lugar da coragem em minha mente. E, na verdade, apenas as minhas mãos alcançaram a margem, escorreguei, agarrei-me à terra, escorreguei de novo; e a correnteza estava prestes a me arrastar para longe, quando Alan me agarrou, primeiro pelos cabelos, depois pelo pescoço, e, com muito esforço, foi me puxando até que eu estivesse em segurança.

Ele não disse uma só palavra, mas começou a correr em grande velocidade, e eu não tive escolha a não ser me levantar, ainda trêmulo, e segui-lo. Se antes estava cansado, agora estava enjoado, ferido e parcialmente bêbado de conhaque. Tropecei enquanto corria e senti uma dor aguda que quase me dominou, quando, finalmente, Alan parou ao pé de uma enorme rocha, que se erguia entre muitas outras. Para David Balfour, já não era sem tempo.

Eu disse se tratar de uma enorme rocha, mas, na verdade, eram duas, apoiadas uma na outra no alto, com cerca de seis metros de altura e, à primeira vista, inacessíveis. Até o próprio Alan – um sujeito que parecia ter quatro mãos em vez de duas

– falhou por duas vezes em sua tentativa de escalá-las, e foi preciso uma terceira tentativa para chegar ao topo, depois de ter subido nos meus ombros e pulado com tanta força que pensei ter quebrado minha clavícula. Chegando lá, ele me estendeu seu cinto de couro e, com o auxílio do cinturão e de alguns pontos na rocha onde consegui apoiar meus pés, fui capaz de subir até onde Alan estava.

E, então, entendi o motivo de termos subido até lá, já que as duas rochas, inclinadas e ligeiramente ocas no topo, formavam uma espécie de prato ou tigela, onde três ou quatro homens poderiam muito bem se esconder.

Durante todo esse tempo, Alan não disse uma só palavra e tinha corrido e escalado com uma pressa tão selvagem, silenciosa e frenética que eu sabia que ele estava sentindo um medo mortal de fracassar. Nem mesmo naquele instante, já abrigados na rocha, ele disse o que quer que seja, nem relaxou o semblante, mas simplesmente deitou-se por completo e, erguendo um pouco a cabeça, examinou os arredores. O dia amanhecera muito claro; era possível avistar as encostas rochosas do vale, bem como seu fundo – todo intermeado por pedras – e o rio, que o atravessava de ponta a ponta, formando cascatas brancas de espuma. Mas em lugar nenhum podia-se ver a fumaça de uma casa ou qualquer criatura viva, apenas algumas águias grasnando ao redor de um penhasco.

Então, finalmente, Alan sorriu.

— Sim — disse ele —, agora temos uma chance. — E, olhando para mim com uma expressão tanto quanto zombeteira no rosto, acrescentou: — Não se pode dizer que você é muito bom em saltar.

Imagino ter corado de vergonha, pois ele logo disse: — Ora, ninguém pode culpá-lo! Ter medo de algo e fazê-lo mesmo assim é o que mais dá valor a um homem. Além disso, estávamos cercados de água, e a água é uma coisa que desanima qualquer um, inclusive eu. Não, não — disse ainda —, a culpa não é sua, é minha.

Perguntei-lhe o porquê.

— Porque — ele respondeu — esta noite eu me mostrei um idiota. Em primeiro lugar, tomei o rumo errado, e isso em Appin, minha região de origem, fazendo com que, ao raiar do dia, nos encontrássemos em um local onde jamais deveríamos estar. Por conta disso, estamos deitados aqui, correndo certo perigo e bastante desconfortáveis. Em segundo lugar – o que é ainda pior para um homem como eu, tão acostumado a andar pela urze –, vim sem uma garrafa de água e, em um longo dia de verão como este, não temos nada para beber além de conhaque puro. Você pode até pensar que isso não tem muita importância, mas, antes do anoitecer, David, você há de me dizer se tem ou não.

Eu estava ansioso para resgatar minha reputação e me ofereci para descer e encher a garrafa de água se ele concordasse em jogar fora o conhaque.

— Não vou desperdiçar uma bebida boa como esta — disse ele. — Ela foi uma ótima amiga para você esta noite, pois, se não fosse por ela, temo que ainda estivesse naquela rocha. E digo mais — acrescentou —, você deve ter percebido, pois é um homem muito perspicaz, que Alan Breck Stewart caminhava com muito mais agilidade do que o normal.

— Caminhar? — exclamei. — Você correu até quase arrebentar!

— Mesmo? — disse Alan. — Bom, como dependíamos disso, não havia tempo a perder. E já conversamos o suficiente por hoje. Tente dormir, rapaz, eu fico de vigia.

Assim, deitei-me. Um pouco de terra cheia de musgo havia se amontoado entre as rochas, favorecendo o crescimento de algumas samambaias, que me serviram de cama. A última coisa que ouvi antes de adormecer foi, uma vez mais, o grasnar das águias.

Deviam ser nove da manhã quando fui acordado bruscamente, e encontrei a mão de Alan cobrindo minha boca.

— Silêncio! — sussurrou ele. — Você está roncando!

— Ora, e por que não posso roncar? — perguntei, surpreso, ao ver a expressão sombria e preocupada no rosto de Alan.

Ele colocou a cabeça para fora para dar uma olhada na vista e gesticulou para que eu fizesse o mesmo.

O sol ia alto no céu, não havia nuvens e fazia muito calor. O vale estava tão calmo que parecia uma pintura. A cerca de um quilômetro rio acima havia um acampamento de casacas-vermelhas; ao centro, ardia uma grande fogueira, onde cozinhavam alguma coisa, e, perto dela, no alto de uma rocha quase tão alta quanto a nossa, via-se um vigia, com suas armas brilhando ao sol. Todo o caminho ao longo do rio estava cheio de vigias a postos, ora muito próximos uns dos outros, ora bastante distantes; alguns deles localizados em áreas de comando, ao passo que os demais postaram-se ao nível do solo, marchando em direções contrárias e encontrando-se no meio do caminho. No alto do vale, onde o terreno era mais plano, a sucessão de postos de vigilância continuava com os cavaleiros, que víamos ao longe cavalgando de um lado para o outro. Logo abaixo, encontrava-se a infantaria; mas ali, como a correnteza aumentava abruptamente, devido à confluência de um riacho bastante grande, os soldados estavam mais dispersos, vigiando apenas as margens e as rochas no meio das águas.

Dei uma olhada rápida e, imediatamente, voltei a mergulhar em meu esconderijo. Era realmente curioso ver o vale, tão solitário ao amanhecer, eriçado de armas e pontilhado de casacas-vermelhas.

— Está vendo? — disse Alan. — Era isso que eu temia, Davie: que eles vigiassem a margem do rio. Começaram a aparecer algumas horas atrás, e você estava dormindo tão profundamente! Estamos em um lugar estreito. Se eles subirem as encostas da montanha, poderão nos localizar facilmente com uma luneta, mas, se ficarem no fundo do vale, não vamos ter problemas. Seus postos estão mais espaçados rio abaixo, então, quando escurecer, tentaremos enganá-los.

— E o que vamos fazer até a noite? — perguntei.

— Ficar aqui — respondeu ele — tostando.

A precisão daquela última palavra era, de fato, o resumo do dia que acabamos passando. Você deve se lembrar de que estávamos no topo nu de uma rocha, como em uma grelha; o sol nos castigava cruelmente, e a rocha estava ficando tão quente que mal podíamos suportar seu contato com nossa pele. E, no pedacinho de terra e de samambaias que ficava mais fresco, não havia espaço para nós dois. Por isso, tivemos de nos revezar, deitando na rocha nua em uma posição muito parecida com a de um santo martirizado em uma grelha. Peguei-me pensando em como era extraordinário que, na mesma região, e com apenas alguns dias de intervalo, eu tivesse sofrido tanto, primeiro com o frio na minha ilhota e, agora, com o calor nessa rocha.

Além disso, não tínhamos água, apenas conhaque puro, o que era pior do que nada; mas mantivemos a garrafa o mais fresca possível, enterrando-a na terra, e obtivemos algum alívio molhando o peito e as têmporas.

Os soldados passaram o dia inteiro movimentando-se continuamente no fundo do vale, ora trocando de guarda, ora passando pelas rochas em patrulhas de reconhecimento. Havia tantas rochas ali que procurar homens no meio delas era como procurar uma agulha no palheiro; assim, por ser uma tarefa tão laboriosa, realizavam-na sem tanto zelo. No entanto, pudemos ver como os soldados enfiavam suas baionetas na charneca, o que me causou calafrios; às vezes, eles passavam tão perto de nossa rocha que mal ousávamos respirar.

E foi em meio àquela situação que ouvi minha língua sendo falada corretamente pela primeira vez. Um soldado que passava pela rocha onde estávamos colocou a mão na sua parte mais quente e retirou-a, sobressaltado e praguejando. — Eu falei que estava quente — disse ele, e fiquei maravilhado com as inflexões entrecortadas e o ritmo singular com que ele falara, além da estranha pronúncia das palavras. Na verdade, também ouvira Ransome falar assim, mas ele havia assimilado maneiras de falar de todo tipo de gente e, às vezes, falava tão errado que eu só poderia atribuir aquilo à sua infantilidade. É por isso que fiquei surpreso quando ouvi uma pessoa mais velha falar exatamente da mesma maneira; e a verdade é que nunca me habituara àquela pronúncia, nem tampouco à gramática, algo que um olhar crítico e apurado possivelmente há de perceber nestas minhas memórias.

O tédio e o desconforto daquelas horas na rocha aumentavam à medida que o dia avançava, pois o rochedo ficava mais quente e o sol queimava com mais crueldade. Tivemos de suportar tonturas, náuseas e dores agudas, parecidas com reumatismo. Então veio-me à mente, e muitas vezes desde então, nosso salmo escocês:

"A lua não deve puni-lo à noite, nem tampouco o sol durante o dia[25]."

E realmente, somente graças à misericórdia de Deus, nenhum de nós pegou insolação.

Por fim, por volta das duas da tarde, quando nossa situação ultrapassava os limites da tolerância humana e era difícil resistir à dor por mais tempo, o sol, que agora se inclinava um pouco para o oeste, permitiu que nossa rocha lançasse uma sombra a leste, que era justamente a parte em que não havia soldados.

— Tanto faz morrer de um jeito ou de outro — disse Alan e, deslizando pela borda da rocha, resvalou até o chão pela encosta sombreada.

Segui-o logo em seguida e, imediatamente, caí no chão, por conta da fraqueza e da tontura que sentia, causadas por tanto tempo de exposição ao sol. Ficamos ali por uma ou duas horas, doloridos da cabeça aos pés, completamente enfraquecidos e podendo ser avistados por qualquer soldado que passasse. No entanto, nenhum passou: estavam todos do lado oposto, de modo que nossa rocha continuou a ser nosso escudo, mesmo em nossa nova posição.

Pouco a pouco, começamos a recuperar nossas forças e, enquanto os soldados se reuniam na margem do rio, Alan sugeriu que tentássemos fugir. Naquele instante, só havia uma coisa no mundo que me assustava: ter de voltar para a rocha; aceitaria qualquer outra coisa de bom grado, e assim, imediatamente,

---

25 Salmo 121. É conhecido como "salmo escocês" por seguir a métrica da poesia escocesa, com ênfase no número de sílabas gramaticais e não rítmicas. (N. do T.)

nos pusemos em modo de fuga e começamos a deslizar de rocha em rocha, uma após a outra, ora rastejando nas sombras, ora correndo na direção delas, com o coração na boca.

Os soldados, que tinham vasculhado sem grande atenção esta parte do vale e que, talvez, estivessem um pouco sonolentos por causa do calor da tarde, passaram a negligenciar bastante sua vigilância e, ou cochilavam em seus postos, ou simplesmente procuravam ao longo das margens do rio. Assim, caminhando pelo fundo do vale em direção às montanhas, íamos nos afastando deles. Mas essa aventura foi a mais exaustiva de toda a minha vida. Qualquer um precisaria de cem olhos, voltados para todas as direções, para manter-se oculto naquele terreno acidentado e ao alcance dos ouvidos de tantos vigias espalhados por ali. Quando tínhamos de atravessar um campo aberto, não era suficiente apenas velocidade; era preciso extremo cuidado para reconhecer não só a natureza de todo o terreno, mas a solidez de cada uma das pedras onde púnhamos os pés, já que, ao final da tarde, tudo estava tão silencioso que o rolar de uma pedra soaria como o disparo de uma pistola, propagando o eco em meio àquelas montanhas e penhascos.

Ao pôr do sol já havíamos percorrido certa distância, mesmo com nosso avanço bastante devagar, mas ainda podíamos ver alguns vigias nas rochas. Mas, agora, deparamos com algo que pôs fim a todos os nossos medos: um riacho profundo e turbulento correndo em direção ao rio, no fundo do vale. Ao vê-lo, demos um salto e mergulhamos nossas cabeças e ombros na água; não saberia dizer o que foi mais agradável, se o impacto da corrente de água fresca passando por nossos corpos ou a avidez com que bebemos aquela água.

E lá ficamos nós, estendidos – pois as margens nos escondiam –, bebendo sem parar, molhando nossos peitos, abandonando os braços ao impulso da correnteza até o frio começar a doer; por fim, maravilhosamente consolados, pegamos nosso saco de comida e preparamos um mingau de aveia na panela de ferro. E, embora o prato consistisse simplesmente em aveia misturada com água fria, para quem estava morrendo de fome, não deixava de ser um ótimo alimento; e, onde não há a menor possibilidade de fazer fogo – ou quando, como no nosso caso, há fortes razões para não o fazer –, trata-se do melhor sustento para quem anda em meio à urze.

Assim que as sombras da noite se espalharam, retomamos a marcha, a princípio com a mesma cautela, mas depois com maior ousadia, andando eretos e acelerando o passo. A estrada era muito intrincada, pois se estendia ao longo das encostas íngremes das montanhas e das cristas dos penhascos; ao pôr do sol, o céu se cobrira de nuvens, e a noite estava escura e fria, de tal forma que pude caminhar sem grande esforço, mas ainda com um medo constante de cair e rolar montanha abaixo e sem saber ao certo qual era o rumo que estávamos tomando.

Finalmente, a lua surgiu no céu e nos pegou ainda na estrada. Estava no quarto minguante e cercada por nuvens, mas, depois de um tempo, passou a brilhar com toda a força, mostrando-me os topos negros de muitas montanhas e refletindo-se à distância em um estreito braço de mar.

Diante daquela visão, paramos: fiquei extasiado por me encontrar em um lugar tão alto e, ao que me parecia, caminhando sobre as nuvens. Alan decidiu certificar-se do curso que estava seguindo.

Aparentemente, ele ficou muito satisfeito e certamente pensou que estava fora do alcance de nossos inimigos, já que, durante o restante de nossa marcha noturna, tomou coragem e começou a assobiar várias músicas, algumas de guerra, outras alegres, outras tristes; canções ritmadas que faziam com que caminhássemos mais depressa, e baladas da minha região, que me faziam desejar voltar para casa depois de minhas aventuras. Todas aquelas canções nos acompanharam pelo caminho, através das grandes, sombrias e desertas montanhas.

CAPÍTULO XXI
A FUGA ATRAVÉS DA URZE: DO ALTO DE CORRYNAKIEGH

Embora o sol nasça bastante cedo no início de julho, ainda estava escuro quando chegamos ao nosso destino: uma fenda no topo de uma grande montanha, por onde corria um riacho e onde, no interior de uma rocha, havia uma caverna rasa. Ali cresciam inúmeras bétulas, formando um lindo bosque que, um pouco mais adiante, se transformava em uma floresta de pinhos. O riacho estava repleto de trutas, a floresta, de pombos, e, na encosta aberta da montanha, ouvia-se o sibilar dos melros e avistava-se uma infinidade de cucos. Da boca da fenda, podíamos ver uma parte de Mamore e o braço de mar que separa essa região de Appin, e tudo isso de uma altura tamanha que a visão me causava espanto e prazer ao mesmo tempo.

Essa fenda era chamada de Corrynakiegh e, embora estivesse muitas vezes envolta em nuvens, por conta de sua altura e da proximidade com o mar, era, no geral, um lugar muito agradável, e os cinco dias que passamos ali foram bastante felizes.

Dormimos na caverna, fazendo uma cama com arbustos de urze – que cortamos para esse fim – e cobrindo-nos com o manto de Alan. Em uma curva da ravina, havia um lugar baixo e escondido, onde tivemos a audácia de acender uma fogueira para nos aquecermos, depois que as nuvens se fecharam, cozinhar um mingau quente e assar as trutas que apanhávamos com a mão sob as pedras e saliências das margens do riacho. Essa era, aliás, nossa principal tarefa, e também nossa diversão, e passamos grande parte do dia à beira d'água, nus da cintura para cima, agarrando aqueles peixes – não só para ter comida de sobra para o caso de passarmos qualquer necessidade, mas também em uma espécie de competição, que nos entreteve bastante. As maiores que apanhamos não deviam pesar mais de cem gramas, mas tinham uma carne muito boa e saborosa e, quando assadas na brasa, faltava-lhes apenas um pouco de sal para ficarem deliciosas.

Nas horas vagas, Alan se dedicava a me ensinar a manusear a espada, pois minha ignorância na arte da esgrima preocupava-o bastante; mas também acredito que, como às vezes eu ficava à frente dele na pesca, agradava-lhe envolver-se em algo em que ele se mostrava com vantagem. Ele assumiu tal ocupação com mais afinco do que seria necessário, já que, durante as aulas, ele gritava comigo e me repreendia de maneira muito violenta, atacando-me de tal forma que muitas vezes eu tive a impressão de que ele iria atravessar meu corpo com a espada. No entanto, mantive minha posição e tirei alguma coisa com essas lições; pelo menos aprendi a ficar em guarda com uma atitude calma, que geralmente é tudo o que é necessário. De modo que, mesmo que não conseguisse agradar minimamente ao meu professor, não estava totalmente insatisfeito comigo mesmo.

Não suponha você que, durante todo esse tempo, tenhamos negligenciado nosso principal objetivo, que era o de escapar.

— Vão se passar muitos dias — Alan disse logo na primeira manhã — até que os casacas-vermelhas pensem em revistar Corrynakiegh. Por isso, agora, devemos enviar uma mensagem a James, pedindo-lhe que nos arranje algum dinheiro.

— E como vamos enviar essa mensagem? — perguntei — Estamos em um lugar deserto, de onde ainda não nos atrevemos a sair. A menos que você use esses pássaros como mensageiros, não vejo como vamos nos virar.

— Não? — Alan respondeu. — Você é um homem de poucos recursos, David.

E, ao dizê-lo, ficou muito pensativo, contemplando as brasas do fogo. Depois, pegou duas toras de madeira, fez uma cruz com elas e esfregou as quatro pontas nas brasas. Então olhou para mim com certa timidez e disse:

— Você poderia me emprestar meu botão? É estranho pedir de volta o que lhe dei, mas não gostaria de arrancar outro de meu casaco.

Dei-lhe o botão. Ele, então, prendeu-o a uma tira que cortara de seu manto para amarrar a cruz e, depois de também juntar um pequeno ramo de bétula a outro de abeto, contemplou com satisfação sua obra.

— Agora — disse ele —, não muito longe de Corrynakiegh, há uma pequena clachan – o nome que dão às aldeias em gaélico – chamada Koalisnacoan. Lá vivem muitos de meus amigos, alguns a quem seria capaz de confiar minha vida, e alguns outros, de quem não espero tanto. Você há de levar em conta, David, que nossas cabeças estão a prêmio; até mesmo James deve ter oferecido dinheiro por nossas vidas e, quanto aos Campbells, eles jamais pouparão gastos para molestar um Stewart. Se não fosse por isso, eu mesmo iria para Koalisnacoan e confiaria minha vida a essas pessoas com a mesma calma com que confiaria a qualquer um uma luva minha.

— Mas, já que não é assim...? — perguntei.

— Já que não é assim — respondeu ele —, prefiro que não me vejam. Em todo lugar há gente ruim e, o que é muito pior, gente fraca. Então, depois de escurecer, entrarei furtivamente no vilarejo e deixarei essa cruz que acabo de fazer na janela de um bom amigo meu, John Breck Maccoll, um colono de Appin.

— E quando ele encontrar a cruz, diga-me com toda a sinceridade, o que ele vai fazer? — perguntei-lhe.

— Ah! — Alan respondeu. — Eu espero que ele se mostre um homem bastante perspicaz, pois, palavra de honra, temo que ele não consiga compreender meu sinal. Mas ouça o que tenho em mente: esta cruz se assemelha a uma cruz ardente, o sinal que usamos em nossos clãs para reunir toda a gente; contudo, ele vai perceber que, estando a cruz em sua janela e sem nenhuma inscrição com ela, não se trata de nos reunirmos. Então, ele pode pensar: "Se o clã não está a ponto de se reunir, alguma outra coisa vai acontecer". E, se ele notar meu botão e reconhecê-lo como de Duncan Stewart, chegará a conclusão de que o filho de Duncan está na urze e precisando dele.

— Ora, talvez aconteça isso mesmo — retruquei. — Mas, mesmo supondo que tudo se passe como você imagina, parece-me que há um longo caminho a percorrer daqui até Forth.

— Isso também é verdade — respondeu Alan. — Mas, então, John Breck verá os ramos de bétula e de abeto e dirá para si mesmo – se tiver o mínimo de inteligência, algo de que duvido: "Alan deve estar em uma floresta onde há abetos e bétulas"; e, depois, há de pensar: "Não há muitas dessas por aqui"; e virá até Corrynakiegh para dar uma olhada. E se nada disso acontecer, David, pouco me importa se o diabo o levar, já que o sujeito não vale nem sequer o tempero do seu mingau.

— Meu amigo — disse eu, com um tom um tanto quanto zombeteiro —, você é criativo demais! Não seria mais fácil escrever-lhe algumas palavras?

— Que observação mais perspicaz, sr. Balfour, de Shaws — respondeu Alan, também zombando de mim —, certamente seria muito mais fácil escrever-lhe, mas muito mais difícil para John Breck ler minha mensagem. Ele teria de ir para a escola por dois ou três anos, e talvez ficássemos cansados de esperar por ele.

Então, naquela mesma noite, Alan pegou sua cruz ardente e deixou-a na janela do colono. Estava bastante inquieto ao voltar, pois os cachorros haviam latido e várias pessoas saíram correndo de seus lares, e ele pensou ter ouvido barulho de armas e visto um casaca-vermelha sair à porta de uma das casas. De qualquer forma, no dia seguinte fomos nos deitar no limite da floresta, vigiando atentamente a aproximação de John Breck – para que pudéssemos guiá-lo até nós ou, caso aparecessem os casacas-vermelhas, para que pudéssemos fugir a tempo.

Por volta do meio-dia, vimos um homem rondando na face nua da montanha, ao sol, e olhando em volta, protegendo os olhos com a mão. Assim que Alan o viu, assobiou, o homem se virou e avançou um pouco em nossa direção. Então Alan assobiou novamente, e o homem se aproximou ainda mais, sendo conduzido até onde estávamos por meio dos assobios.

Era um homem barbudo, maltrapilho e de aparência rude, com cerca de quarenta anos, brutalmente desfigurado pela varíola e parecendo desajeitado e selvagem. Embora falasse minha língua muito mal, Alan não lhe permitiu falar gaélico – seguindo com sua habitual gentileza sempre que eu estava com ele. Talvez ter de falar uma língua estrangeira fizesse com que ele parecesse mais atrasado do que realmente era; mas tive a impressão de que ele não se mostrava muito disposto a nos ajudar, por estar com um medo terrível.

Alan gostaria que ele levasse um recado para James, mas o colono não quis ouvir nenhum recado. Afirmou, com uma voz estridente, que acabaria esquecendo tudo e que preferiria levar uma carta; caso contrário, não nos ajudaria com nada.

Imaginei que Alan fosse ficar irritado com aquilo, já que estávamos no meio daquele deserto, sem nada com que escrever.

Mas ele é o homem mais engenhoso que já conheci e tratou de procurar uma pena de pombo na floresta, até encontrá-la e cortá-la no formato de uma caneta; em seguida, fez uma espécie de tinta com a pólvora que carregava e água do riacho e, por fim, arrancando uma ponta da condecoração militar francesa – que ele carregava no bolso como um talismã capaz de livrá-lo do cadafalso –, sentou-se e escreveu o que segue:

"Caro parente,

Por favor, envie me dinheiro, através deste mensageiro, ao lugar que é de seu conhecimento.

Seu querido primo,

A.S"

Confiou então a mensagem ao colono, que prometeu entregá-la o mais rápido possível e desceu correndo a montanha.

Ele levou três longos dias para voltar, mas, por volta das cinco horas do terceiro dia, ouvimos um apito na floresta, ao qual Alan respondeu. E, depois de um tempo, o colono apareceu próximo da água, procurando-nos à direita e à esquerda. Ele parecia menos emburrado do que antes, e, de fato, não havia dúvida de que estava satisfeito por ter concluído sua perigosa tarefa.

Trouxe-nos também notícias da região: estava infestada de casacas-vermelhas, algumas armas haviam sido encontradas, e aquela pobre gente vinha sendo atacada diariamente. Além disso, James e alguns de seus criados estavam no Forte William, presos sob sérias suspeitas de cumplicidade. Aparentemente, corria por todo canto o boato de que fora Alan Breck quem disparara o tiro, e denunciaram-no, oferecendo uma recompensa de cem libras, tanto por sua captura quanto pela minha.

Tudo ia de mal a pior, e o curto bilhete da sra. Stewart que o colono trouxera era absolutamente deprimente. Nele, ela implorava a Alan que não se deixasse ser capturado, garantindo-lhe que, se ele caísse nas mãos das tropas, James e ele já poderiam se considerar mortos. O dinheiro que ela enviava era tudo o que conseguira, implorando ou pedindo emprestado, e rezava aos céus para que fosse suficiente. Por fim, colocara com o bilhete uma das proclamas da denúncia, na qual constava nossa descrição.

Nós a lemos com grande curiosidade e um pouco de medo, em parte como alguém que se olha no espelho, em parte como quem olha para o cano do mosquete de um inimigo para ver se está realmente apontado para si. Alan fora descrito como "um homem baixo, ágil e cheio de marcas de varíola, com cerca de trinta e cinco anos de idade, e vestido com um chapéu emplumado, um casaco francês rendado azul com botões prateados bastante manchado, um colete vermelho e calças pretas"; e eu fora retratado como "um rapaz alto e forte, com cerca de dezoito anos de idade, vestindo um casaco azul gasto e bastante esfarrapado, um chapéu velho das Terras Altas, um colete comprido, calças curtas azuis e com sapatos baixos, com sotaque das Terras Baixas e sem barba".

Alan ficou muito satisfeito ao ver sua elegância tão perfeitamente detalhada, mas, ao ler a palavra "manchado", olhou para a renda com um ar um tanto quanto pesaroso. Quanto a mim, achei minha descrição bastante deplorável, mas também fiquei bem satisfeito, pois, tendo tirado aqueles trapos na casa de

James, a representação que haviam feito de mim não me colocara em perigo, ao contrário, tornara-se minha tábua de salvação.

— Alan — eu disse então —, você deveria trocar de roupa.

— Certamente que não! — ele respondeu. — Além de não ter outra, imagine que figura eu faria se aparecesse de boné na França!

Aquela atitude levou-me a ponderar: se eu me separasse de Alan e de suas roupas incriminadoras, estaria livre da prisão e poderia continuar meu caminho sem preocupações. E não só isso: caso eu fosse preso sozinho, havia poucas evidências contra mim, mas, se me capturassem na companhia do suposto assassino, minha situação se agravaria. Por pura generosidade, não me atrevi a falar sobre tal assunto, o que não me impediu, no entanto, de pensar a respeito.

E tal pensamento ganhou ainda mais força quando o colono nos apresentou uma carteira verde, com apenas quatro guinéus de ouro e uns trocados que nem sequer somavam outro guinéu. É verdade que aquele dinheiro era mais do que eu tinha, mas Alan teria de chegar até a França com menos de cinco guinéus, ao passo que eu, com menos de dois, conseguiria ir facilmente até Queensferry. Assim, considerando todas as coisas, a companhia de Alan não apenas representava um risco à minha vida, mas também um fardo à minha carteira.

Por outro lado, na cabeça de meu companheiro não pairava nenhuma ideia dessa natureza. Ele acreditava estar me servindo, ajudando e protegendo, e o que mais eu poderia fazer além de ficar quieto, conter minha irritação e render-me ao meu destino?

— É muito pouco — disse Alan, guardando a carteira no bolso —, mas é o suficiente. E agora, John Breck, se devolver meu botão, este cavalheiro e eu vamos pegar a estrada.

Mas o colono, depois de vasculhar sua sacola felpuda, que carregava pendurada à sua frente, ao estilo da gente das Terras Altas – embora ele estivesse vestido com calças de marinheiro, típicas das Terras Baixas –, revirou os olhos de uma maneira estranha e, por fim, disse: — Acho que o perdi.

— O quê? — Alan gritou. — Você perdeu o botão que era do meu pai antes de me pertencer? Bom, então vou lhe dizer o que penso, John Breck: acredito que esse tenha sido o pior trabalho que você já fez desde o dia em que nasceu.

E, enquanto falava, Alan colocava as mãos nos joelhos e olhava para o colono sorrindo, com aquele brilho irrequieto nos olhos que representava um mau presságio para seus inimigos.

Talvez o colono fosse honesto e, talvez, tivesse pensado em enganá-lo; mas, encontrando-se a sós com apenas nós dois em um lugar deserto, decidiu recobrar sua honestidade, já que era mais seguro; por fim, encontrou o botão e devolveu-o a Alan.

— Bom, fico feliz pela honra dos Maccolls — disse Alan; e então, virando-se para mim, acrescentou: — Eis aqui seu botão novamente, e agradeço-lhe por ter se separado dele, mais uma prova de sua amizade para comigo. — Em seguida, despediu-se efusivamente do colono. — Por ter-me sido muito útil — disse ele — e arriscado seu pescoço nessa aventura, sempre o terei em conta como um bom homem.

Por fim, o colono tomou um caminho, e Alan e eu – reunindo nossos pertences – seguimos por outro, retomando nossa fuga.

CAPÍTULO XXII
A FUGA ATRAVÉS DA URZE: O PÂNTANO

Depois de mais de sete horas de caminhada árdua e incessante, chegamos, de manhã bem cedo, ao sopé de uma cadeia de montanhas. Diante de nós, avistava-se um terreno desértico escarpado e baixo, que teríamos de atravessar. O sol ainda não estava alto o suficiente e já nos ofuscava os olhos; uma leve névoa subia da superfície da charneca, fazendo-a parecer envolta em fumaça e – como disse Alan – podendo conter vinte esquadrões de casacas-vermelhas, sem que nos déssemos conta.

Por isso, sentamos em uma depressão na encosta para esperar que a névoa se dissipasse, preparamos nossa tigela habitual de mingau de aveia e água e realizamos um conselho de guerra.

— David — disse Alan —, essa é a parte perigosa. Ficamos aqui até o anoitecer ou nos arriscamos e seguimos em frente?

— A verdade é que estou cansado — respondi —, mas poderia caminhar quanto fosse necessário.

— Não há muito o que andar, nem a metade do que já percorremos — disse Alan. — A situação é a seguinte: Appin seria morte certa para nós. No sul, todos pertencem ao clã dos Campbells, e nem precisamos cogitar tal direção. Ao norte... Ora, não ganhamos muito indo para o norte, nem você – que quer chegar a Queensferry – nem eu, que quero ir para a França. Assim, vamos para o leste.

— Muito bem, rumo leste! — disse eu, muito feliz, mas pensava comigo mesmo: "Se você fosse por um caminho e eu, por outro, seria melhor para nós dois".

— Veja bem, a leste é onde se encontram os pântanos — disse Alan. — Chegando lá, tudo ficará mais fácil. Nestas terras nuas e planas, para onde havemos de fugir? Se os casacas-vermelhas subirem uma colina, poderão nos ver a quilômetros de distância e, pior de tudo, com seus cavalos, são capazes de nos alcançar em um piscar de olhos. Aqui não é um bom lugar, David, e posso garantir que é ainda pior durante o dia do que à noite.

— Alan, ouça o que tenho a dizer — retruquei. — Appin é a morte para nós, pois temos pouco dinheiro e quase nenhuma comida. Quanto mais tempo eles tiverem para nos procurar, mais facilmente descobrirão onde estamos. Tudo implica em risco; por isso, acredito que devemos continuar a andar até cair.

Alan ficou maravilhado. — Às vezes — disse ele —, você se mostra muito cauteloso, um verdadeiro whig, para acompanhar um cavalheiro como eu. Mas, em outras, você parece ter um caráter absolutamente enérgico, e é então que o considero como um irmão.

A névoa se dissipou e desapareceu, e vimos que a região diante de nós era tão desolada quanto o mar; ali, ouvia-se apenas o grasnar dos tetrazes e dos piuis e, ao longe, a leste, avistamos uma manada de veados, movendo-se como uma linha pontilhada. Grande parte do solo era avermelhado e cheio de urze, sendo interrompido por brejos, fendas, buracos e áreas enegrecidas por algum incêndio nas charnecas; além disso, via-se também uma floresta de abetos completamente secos, que se erguiam como esqueletos. Era o deserto mais triste que se possa imaginar, mas, pelo menos, não se avistava nenhuma tropa, o que mais nos importava.

Assim, descemos rumo à charneca e iniciamos nossa sofrida e tortuosa jornada até a margem oriental. Ao nosso redor, erguiam-se os cumes das montanhas, onde – como você deve se lembrar – poderíamos ser descobertos a qualquer momento; por isso, tentamos nos manter nas partes mais baixas do pântano e, quando ele se desviava da direção em que tínhamos de seguir, atravessávamos o campo aberto com extremo cuidado. Às vezes, por meia hora sem parar, éramos obrigados a rastejar de um arbusto para o outro, tal qual caçadores que seguem um cervo de perto. O dia estava clareando novamente, o sol estava escaldante e a água que havíamos recolhido na garrafa de conhaque logo acabou. Na verdade, se eu suspeitasse que teríamos de passar metade do tempo engatinhando e a outra quase de joelhos, sem dúvida teria me safado de uma empreitada tão exaustiva.

Passamos a manhã toda rastejando, descansando e voltando a rastejar e, ao meio-dia, acabamos nos deitando sobre um espesso arbusto de urze para dormir. Alan pegou o primeiro turno de vigia e, quando me acordou para o segundo, pareceu-me que mal tivera tempo de fechar os olhos. Não tínhamos relógio para ver as horas, e Alan enfiara um galho de urze no chão para marcar o tempo, avisando-me que era para acordá-lo assim que a sombra do galho chegasse a um certo ponto a leste. Mas eu estava tão cansado que teria dormido por doze horas seguidas; eu ainda sentia o gosto do sono em minha boca e minhas articulações continuavam adormecidas, embora meu cérebro estivesse acordado; o cheiro quente da urze e o zumbido das abelhas selvagens funcionavam como leite morno para mim e, volta e meia, eu tomava um susto e descobria que havia cochilado.

Na última vez que acordei, pareceu-me ter voltado de muito longe e imaginei que o sol havia percorrido um longo caminho no firmamento. Olhei para o ramo de urze e quase gritei, pois percebi que não havia cumprido com meu dever. Minha mente ainda se encontrava em um misto de medo e vergonha quando, ao avistar o que despontava no pântano ao meu redor, pensei que meu coração havia parado. Pois, certamente enquanto eu cochilava, surgira um destacamento de cavalaria, aproximando-se de nós pelo sudeste, espalhando-se e conduzindo seus cavalos para todo canto, até as partes mais profundas da charneca.

Quando acordei Alan, ele olhou primeiro para os soldados e depois para o galho e a posição do sol, e franziu a testa, fitando-me por um momento com um semblante cheio de fúria e inquietação, única reprovação que recebi dele.

— O que faremos agora? — perguntei.

— Vamos ter de brincar de esconde-esconde. Está vendo aquela montanha? — disse ele, apontando para um monte a nordeste.

— Sim — respondi.

— Muito bem — acrescentou —, teremos de correr até lá. Ela se chama Ben Alder, é uma montanha acidentada e deserta, cheia de cumes e depressões, e, se conseguirmos chegar até lá antes do amanhecer, talvez ainda consigamos nos salvar.

— Mas, Alan — retruquei —, assim vamos cruzar com os soldados.

— Eu sei muito bem — disse ele —, mas, se voltarmos para Appin, já podemos nos considerar mortos. Então, meu amigo David, sebo nas canelas!

E, dizendo isso, começou a rastejar com uma velocidade incrível – como se aquele fosse seu jeito natural de andar – e, todo o tempo, procurava os buracos da charneca onde poderíamos nos esconder melhor. Algumas partes do solo estavam queimadas ou, pelo menos, chamuscadas e, por isso, uma poeira sufocante, fina como fumaça, erguia-se do chão, atingindo nossos rostos – que se encontravam praticamente ao nível do solo. Nossa água havia acabado há muito tempo, e tal fato, juntamente com aquela forma de nos locomovermos, fez com que eu ficasse tão insuportavelmente cansado e fraco que minhas articulações doíam e meus pulsos pareciam ceder sob o peso do meu corpo.

De tempos em tempos, no entanto, deitávamos um pouco, perto de algum grande arbusto de urze, ofegando e afastando suas folhas para dar outra olhada nos soldados. Eles não nos haviam descoberto, pois continuaram avançando em linha reta; pelos meus cálculos, havia meio esquadrão cobrindo cerca de três quilômetros de terreno, agitando-o com todo cuidado à medida que avançavam. Acordei bem na hora; se tivesse acordado um pouco mais tarde, teríamos de fugir diante do nariz deles, em vez de avançar pelos flancos. Mas, mesmo assim, o mínimo contratempo poderia revelar nossa posição e, vez ou outra, quando uma perdiz se levantava da urze, batendo suas asas, ficávamos imóveis, como se estivéssemos mortos, sem ousar respirar.

A dor e a fraqueza do meu corpo, a fadiga do meu coração, as feridas das minhas mãos e a irritação da minha garganta e dos meus olhos – causada pela fumaça contínua de poeira e cinzas – tornaram-se tão insuportáveis que eu teria facilmente desistido. Apenas o medo que pressentia vir de meu colega me dava uma espécie de falsa coragem para continuar. Alan, por sua vez – e não se esqueça de que ele estava usando seu casaco grosso –, ficou completamente vermelho no início, mas, com o passar do tempo, sua vermelhidão foi encoberta por manchas brancas e, à medida que avançávamos, ele começou a roncar e assobiar, e sua voz, quando murmurava alguma observação ao meu ouvido nos instantes de parada, não soava humana. Apesar disso, sua energia não parecia ter decaído, nem tampouco seu desempenho, e não pude deixar de me surpreender com a resistência daquele homem.

Por fim, ao cair da noite, ouvimos o toque de uma trombeta e, olhando para trás através da urze, vimos a tropa começando a recuar. Logo depois, fizeram uma fogueira e levantaram acampamento, para passar a noite no meio do deserto.

Então implorei a Alan que nos deitássemos e fôssemos dormir.

— Ninguém vai dormir esta noite! — ele respondeu. — A partir de agora, esses seus soldados irritantes montarão guarda no topo da charneca e ninguém, a não ser os pássaros, conseguirá sair de Appin. Escapamos por pouco e vamos colocar em risco o que conquistamos? Não, não, quando o dia chegar, estaremos em um lugar seguro, em Ben Alder.

— Alan — retruquei —, não é por falta de vontade. Faltam-me forças. Se eu pudesse, continuaria, mas juro pela minha vida que não posso.

— Muito bem, então vou carregá-lo — disse Alan.

Olhei para ele para certificar-me de que estava brincando, mas não: o homenzinho falava sério, e fiquei envergonhado de tamanha resolução.

— Vá na frente, e eu o seguirei — disse.

Alan olhou para mim, como se dissesse "Muito bem dito, David!", e voltou a andar a toda velocidade.

Com a chegada da noite, esfriou e escureceu um pouco, mas não muito. O céu estava claro, pois estávamos nos primeiros dias de julho e bem ao norte; assim, na hora mais escura daquela noite, não ouso dizer que não fosse preciso ter bons olhos para ler, mas posso afirmar já ter visto meios-dias mais escuros no inverno. Um pesado orvalho começou a cair, encharcando o pântano como se fosse chuva, o que me refrescou um pouco. Quando paramos para recuperar o fôlego e tive tempo de olhar à minha volta, avistando a claridade e a suavidade da noite, os contornos das colinas – parecendo pedras adormecidas – e a fogueira diminuindo atrás de nós como um ponto luminoso no meio da charneca, deixei-me dominar pela raiva, pois não parava de pensar que ainda tinha de continuar a me arrastar desesperadamente e comer poeira como um verme.

Pelo que tenho lido nos livros, parece-me que poucos que usam a caneta já se sentiram realmente cansados ou, então, escreveriam a respeito com mais fervor. Minha vida, pregressa ou futura, não tinha mais nenhuma importância para mim, e mal me lembrava de que tenha existido um menino chamado David

Balfour. Só pensava em minha pessoa com desespero, e cada passo adiante parecia ser meu último; também pensava em Alan, mas com ódio, por ele ser a causa daquilo tudo. Alan era um verdadeiro soldado quando se tratava de fazer com que os homens continuassem a cumprir ordens, sem motivo aparente, mantendo-se firmes mesmo quando estavam prestes a morrer. Quanto a mim, ouso dizer que teria sido um bom soldado raso, pois nessas últimas horas não conseguia pensar em mais nada além de continuar a obedecer Alan o máximo que pudesse, e morreria obedecendo.

O dia começou a raiar – parecendo-me que o fazia depois de vários anos – e, a essa altura, a parte mais perigosa de nossa aventura já havia passado, e podíamos andar de pé como seres humanos, em vez de rastejar como animais. Mas, meu Deus, que imagem nós dois fazíamos, andando encurvados como velhos, tropeçando como crianças e pálidos como os mortos! Não trocamos uma só palavra, mantendo-nos quietos e com o olhar fixo adiante, erguendo e baixando os pés no chão como aqueles sujeitos que levantam pesos nas feiras das aldeias; e, entrementes, os tetrazes piavam na urze e, no leste, o dia começava a clarear lentamente.

Acabei de dizer que Alan fazia o mesmo que eu, não por estar olhando para o que ele fazia – já que tinha problemas suficientes para ver por onde estava indo –, mas porque era evidente que ele devia estar tão aturdido pelo cansaço quanto eu, sem nem sequer olhar para onde seguíamos, caso contrário não teríamos caído em uma emboscada, como dois cegos.

Eis o que aconteceu: descíamos uma encosta coberta de urze, Alan na frente e eu seguindo um ou dois passos atrás, como um artista de rua e sua esposa, quando subitamente ouvimos um farfalhar no mato, três ou quatro homens maltrapilhos surgiram do nada e, no instante seguinte, estávamos deitados de costas, cada um com uma adaga no pescoço.

Não acho que tenha me importado naquele momento, a dor da lâmina era praticamente anulada pelas dores que eu já vinha sentindo antes, e estava feliz demais por ter parado de andar para me preocupar com a adaga. Olhei para o rosto do sujeito que me segurava e lembro que seu rosto estava escurecido pelo sol e que seus olhos brilhavam; mas não fiquei assustado. Ouvi Alan sussurrar algo em gaélico para o outro homem, mas o teor de suas palavras não tinha nenhuma importância para mim.

Então embainharam novamente as adagas, tiraram-nos nossas armas e puseram-nos frente a frente, sentados, olhando um para o outro.

— São homens do Cluny — disse Alan. — Não poderíamos ter caído em mãos melhores. Vamos esperar aqui com eles – vigias dele – até poderem avisar seu chefe da minha chegada.

Cluny Macpherson, chefe do clã Vourich, havia sido um dos líderes da grande rebelião seis anos antes; haviam colocado sua cabeça a prêmio, e eu imaginei que ele estivesse na França já há algum tempo, com o resto dos líderes daquela desolada companhia. Apesar de estar tão cansado, a surpresa do que ouvira me despertou.

— O quê! — exclamei. — Cluny ainda está aqui?

— Claro que está! — Alan respondeu. — Ainda está em sua terra e cuidando de seu clã. O rei George não poderia fazer o mesmo.

Eu teria feito mais perguntas com prazer, mas Alan me mandou ficar quieto, dizendo:

— Estou muito cansado e gostaria de dormir.

E, sem falar mais nada, mergulhou a cabeça em um matagal de urze e pareceu adormecer instantaneamente.

Fazer o mesmo mostrou-se impossível para mim. Você já ouviu o zumbido dos gafanhotos no campo, no verão? Bom, assim que fechei meus olhos, meu corpo e especialmente minha cabeça, minha barriga e meus pulsos pareceram estar cheios de gafanhotos zumbindo, e tive de abrir meus olhos, rolar na grama, sentar e deitar de novo. E eu fitava o céu, que me deslumbrava, ou observava os vigias selvagens e sujos de Cluny, que se debruçavam sobre a urze e conversavam entre si em gaélico.

Isso foi tudo o que eu consegui fazer até o mensageiro deles voltar. Quando nos disseram que Cluny ficaria feliz em nos ver, fomos obrigados a nos levantar novamente e partir. Alan estava muito animado e completamente restabelecido depois de ter dormido, com bastante fome e ansioso por uma bebida e uma boa fatia de carne, coisas que o mensageiro lhe prometera. Quanto a mim, fiquei enjoado só de ouvir falar em comida. Até então, eu vinha me sentindo extremamente pesado, mas agora a sensação era de uma espécie de leveza aterradora, que não me deixava andar. Parecia estar flutuando, como gaze; o chão assemelhava-se a uma nuvem, as montanhas, a um monte de penas, e eu pressentia o ar como a corrente de um riacho, levando-me de um lado para o outro. Então, uma espécie de horror desesperado tomou conta de minha mente, fazendo-me querer chorar só de pensar em meu desamparo.

Vi Alan franzir a testa para mim e presumi que ele estava com raiva, o que me causou uma enorme ansiedade, parecida com os delírios de uma criança. Lembro também que estava sorrindo e que não conseguia parar de sorrir por mais que tentasse, mesmo compreendendo que aquela não era a hora de fazê-lo. Mas meu bom companheiro não tinha nada além de bondade em sua mente e, no instante seguinte, dois daqueles homens me agarraram pelos braços, e eu me vi sendo levado em grande velocidade – pelo menos assim me pareceu, embora eu tenha certeza de que avançávamos muito lentamente – através de um labirinto de depressões e vales melancólicos no coração da sombria montanha de Ben Alder.

CAPÍTULO XXIII
A GAIOLA DE CLUNY

Por fim, chegamos ao sopé de uma floresta extraordinariamente íngreme, que subia por uma encosta escarpada, coroada por um precipício desolado.

— É aqui — disse um dos guias, e começamos a subir a montanha.

As árvores, penduradas na encosta como marinheiros presos às velas de um navio, pareciam-se com os degraus de uma escada, e por elas subimos.

Já no topo, pouco antes da face rochosa do penhasco que se erguia acima das folhagens, encontramos a estranha casa conhecida na região pelo nome de "Gaiola de Cluny". Entrelaçaram os troncos de várias árvores, reforçando as lacunas com estacas, e nivelaram o terreno atrás da barricada resultante com terra, para formar a base. Uma árvore, crescendo na encosta da montanha, servia como uma viga central viva do telhado. As paredes eram de pau a pique e cobertas de musgo. A casa como um todo tinha o formato de um ovo e jazia meio pendurada e meio apoiada naquela encosta íngreme e coberta de arbustos, como um ninho de vespas em um espinheiro verde.

O interior era espaçoso o suficiente para acomodar cinco ou seis pessoas com algum conforto. Uma saliência do penhasco havia sido habilmente transformada em lareira e, como a fumaça subia contra a face da rocha e tinha a mesma cor que ela, não era fácil distingui-la da base da montanha.

Esse era apenas um dos esconderijos de Cluny, pois ele também possuía cavernas e câmaras subterrâneas em vários pontos da região e, segundo informações trazidas por seus exploradores, deslocava-se de um local para o outro, dependendo da distância dos soldados. Vivendo assim, e graças ao apoio dos membros de seu clã, ele não só permanecia ali em segurança – enquanto muitos outros haviam fugido ou foram presos e executados –, mas também foi capaz de ali morar por quatro ou cinco anos; e, quando ele finalmente foi para a França, seguia ordens expressas de seu chefe. Na França, não tardou a morrer, provavelmente de saudades de sua "Gaiola" no alto de Ben Alder.

Quando chegamos à porta, ele estava sentado perto de sua lareira de pedra, observando um de seus homens cozinhar. Vestia-se de maneira muito simples, com um gorro de malha puxado sobre a cabeça até as orelhas, e fumava um cachimbo rudimentar e sujo. E, apesar de tudo, tinha ares de rei, e foi uma bela cena vê-lo se levantando para nos receber.

— Ah, sr. Stewart! — disse ele. — Entre e traga seu amigo, cujo nome ainda não sei.

— Como está você, Cluny? — Alan perguntou. — Espero que esteja bem. É uma grande honra vê-lo e apresentá-lo ao meu amigo, o senhor de Shaws, David Balfour.

Alan nunca se referia à minha propriedade sem um certo tom de zombaria, mas o fazia apenas quando estávamos a sós, pois, diante de estranhos, ele pronunciava as palavras com a solenidade de um arauto.

— Entrem, senhores — disse Cluny. — Bem-vindos à minha casa, que, por mais estranha e grosseira que seja, abrigou um personagem real, e você, sr. Stewart, sem dúvida sabe a que personagem me refiro. Vamos beber à sua saúde, e assim que esse cozinheiro desajeitado conseguir aprontar a carne, vamos comer e jogar cartas como convém a cavalheiros. Minha vida é meio entediante — disse, servindo o conhaque. — Vejo poucas pessoas e passo o dia inteiro sentado, girando os dedos das mãos, pensando em um grande dia que já se foi e me consumindo enquanto espero por outro grande dia – que todos imaginamos estar cada vez mais próximo. Assim sendo, bebamos à Restauração!

Batemos nossos copos e bebemos. Eu não desejava mal ao rei George e, mesmo que ele ali estivesse, em pessoa, é muito provável que tampouco desejasse mal a mim. Assim que bebi, me senti muito melhor e pude ouvir e considerar o que estava sendo dito, talvez ainda um pouco confuso, mas não mais com aquele terror e angústia infundados de antes.

O lugar era realmente estranho, tão estranho quanto seu dono. Durante o longo tempo em que viveu na clandestinidade, Cluny adquirira hábitos precisos, como fazem as velhas solteironas. Ele tinha um lugar específico onde ninguém além dele podia se sentar; a "Gaiola" estava arrumada de uma maneira especial, e ninguém poderia mudar nada de lugar; cozinhar era um de seus principais caprichos e, mesmo enquanto nos entretinha, nunca tirava os olhos das fatias de carne.

Aparentemente, em certas ocasiões, e na calada da noite, ele visitava – ou era visitado – por sua esposa e por um ou dois de seus amigos mais próximos; mas, na maioria das vezes, ele vivia completamente sozinho, comunicando-se apenas com seus vigias e com os homens que o serviam na "Gaiola". Logo pela manhã, um deles, que era barbeiro, vinha barbeá-lo e trazer-lhe notícias da região, e Cluny sempre se mostrava absolutamente ansioso. Ele não parava de lhe fazer perguntas com a mesma veemência de uma criança e, quando recebia certas respostas, ria de uma forma disparatada e, horas depois que o barbeiro já havia saído, caía na gargalhada, só de lembrar delas.

A verdade é que suas perguntas tinham um certo propósito, pois, embora fosse um recluso e, como os outros proprietários de terras da Escócia, destituído de seus poderes legais pelo último decreto promulgado pelo Parlamento, ele ainda exercia a justiça patriarcal em seu clã. Dirigiam-se ao seu esconderijo com processos para ele decidir e os homens de sua região, que teriam zombado dos tribunais de Justiça, renunciavam à sua vingança e pagavam o que fosse preciso diante da decisão puramente verbal daquele homem foragido e perseguido. Quando estava zangado, o que era frequente, ele dava suas ordens e fazia ameaças de punição, tal qual um verdadeiro rei. Seus criados estremeciam e se encolhiam diante dele, como crianças diante de um pai rígido. À medida que cada um deles entrava, ele apertava suas mãos cerimoniosamente, e ambos prestavam continência, ao estilo militar. Tive uma excelente oportunidade de aprender algo sobre a vida íntima de um clã das Terras Altas e, além de tudo, com um chefe fora da lei, recôndito, com sua região conquistada, tropas vasculhando todas as áreas em sua busca – às vezes, a menos de um quilômetro de onde ele estava – e podendo ser traído – em troca de uma pequena fortuna – por qualquer um de seus companheiros esfarrapados, a quem ele repreendia e ameaçava.

Naquele primeiro dia que passamos com ele, assim que as fatias de carne estavam prontas, Cluny espremeu um limão sobre elas com a própria mão – pois não faltavam iguarias de espécie alguma em suas provisões – e convidou-nos a sentar à mesa com ele.

— São — disse, referindo-se às fatias — iguais às que ofereci a Sua Alteza Real nesta mesma casa, embora faltasse o limão, pois, naqueles tempos, tínhamos de nos contentar com a carne, sem nem pensar em temperos. De fato, em 46, havia mais casacas-vermelhas do que limões nesta região.

Não sei se a carne estava boa mesmo, mas meu coração palpitou só de vê-la, e consegui comer muito pouco. Enquanto isso, Cluny nos contava histórias a respeito da estada do príncipe Charlie[26] na "Gaiola", repetindo-nos as palavras exatas dos interlocutores e levantando-se de seu lugar para nos mostrar os lugares que ocupavam. Pelo que ele nos contou, deduzi que o príncipe era um jovem gracioso e animado, digno filho de uma raça de reis corteses, embora não tão sábio quanto Salomão. Também deduzi que, enquanto estava na "Gaiola", passara a maior parte do tempo bêbado, vício que já começava a se manifestar e que, segundo todos, muito mal lhe fazia.

Assim que comemos, Cluny fez surgir um baralho velho, surrado e engordurado – do tipo que se costuma encontrar em uma hospedaria humilde –, e seus olhos brilharam ao nos propor uma partida.

Esse era justamente um dos vícios que me haviam ensinado a evitar, considerando-o uma desonra, pois meu pai dizia que não era cristão nem cavalheiro ganhar a vida à custa dos outros com um pedaço de papelão pintado. A verdade é que poderia ter alegado cansaço, o que já era desculpa suficiente; mas parecia-me que tinha o dever de manifestar minha opinião. Devo ter enrubescido, porém falei com firmeza, dizendo que não pretendia julgar ninguém, mas que, de minha parte, não via aquilo com bons olhos.

Cluny parou de embaralhar as cartas e me disse: — Que diabos significa isso? Que espécie de conversa de whigs é essa, na casa de Cluny Macpherson?

— Seria capaz de colocar minha mão no fogo pelo sr. Balfour — disse Alan. — Ele é um cavalheiro honesto e gentil,

---

26 Charles II (1630-1685) foi rei da Inglaterra, Escócia e Irlanda de 1660 até sua morte. (N. do T.)

e gostaria que tivesse em mente que quem está lhe dizendo tal coisa porta o nome de um rei — disse ele, inclinando o chapéu.

— E tanto eu quanto todos aqueles a quem chamo de amigos somos o melhor tipo de companhia que há. Mas este senhor está cansado e gostaria de dormir. Se ele não está interessado nas cartas, isso não há de nos impedir de brincar. De minha parte, sinto-me perfeitamente bem e estou disposto, meu senhor, a qualquer jogo que escolher.

— Meu senhor — disse Cluny —, quero que saiba que nesta minha humilde casa cada cavalheiro pode fazer o que quiser. Se seu amigo quiser plantar bananeiras, pode ficar à vontade para fazê-lo. Mas se ele, ou o senhor, ou qualquer outra pessoa, não estiver exatamente satisfeito, terei prazer em discutir o assunto lá fora.

Não tinha nenhum interesse em que aqueles dois amigos cortassem suas gargantas por minha causa e disse:

— Meu senhor, estou muito cansado, como já disse Alan, e além disso, como o senhor é um homem que provavelmente já tem filhos, deverá me entender melhor se eu lhe disser que se trata de uma promessa que fiz a meu pai.

— Não diga mais nada, não diga mais nada — disse Cluny, apontando para uma cama feita de urze a um canto da "Gaiola". No entanto, ele continuou bastante irritado comigo, fitando-me com o canto do olho e resmungando ao fazê-lo. Embora eu deva admitir que tanto meus escrúpulos quanto as palavras com que os expressei tenham parecido o sermão de um Covenanter, algo completamente inadequado entre jacobitas do interior das Terras Altas.

Com o conhaque e a carne de cervo no estômago, um peso estranho apoderou-se de mim e, assim que caí na cama, mergulhei em uma espécie de torpor, que durou praticamente todo o tempo em que estivemos na "Gaiola". Às vezes, sentia-me completamente desperto e entendia tudo o que estava acontecendo; em outras, ouvia apenas vozes ou roncos de homens, como o som de um rio tranquilo, e as mantas escocesas que cobriam as paredes encolhiam e cresciam, como as sombras projetadas pelo fogo no teto. Tenho quase certeza de ter falado ou gritado vez ou outra, pois lembro-me de ter me surpreendido quando me respondiam; no entanto, sei que não tive nenhum pesadelo em particular, mas sentia simplesmente um horror generalizado, sombrio e permanente, um horror do lugar onde eu estava, da cama onde me deitara, das mantas nas paredes, das vozes, do fogo e de mim mesmo.

O barbeiro, que também atuava como médico, foi chamado para me prescrever algo; mas, como ele falava gaélico, não entendi uma palavra de seu diagnóstico e estava doente demais para pedir que me traduzissem o que dissera. Eu sabia muito bem que estava doente, e era só isso que me importava.

Prestei pouca atenção ao que acontecia enquanto estava naquele miserável torpor. Mas Alan e Cluny jogavam cartas a maior parte do tempo, e tenho certeza de que Alan começou ganhando, pois lembro-me de me sentar na cama, ver que estavam muito envolvidos no jogo e que Alan tinha ao lado dele na mesa uma grande pilha de moedas brilhantes, algo entre sessenta e cem guinéus. Era estranho ver tanta riqueza naquele ninho que pendia das encostas de um penhasco, entre árvores emaranhadas. E cheguei até mesmo a pensar que não era uma situação vantajosa para Alan, que tinha entrado naquela partida com uma carteira com menos de cinco libras.

A sorte, ao que parece, mudou no segundo dia. Por volta do meio-dia acordaram-me, como de costume, para comer e, como de costume, recusei-me a fazê-lo, e então me deram alguma infusão amarga que o barbeiro havia prescrito. O sol entrava pela porta aberta da "Gaiola" e ofuscava minha vista, o que muito me incomodava. Cluny estava sentado à mesa, embaralhando as cartas. Alan havia se inclinado sobre a cama, com o rosto muito perto dos meus olhos, e, transtornado pela febre, seu rosto parecia extraordinariamente grande.

Ele me pediu para emprestar-lhe algum dinheiro.

— Para quê? — perguntei.

— Ah, é apenas um empréstimo — respondeu ele.

— Mas para quê? — insisti. — Não estou entendendo.

— Ora, David! — retorquiu Alan. — Você não vai me negar um empréstimo.

Teria negado se estivesse de posse dos meus cinco sentidos; mas, naquele momento, tudo que eu queria era tirar aquele rosto de perto dos meus olhos, e entreguei-lhe o dinheiro.

Na manhã do terceiro dia, quando já estávamos na "Gaiola" por quarenta e oito horas, acordei animado. Ainda estava fraco e cansado, mas via tudo com o tamanho certo e uma aparência de normalidade. Tinha finalmente vontade de comer e saí da cama por iniciativa própria. Quando terminamos o almoço, fui até a porta da "Gaiola", saí e sentei-me no topo da floresta. Fazia um dia cinzento, com uma brisa fria e suave, e passei a manhã devaneando, sem ser perturbado por ninguém a não ser os mensageiros e criados de Cluny, que vinham lhe trazer notícias e mantimentos; já que, naquela época, a costa estava desbloqueada, pode-se dizer que ele era de fato o centro das atenções.

Quando voltei, ele e Alan haviam deixado as cartas de lado e estavam interrogando um mensageiro. O chefe virou-se para mim e falou comigo em gaélico.

— Não falo gaélico, meu senhor — respondi.

Desde a questão das cartas, tudo o que eu dizia ou fazia tinha o poder de perturbar Cluny, e ele respondia com raiva. — Bom, então seu nome faz mais sentido do que sua pessoa, pois é um nome em gaélico. Mas eis a questão: meu mensageiro veio informar-me que o sul está livre de tropas, e perguntei-lhe se tem forças para partir.

Vi as cartas na mesa, mas não as moedas; havia apenas um monte de pequenos papéis escritos, do lado de Cluny. Além disso, Alan estava com uma cara feia, como se não estivesse muito feliz, e comecei a sentir uma grande inquietação.

— Não sei se estou tão bem quanto deveria — disse, olhando para Alan. — Mas o pouco dinheiro que temos há de nos servir para ir muito longe.

Alan mordeu o lábio inferior e olhou para baixo.

— David — disse-me ele, por fim. — Perdi tudo, eis a verdade.

— Meu dinheiro também? — perguntei.

— Seu dinheiro também — Alan respondeu, com um lamento. — Você não deveria tê-lo emprestado a mim. Perco a cabeça quando jogo cartas.

— Ora, ora! — exclamou Cluny. — Tudo isso é um absurdo, um absurdo. É claro que devolverei seu dinheiro, até mesmo o dobro, se me permitir. Seria terrível demais guardá-lo para mim. Eu nunca representaria um obstáculo para cavalheiros na sua situação, isso não! — gritou, e começou a tirar moedas do bolso, com o rosto muito vermelho.

Alan não disse nada e continuou olhando para o chão.

— Poderia ir lá fora comigo, meu senhor? — eu disse.

Cluny respondeu que o faria com prazer e me seguiu com muita boa vontade, mas também parecia nervoso e um tanto irritado.

— Agora, meu senhor — eu disse —, em primeiro lugar, devo agradecer-lhe por sua generosidade.

— Que bobagem! — exclamou Cluny. — Onde está minha generosidade? A coisa toda tem sido uma questão muito desafortunada, mas o que eu poderia fazer, trancado nesta "gaiola", que mais se parece com uma colmeia, além de convidar meus amigos para jogar cartas quando posso recebê-los? E, se acaso eles perdem, não deveria supor que... — E, nesse ponto, parou de falar.

— Sim — eu lhe disse —, se acaso eles perdem, você devolve o dinheiro deles e, se eles ganham, tomam o seu. Já lhe disse que agradeço por sua generosidade. No entanto, é muito desagradável para mim ver-me colocado nessa situação.

Houve um breve silêncio, durante o qual parecia que Cluny estava prestes a tomar a palavra, mas não disse nada. Entrementes, ficava cada vez mais vermelho.

— Ainda sou jovem — disse eu, então — e peço seu conselho. Peço que me aconselhe como se eu fosse seu filho. Meu amigo perdeu seu dinheiro, jogando limpo, depois de haver ganhado uma quantia muito maior de você. Devo aceitar o dinheiro de volta? Seria correto da minha parte? Qualquer que seja minha decisão, o senhor há de compreender que a situação é bastante penosa para um homem com o mínimo de orgulho.

— É muito penoso para mim também, sr. Balfour — disse Cluny —, e seu olhar agora se parece muito com o de um homem que encurralou uns pobres coitados em uma armadilha, a fim de mortificá-los. Eu seria incapaz de levar amigos meus até uma de minhas casas para suportar insultos — exclamou ele com uma súbita explosão de raiva — e muito menos para insultá-los!

— Então, meu senhor — retruquei —, há de entender que tenho algo a meu favor. E que esse tipo de jogo é uma ocupação muito infeliz para cavalheiros. Mas continuo esperando sua opinião.

Tenho certeza de que se havia alguém no mundo que Cluny odiava era David Balfour. Ele me olhou de cima a baixo com ar belicoso e vi o confronto em seus lábios; mas ele viu-se desarmado por minha juventude ou, talvez, por seu próprio senso de justiça. Era certamente uma questão problemática para todos a ela ligados e, especialmente, para Cluny. Por isso, todo o mérito deve lhe ser atribuído por agir como agiu.

— Sr. Balfour — disse-me ele —, parece-me que o senhor tem muitos escrúpulos e é muito formal, mas, apesar de tudo, tem o espírito de um verdadeiro cavalheiro. Dou-lhe minha palavra que deve pegar esse dinheiro... Isso é o que eu diria ao meu filho... E ofereço-lhe minha mão para corroborar o que digo.

CAPÍTULO XXIV
A FUGA ATRAVÉS DA URZE: A LUTA

Alan e eu fomos acompanhados por um dos guias de Cluny e cruzamos o lago de Errocht à noite, seguindo sua costa leste até chegar a outro de seus esconderijos, perto da cabeceira do lago Rannoch. Esse sujeito carregava não só toda a nossa bagagem, mas também o casaco de Alan, marchando sob todo aquele peso – enquanto eu carregava muito menos da metade daquilo – como se fosse um robusto pônei montanhês transportando uma pena. Ainda assim, em um combate aberto, eu poderia ter quebrado seus ossos facilmente.

Sem dúvida, era um grande alívio andar com as mãos livres e, sem esse alívio e a consequente sensação de liberdade e leveza, talvez eu não tivesse conseguido dar um passo. Tinha acabado de me levantar de meu leito de convalescente, e não havia nada em nossa situação atual que me incitasse a qualquer esforço, já que viajávamos pelos campos desolados mais deprimentes da Escócia, sob um céu nublado e com um estranhamento geral entre Alan e mim.

Por muito tempo, não dissemos uma só palavra; caminhávamos, às vezes, lado a lado e, em outras, um atrás do outro, sem mudar em nada nossas expressões; eu, irritado e orgulhoso, tirando toda a minha força desses dois sentimentos violentos e pecaminosos; e Alan, irritado e envergonhado: envergonhado por ter perdido meu dinheiro e irritado por não conseguir aceitar tal fato.

A ideia de uma separação ia ficando cada vez mais forte em minha mente, e quanto mais eu a aceitava, mais ficava embaraçado por tal aceitação. Na verdade, teria sido uma atitude delicada, bela e generosa se Alan tivesse se virado para mim e dito: "Vá embora. Sou eu quem está em maior perigo, e minha companhia só serve para aumentar o seu." Mas dirigir-me ao meu amigo, que certamente me amava muito, e dizer-lhe "Você está correndo um grande risco, ao passo que eu não. Sua amizade é um fardo para mim, vá correr sozinho seus perigos e suportar apenas seu cansaço" era-me impossível e, só de pensar nisso, eu enrubescia.

E, ainda assim, Alan comportava-se como uma criança e, o que era pior, como uma criança traiçoeira. Pegar meu dinheiro enquanto eu estava praticamente inconsciente era praticamente roubo; mas, apesar disso, ele caminhava ao meu lado, sem um tostão no bolso e, pelo que pude ver, sem se preocupar em estar vivendo às custas do dinheiro que me obrigara a pedir. É verdade que eu estava disposto a compartilhá-lo com ele, mas me irritava vê-lo contar com minha boa vontade de antemão.

Eram esses dois pensamentos que mais ocupavam minha mente; mas não conseguiria abrir a boca para me referir a nenhum deles sem cometer uma absoluta falta de generosidade. Assim, fiz o melhor que poderia fazer e não disse uma só palavra nem tampouco olhei para meu companheiro, a não ser de soslaio.

Por fim, já na outra margem do Errocht, caminhando em um terreno plano e coberto de juncos, onde era fácil se deslocar, Alan não se conteve mais e aproximou-se de mim.

— David — disse-me ele —, não é assim que dois amigos devem lidar com um pequeno incidente. Devo dizer-lhe que sinto muito, e já o fiz. Agora, se você tem algo a me dizer, seria bom fazê-lo logo.

— Não — respondi —, não tenho nada a lhe dizer.

Ele pareceu surpreso, o que me deixou miseravelmente feliz.

— Não? — ele perguntou, com a voz trêmula. — Mesmo ao admitir que sou eu o culpado de tudo?

— É claro que você é o culpado — eu disse friamente —, mas não pode dizer que alguma vez o repreendi por isso.

— Nunca — disse ele —, mas você sabe muito bem que já fez coisas piores. Vamos nos separar? Já mencionou isso antes. Quer fazê-lo novamente agora? Há bastantes colinas e urzes entre onde estamos e o mar, David, e confesso-lhe que nunca gostei de estar onde não quisessem minha companhia.

Ouvir aquilo me transpassou como uma espada, e senti minha deslealdade secreta completamente exposta.

— Alan Breck! — exclamei e, então, acrescentei: — Você acha que sou capaz de virar-lhe as costas quando mais precisa de mim? Não se atreva a dizer isso na minha cara. Todo o meu comportamento mostra sua falsidade. É verdade que adormeci na charneca, mas foi por conta do cansaço que sentia, e você não tem razão em me censurar.

— O que eu nunca fiz — disse Alan.

— Mas, além disso — continuei —, o que eu fiz para fazer você chegar a essa conclusão? Nunca falhei com um amigo e acho difícil que comece a fazê-lo com você. Coisas aconteceram entre nós dois que nunca poderei esquecer, mesmo que você o faça.

— Há apenas uma coisa que eu quero lhe dizer, David — Alan respondeu muito calmamente —, e é que eu lhe devia minha vida há muito tempo e, agora, também lhe devo dinheiro. Gostaria que tentasse me livrar dessa acusação.

Isso deveria ter me emocionado, e de certa forma o fez, mas da maneira errada. Percebi que estava me comportando mal e, agora, estava com raiva não apenas de Alan, mas também de mim mesmo, e isso me tornou ainda mais cruel.

— Você me pediu para falar. Bom, então vou falar — eu disse. — Você mesmo reconhece que me fez mal, e tive de suportar calado essa afronta. Nunca o censurei nem mencionei o assunto até você tê-lo feito. E, agora, vem me censurar porque não estou disposto a rir ou cantar, como se a afronta me alegrasse. Só me falta ter de me ajoelhar diante de você e agradecer o que me fez! Você deveria pensar mais em seus semelhantes, Alan Breck. Se pensasse mais nos outros, talvez falasse menos sobre si mesmo; e, quando um amigo que o ama deixa passar uma ofensa, sem dizer uma só palavra, deveria se contentar em deixar as coisas como estão, em vez de fazer repreensões. Pela maneira como se comportou, é você quem merece ser repreendido e, assim, não tem o direito de querer discutir.

— Muito bem — disse Alan —, não diga mais nada.

E, voltando ao silêncio de antes, terminamos a jornada daquele dia, jantamos e nos deitamos sem dizer uma só palavra.

Ao entardecer do dia seguinte, o guia nos conduziu pelo lago Rannoch e nos deu sua opinião sobre o melhor caminho a seguir, que consistia em ir direto ao topo das montanhas, seguindo um circuito ao redor dos promontórios de Glen Lyon, Glen Lochay e Glen Dochart e, depois, descer em meio às terras baixas por Kippen, até as águas do Forth. Alan não gostou muito dessa rota, pois ela fazia com que cruzássemos o território de seus maiores inimigos, os Glenorchy Campbells. Ele objetou que, virando para o leste, deveríamos quase imediatamente alcançar a terra dos Athole Stewarts, um clã com seu nome e sua linhagem – embora obedecessem a um chefe diferente – e, de lá, poderíamos tomar um caminho mais fácil e rápido para o lugar do nosso destino. Mas o guia, que era na verdade o chefe dos batedores de Cluny, tinha boas razões para nos dar sua opinião, enumerando a força das tropas de cada um dos diferentes distritos e, finalmente, alegando – tanto quanto pude entender – que em nenhum outro lugar nos incomodariam menos do que nas terras dos Campbells.

Alan, por fim, cedeu, embora não estivesse totalmente convencido. — É uma das partes mais sombrias da Escócia — disse ele. — Não há nada lá além de urzes, corvos e os Campbells. Mas vejo que você é um homem perspicaz e faremos o que nos diz!

Assim, seguimos esse itinerário e, durante a maior parte de três noites, viajamos por altas montanhas e cabeceiras de rios caudalosos, às vezes envoltos em névoa, quase constantemente açoitados pelo vento e pela chuva, e nem mesmo uma única vez confortados pelos raios do sol. Durante o dia, deitávamos e dormíamos na charneca alagada e, à noite, rastejávamos ofegantes sobre colinas mortais e penhascos escarpados. Vagamos sem rumo muitas vezes, pois a neblina nos envolvia de tal forma que éramos obrigados a parar até que ela se dissipasse. Não podíamos nem pensar em acender uma fogueira! Nossa única comida era mingau de aveia crua com água e um pouco de carne fria que havíamos trazido da "Gaiola". Mas, em termos de bebida, Deus bem sabe que não nos faltou água.

Foram tempos difíceis, ainda mais por conta da temperatura e do cenário sombrio. Eu nunca me sentia quente, meus dentes batiam o tempo todo e minha garganta doía tanto quanto quando estava na minha ilhota; além disso, sentia uma fisgada no lado do corpo e, sempre que me encontrava deitado em minha cama úmida, com a chuva caindo sobre minha cabeça e a lama escorrendo sob o resto do corpo, voltavam à minha mente as piores partes de minha aventura: eu via a Torre de Shaws iluminada por um raio, Ransome já morto sendo carregado nos braços dos marinheiros, Shuan morrendo no tombadilho e Colin Campbell agarrado ao paletó. Despertava ao entardecer, em meio a esses terríveis devaneios, simplesmente para sentar-me no mesmo lamaçal onde havia dormido e jantar a mesma comida fria de sempre, com a chuva golpeando meu rosto ou escorrendo pelas minhas costas em torrentes gélidas, com a névoa envolvendo-me como uma câmara sombria ou, talvez, se o vento a dissipasse abruptamente, diante do abismo de algum vale escuro, onde rugiam torrentes de água.

De todos os lados vinha o barulho de um número infinito de rios. Com aquela chuva persistente, as nascentes da montanha rebentaram, fazendo com que cada vale se transformasse em uma cisterna e cada ribeira transbordasse. Durante nossos passeios noturnos, era solene ouvir a voz da água no fundo dos vales, ora ressoando como um trovão, ora emitindo uma espécie de grito enraivecido. Pude então compreender a história do Gênio das Águas, o demônio das correntezas que, segundo a lenda, fica gemendo e rugindo na margem dos riachos até a chegada de um viajante destinado a morrer. Percebi que Alan meio que acreditava naquela história e, quando o urro das águas ficou mais alto do que o normal, não fiquei tão surpreso – embora, é claro, aquilo sempre me chocasse – ao vê-lo fazer o sinal da cruz como os católicos.

Durante todas aquelas terríveis caminhadas, não houve nenhuma proximidade entre nós, e quase não nos falávamos. A verdade é que me sentia tremendamente mal, e essa era minha melhor desculpa. Mas também, desde que nasci, nunca fui dado a perdoar, pois dificilmente sentia-me ofendido e, quando isso acontecia, tinha ainda mais dificuldade para esquecer; assim, continuava com raiva tanto do meu companheiro quanto de mim mesmo. Durante grande parte desses dois dias, ele se mostrara incansavelmente gentil. Sempre calado, mas também sempre disposto a me ajudar e sempre à espera – e isso percebia claramente – de que minha raiva se esvaísse. No entanto, durante todo aquele período, permaneci quieto, alimentando minha raiva, recusando duramente suas gentilezas e olhando-o com indiferença, como se ele fosse um arbusto ou uma pedra.

Na segunda noite, ou melhor, na madrugada do terceiro dia, acabamos chegando a um campo aberto, de modo que não poderíamos seguir com nosso plano usual de parar imediatamente, a fim de comer e dormir. Antes de chegarmos a um lugar onde pudéssemos nos refugiar, o nevoeiro se dissipou, pois, embora continuasse a chover, as nuvens corriam bem alto no céu, e Alan passou a olhar-me com sinais de preocupação.

— É melhor você me deixar carregar suas coisas — disse ele, talvez pela nona vez desde que nos separamos do guia no lago Rannoch.

— Estou muito bem assim, obrigado — disse-lhe, mais frio do que o gelo.

Alan ficou muito vermelho. — Não vou lhe oferecer ajuda novamente — retrucou ele. — Não sou um homem paciente, David.

— Eu nunca disse que você era — respondi com a mesma grosseria e estupidez de um menino de dez anos.

Alan não respondeu no mesmo instante, mas seu comportamento respondeu por ele. A partir de então, pareceu-me que finalmente se perdoara pelo que havia acontecido na casa de Cluny, pois ele inclinou o chapéu para o lado e passou a caminhar de forma confiante, assobiando e olhando-me de soslaio com um sorriso provocador.

Na terceira noite, tivemos de atravessar o extremo oeste da região de Balquhidder. O céu estava claro e frio, com uma leve geada no ar, e o vento norte varreu as nuvens, deixando as estrelas brilharem. Os riachos ainda estavam cheios, é claro, e ainda faziam muito barulho entre as montanhas; mas observei que Alan já havia se esquecido do Gênio das Águas e estava de muito bom humor. Quanto a mim, a mudança do clima chegou tarde demais: eu estava na lama há tanto tempo que até mesmo minhas próprias roupas eram – como diz a *Bíblia* – "abomináveis". Encontrava-me mortalmente cansado, mortalmente doente, e tudo o que sentia eram dores e calafrios; o frio do vento me gelava até os ossos e seu barulho me ensurdecia. Nesse estado miserável, ainda tinha de aguentar uma espécie de perseguição de meu companheiro. Ele não parava de falar, e sempre em tom de deboche. O melhor nome que utilizava para referir-se a mim era whig. — Cuidado — ele costumava dizer —, tem uma poça logo ali para você pular, whiguizinho. E eu sei que você é ótimo em pulos! — E sempre com a mesma expressão de sarcasmo, nas palavras e no rosto.

Eu sabia perfeitamente que era o único culpado por tudo aquilo, mas estava infeliz demais para me arrepender. Tinha consciência de que não poderia continuar caminhando por muito mais tempo; logo seria forçado a deitar e morreria naquelas montanhas úmidas como uma ovelha ou uma raposa, e meus ossos ficariam para sempre ali, expostos como a ossada de um animal selvagem. Talvez eu já estivesse delirando, pois começava a gostar dessa possibilidade e lisonjeava-me o pensamento de uma morte assim, sozinho na charneca, com as águias selvagens rodeando-me em meus últimos momentos. Pensei que, então, Alan se arrependeria, que quando eu morresse ele se lembraria do quanto me devia, e tal lembrança seria sua tortura. E, com essa disposição de ânimo, como um colegial doente, estúpido e amargurado, fomentava meu ódio contra meu colega, quando o melhor que teria a fazer era ajoelhar-me e pedir perdão a Deus. E a cada provocação que Alan me lançava, eu me consolava, pensando: "Ah, você não perde por esperar. Quando eu me deitar para morrer, há de ser como uma bofetada na sua cara, e terei minha vingança! Você ainda vai se arrepender de sua ingratidão e de sua crueldade!".

Entrementes, minha saúde ficava cada vez pior. Certa vez, minhas pernas cederam, o que pareceu chocar Alan por um instante. Mas levantei-me com tanta vivacidade e retomei minha marcha de maneira tão natural que logo o incidente foi esquecido. Então vi-me invadido por grandes ondas de calor, seguidas por espasmos de frio. As pontadas no meu corpo começavam a ficar cada vez mais insuportáveis. Por fim, passei a sentir que não poderia continuar e, com essa sensação, veio o desejo de colocar tudo às claras com Alan, liberar minha raiva e acabar com minha vida de uma vez por todas. Ele acabara de me chamar de whig, e eu o interrompi, com a voz trêmula como uma corda de violino:

— Sr. Stewart, é mais velho do que eu e deveria saber como se comportar. Considera prudente ou engenhoso jogar na minha cara meus ideais políticos? Sempre defendi a ideia de que quando duas pessoas divergem em suas opiniões, o correto é que cavalheiros discordem de forma educada; e, caso não pensasse assim, posso lhe garantir que saberia encontrar piadas mais cruéis do que as suas.

Alan parara diante de mim com o chapéu para o lado, as mãos nos bolsos da calça e a cabeça ligeiramente inclinada. Ouviu-me sorrindo diabolicamente, como pude ver à luz das estrelas, e, quando terminei meu discurso, ele assobiou uma canção jacobita. Era uma cantiga composta para satirizar a derrota do general Cope em Prestonpans[27], algo assim:

"Ei, Johnny Cope, ainda está de pé?
E seus tambores, ainda tocam?"

E foi então que me ocorreu que Alan deveria ter lutado nessa batalha, do lado do rei.

— Por que escolheu essa música, sr. Stewart? — perguntei. — Para lembrar-me de que o senhor foi derrotado por ambos os lados?

A melodia congelou nos lábios de Alan. — David! — retrucou ele.

— É hora de acabar com essa atitude — continuei —, exijo que, a partir de agora, o senhor se dirija a mim com a cortesia de meu rei e de meus bons amigos, os Campbells.

— Sou um Stewart... — Alan começou a falar.

— Ah! — respondi. — Eu sei que carrega o nome de um rei! Mas deve se lembrar de que, desde que pusemos os pés nas Terras Altas, vi muitos outros que também portam nomes reais, e o melhor que tenho a dizer a seu respeito é que não lhes faria nenhum mal se o removessem.

---

27 Ver nota 16. (N. do T.)

— Sabe que está me insultando? — Alan disse, muito calmamente.

— Sinto muito — respondi —, mas ainda não terminei e, se não gostou do que acabo de lhe dizer, não ficará mais feliz com o que ainda tenho a falar. O senhor foi perseguido pelos campos pelos líderes de meu partido, e não me parece divertido desafiar um garoto. Tanto os Campbells quanto os whigs levaram a melhor em relação ao senhor, fazendo-o correr diante deles como uma lebre e, assim, cabe-lhe falar deles como pessoas com mais valor do que o seu.

Alan manteve-se imóvel, as pontas de seu grande casaco ondulando ao vento.

— É uma pena — disse ele, por fim —, mas não é possível passar por sobre certas coisas.

— Nem eu lhe pedi que o fizesse — retruquei. — Estou tão disposto quanto o senhor.

— Disposto? — disse Alan.

— Disposto — repeti. — Não sou tão vaidoso ou falastrão como certas pessoas cujos nomes posso citar. Assim, prepare-se! — E, desembainhando minha espada, coloquei-me em guarda, como o próprio Alan havia me ensinado.

— David! — ele exclamou. — Você ficou louco? Não posso lutar contra você. Seria assassinato.

— Era essa a sua intenção ao insultar-me — disse eu.

— É verdade — respondeu Alan, e ficou por um momento apertando os lábios com os dedos, como se estivesse mergulhado em uma confusão mental. — É a mais pura verdade — disse então e desembainhou a espada. Mas antes que eu pudesse tocar sua lâmina com a minha, ele a jogou longe e prostrou-se no chão, dizendo: — Não, não, não posso... Não posso...

E, diante daquela cena, a pouca raiva que me restava se esvaiu, e eu me vi simplesmente doente, triste, atônito e maravilhado comigo mesmo. Eu teria oferecido um mundo inteiro para retirar o que havia dito, mas, uma vez a palavra dita, como retratá-la? Lembrei-me de toda a bondade de Alan para comigo e da coragem que ele demonstrara em ocasiões anteriores, como ele me ajudara, incentivara e suportara nos dias ruins, e também de meus insultos, e vi que havia perdido aquele bravo amigo para sempre. Ao mesmo tempo, a doença que pesava sobre mim parecia redobrar e as pontadas no meu corpo tornaram-se agudas como uma faca. Achei que ia desmaiar ali mesmo.

Foi assim que tive uma ideia. Nenhum pedido de desculpas poderia apagar o que eu dissera, seria inútil pensar em qualquer justificativa, pois nada poderia extinguir minha ofensa; mas, se pedidos de desculpas eram inúteis, um simples pedido de ajuda poderia trazer Alan de volta para o meu lado. Então, esqueci meu orgulho e disse: — Alan, se não for capaz de ajudar, hei de morrer aqui mesmo.

Ele, que estava sentado no chão, levantou-se e olhou para mim.

— É verdade — disse eu. — Já não aguento mais. Ah, por favor, leve-me para o abrigo de alguma casa onde eu possa morrer com mais tranquilidade. — Não precisava fingir. Gostasse eu ou não, minha voz soara tão suplicante que teria amolecido um coração de pedra.

— Consegue andar? — Alan me perguntou.

— Não — respondi —, não sem ajuda. Minhas pernas têm começado a fraquejar há cerca de uma hora. Sinto uma pontada no corpo, como se estivesse sendo espetado com um ferro em brasa, e não consigo respirar direito. Se eu morrer, você vai me perdoar, Alan? No fundo do meu coração, nunca deixei de gostar de você, nem mesmo quando estava mais irritado.

— Cale-se! Cale-se! — Alan exclamou. — Não diga uma coisa dessas, David, meu rapaz, você sabe... — E fechou a boca para conter um soluço. — Deixe-me passar o braço ao seu redor — continuou então. — Isso! Agora, apoie-se em mim. Sabe lá Deus onde pode haver uma casa! Estamos muito perto de Balquhidder, lá não há de faltar casas, casas de gente amiga. Está melhor assim, David?

— Sim — respondi —, assim, consigo andar — e apertei o braço dele com a mão.

Mais uma vez, ele ficou à beira de soluçar. — David — disse ele —, não sou uma boa pessoa. Não tenho nenhuma noção de gentileza. Esqueci que você é apenas uma criança, não percebi que você estava morrendo em pé. David, tente me perdoar, por favor.

— Ah, meu amigo, não vamos mais falar sobre isso — respondi. — Nenhum de nós dois pode culpar o outro, essa é a verdade. Temos de ajudar e apoiar um ao outro, meu amigo Alan. Ah, como dói meu corpo! Não vê nenhuma casa por perto?

— Vou encontrar uma casa para você, David — disse ele, resoluto. — Desceremos o riacho, onde certamente deve haver alguma. Meu pobre amigo! Não seria melhor se eu o carregasse nas minhas costas?

— Mas, Alan, sou trinta centímetros mais alto do que você — respondi.

— Não é tanto assim — exclamou Alan, sobressaltado. — Vinte ou trinta centímetros não importam. Não posso dizer que sou o que chamariam de homem alto, mas... — acrescentou e, com uma voz tão ofegante que chegava a ser cômica. — Pensando bem, acho que você está certo. Sim, você leva grande vantagem sobre mim, talvez até mais do que os trinta centímetros.

Era comovente e risível a forma como Alan mediu suas palavras, com medo de provocar uma nova briga. Eu teria rido se as pontadas no meu corpo não estivessem doendo tanto. Mas, se tivesse rido, acho que teria chorado também.

— Alan — perguntei, então —, por que você é tão gentil comigo? Por que se importa tanto com um indivíduo tão ingrato quanto eu?

— Não sei — disse Alan. — Talvez justamente por pensar que gostava do fato de você nunca procurar briga. Mas, agora, parece que minha afeição ficou ainda maior!

CAPÍTULO XXV
EM BALQUHIDDER

Alan bateu à porta da primeira casa que encontramos, atitude bastante arriscada naquela parte das Terras Altas conhecida como Encostas de Balquhidder. Nenhum grande clã governava aquela região, e as terras eram ocupadas e disputadas por pequenas tribos e remanescentes dispersos de "gente sem líder" – como eram chamados por aquelas bandas – homens levados para aquela região selvagem das cabeceiras do Forth e do Teith pelo avanço dos Campbells. Ali, podia-se encontrar Stewarts e Maclarens, o que acabava sendo a mesma coisa, pois os Maclarens seguiram o chefe de Alan nas guerras e constituíam um único clã em Appin. Havia também alguns membros de um clã antigo, proscrito e condenado, o clã dos Macgregors. Eles sempre foram malvistos, mas agora sua situação se tornara ainda pior, sem nenhum crédito junto às regiões e partidos do restante da Escócia. Seu chefe, Macgregor dos Macgregors, estava no exílio, e seu substituto imediato na região de Balquhidder, James More – o filho mais velho de Rob Roy –, aguardava julgamento no Castelo de Edimburgo. Eles não se davam nem com os habitantes das Terras Baixas nem com a gente das Terras Altas, e muito menos com os Grahams, os Maclarens e os Stewarts. E Alan, que costumava comprar para si a briga de qualquer amigo, por mais distante que fosse, faria de tudo para evitá-los.

O acaso nos favoreceu, pois a casa em que batemos pertencia a um Maclaren, na qual Alan não foi bem recebido apenas por conta de seu sobrenome, mas também por sua reputação. Ao entrarmos, colocaram-me com toda a pressa em uma cama e mandaram trazer um médico, que confirmou que eu estava muito doente. Mas, seja porque o médico era muito bom, seja porque eu era jovem e forte, não precisei ficar de cama mais de uma semana e, em um mês, pudemos retomar nossa jornada com bastante ânimo.

Durante todo esse tempo, Alan se recusou a sair do meu lado, embora eu tivesse insistido inúmeras vezes para que ele o fizesse e, na verdade, sua imprudência em permanecer comigo foi motivo de protestos de dois ou três amigos que sabiam de sua presença ali. De dia, ele se escondia em um buraco na montanha, sob um pequeno bosque, e, à noite, quando a costa estava limpa, ele vinha me visitar na casa. Não preciso dizer quão feliz ficava em vê-lo; na mente da sra. Maclaren, nossa anfitriã, nada do que pudesse fazer era suficiente para um hóspede daqueles; e, para Duncan Dhu – era esse o nome do dono da casa –, que era um grande amante de música e tocava gaita de foles, todo o tempo que durou minha recuperação tornou-se um grande festival, e era comum transformarmos a noite em dia.

Os soldados haviam nos deixado em paz, embora, certa vez, um destacamento de duas companhias, com alguns casacas-vermelhas, tenha descido até o fundo do vale, e pude vê-los da janela do meu quarto de convalescente. O mais surpreendente foi nenhum magistrado ter vindo me ver nem ninguém ter me perguntado de onde eu vinha ou para onde ia, fazendo com que, mesmo naqueles tempos difíceis, eu tivesse me livrado de qualquer investigação, como se continuasse em meio ao deserto. No entanto, antes de partir, minha presença já era conhecida de todos, seja em Balquhidder ou nos arredores. Muitos tinham vindo visitar os donos da casa e – como é costume na região – espalharam a notícia entre os vizinhos. Ali também haviam anunciado o prêmio por nossa captura. Um dos anúncios fora pregado ao pé da minha cama, e eu podia ler todo santo dia minha descrição não tão lisonjeira e, em letras garrafais, o preço que havia sido oferecido por minha vida. Duncan Dhu e seus amigos, que sabiam que eu tinha chegado com Alan, não podiam ter quaisquer dúvidas quanto à minha identidade, e muitos outros devem ter adivinhado, pois, embora eu tivesse mudado de roupa, não fora capaz de mudar quem eu era ou minha idade, não havia muitos jovens de dezoito anos das Terras Baixas por aquelas bandas – especialmente naquela época – e não seria muito difícil para quem quer que fosse associar uma coisa à outra.

Bom, pelo menos, nada aconteceu. E, da mesma forma como há gente que deveria guardar segredos entre um ou dois amigos e deixa sempre escapar algo, entre clãs inteiros, as pessoas são capazes de espalhar uma notícia por toda uma região e manter segredo para quem é de fora por mais de um século.

Houve apenas um fato que merece ser narrado: a visita que recebi de Robin Oig, um dos filhos do famoso Rob Roy. Ele era procurado por toda parte sob a acusação de raptar uma jovem de Balfron e – supostamente – forçá-la a se casar com ele. No entanto, ele perambulava por Balquhidder como um cavalheiro, com sua própria guarda pessoal. Foi ele quem atirou em James Maclaren em meio aos campos arados, uma disputa nunca resolvida, e, ainda assim, ele andava pelas terras de seus inimigos como um vendedor entrando em uma estalagem.

Duncan teve a oportunidade de me indicar quem era, e nos entreolhamos preocupados. É preciso ter em mente que a hora da chegada de Alan se aproximava e era muito improvável que os dois se encontrassem em bons termos, mas, por outro lado, se decidíssemos avisá-lo, fazendo-lhe qualquer sinal, certamente iríamos despertar suspeitas em um homem de má fama como Macgregor.

Ele entrou na casa com toda a gentileza, mas, ainda assim, como um homem entre seus inferiores. Tirou o chapéu para cumprimentar a sra. Maclaren e colocou-o de volta ao falar com Duncan e, mostrando-se muito cerimonioso – como imaginávamos que faria –, veio até a minha cama e fez-me uma reverência.

— Disseram-me, meu senhor — disse ele —, que seu nome é Balfour.

— Chamam-me de David Balfour, realmente — respondi-lhe —, e estou ao seu dispor.

— Também deveria dizer meu nome — retrucou ele —, mas, em vista de tudo que foi dito sobre ele nestes últimos dias, pode ser o bastante dizer-lhe que sou irmão de James More Drummond ou Macgregor, de quem, sem dúvida, deve ter ouvido falar.

— Não, meu senhor — disse eu, um pouco alarmado. — Tampouco ouvi falar de seu pai, Macgregor-Campbell. — E, então, levantei-me e cumprimentei-o com uma reverência, porque achei melhor elogiá-lo devidamente, caso se orgulhasse de ter um pai fora da lei.

Ele, por sua vez, curvou-se e acrescentou: — Mas o que vim aqui lhe dizer, meu senhor, é o seguinte: no ano 45, meu irmão liderou parte dos Macgregors em uma revolta, e seis companhias marcharam para dar um golpe em favor da gente honesta. Por acaso, o cirurgião que acompanhou nosso clã e curou a perna que meu irmão quebrou em Prestonpans era um cavalheiro que portava exatamente o mesmo nome que o senhor. Era irmão dos Balfour de Baith, e caso você seja parente de alguma forma da família desse cavalheiro, vim para me colocar, junto com todo o meu povo, a seu serviço.

Como você deve se lembrar, eu sabia tanto sobre minha linhagem quanto o cachorro de um mendigo. É verdade que meu tio chegou a tagarelar sobre nossa alta linhagem, mas ele não me dissera nada de útil, então só me restava a amarga infelicidade de confessar que ignorava tudo o que fosse relacionado aos meus parentes.

Em poucas palavras, Robin me disse que sentia muito por me incomodar, virou-se então sem qualquer sinal de que iria se despedir de mim e, quando já estava à porta, pude ouvi-lo dizer a Duncan que eu era apenas "um pobre tolo que nem sequer sabia quem era o próprio pai". Apesar de furioso com tais palavras e envergonhado de minha própria ignorância, mal pude conter o riso ao pensar que um homem como aquele, que vivia fugindo – e, na verdade, ele acabou enforcado cerca de três anos depois –, fosse tão meticuloso quanto aos descendentes de seus amigos.

Ao sair, ele deu com Alan entrando, e os dois recuaram e se olharam, como dois estranhos. Nenhum deles era alto, mas pareceram inflar de orgulho ao se verem. Ambos carregavam espadas e, com um movimento dos quadris, puseram a mão na cintura, para poderem agarrá-las rapidamente e sacarem, se necessário.

— Sr. Stewart, imagino — disse Robin.

— Isso mesmo, sr. Macgregor. E não é um nome do qual me envergonho — respondeu Alan.

— Não sabia que se encontrava em meu país, caro senhor — respondeu Robin.

— Achei que estivesse no país de meus amigos, os Maclarens — disse Alan.

— O que tem certa importância — respondeu o outro. — Mas muito poderia ser dito a respeito. Pelo que ouvi, o senhor sabe manejar uma espada.

— Se o senhor não é surdo de nascença, sr. Macgregor, já deve ter ouvido muito mais do que isso — disse Alan. — E não sou o único que sabe lidar com a lâmina em Appin, pois, quando meu parente e capitão, Ardshiel, teve uma disputa com um cavalheiro de seu nome, não muitos anos atrás, jamais ouvi dizer que tenha sido um Macgregor quem levara a melhor.

— Está se referindo a meu pai, caro senhor? — Robin perguntou.

— Eu não ficaria surpreso se acaso fosse ele — disse Alan. — O senhor a quem me refiro teve o mau gosto de acrescentar Campbell ao seu nome.

— Meu pai era um velho — respondeu Robin — e o combate foi injusto. O senhor e eu formamos uma dupla mais apropriada, cavalheiro.

— Sou da mesma opinião — disse Alan.

Eu já estava me levantando da cama, e Duncan tinha aqueles dois galos de briga em seus braços, pronto para intervir a qualquer momento. Mas, quando a última palavra foi proferida, já era uma questão de interceder imediatamente ou nunca mais, e Duncan, com o rosto ligeiramente pálido, colocou-se no meio deles.

— Cavalheiros — disse ele —, eu vinha pensando em algo bastante distinto. Eis aqui meus foles, e os senhores são dois cavalheiros conhecidos por serem ótimos gaitistas. Por muitos anos, tem se discutido qual dos dois toca melhor. Temos agora uma oportunidade magnífica para resolver tal questão.

— Ora, meu senhor — disse Alan, continuando sua conversa com Robin, de quem não tirava os olhos, pois Robin tampouco deixava de encará-lo —, parece-me que também ouvi algum boato desse tipo. O senhor tem algum conhecimento de música, como dizem por aí? Toca gaita de foles?

— Posso tocá-la tão bem quanto um Macrimmon! — exclamou Robin.

— Que ousadia dizer tal coisa — retrucou Alan.

— Já fui muito mais ousado em outros tempos — respondeu Robin — e contra melhores adversários.

— Isso é fácil de provar — disse Alan.

Duncan Dhu apressou-se em trazer duas gaitas de foles, que eram seu principal tesouro, e colocar diante de seus convidados presunto de carneiro e uma garrafa da tal bebida que chamam de brose de Atholl, feita de uísque envelhecido, mel coado e creme doce, batido lentamente nas proporções certas. Os dois inimigos ainda estavam prestes a começar um combate, mas acabaram se sentando, um de cada lado da lareira, demonstrando grande civilidade. Maclaren insistiu para que provassem o presunto e bebessem, avisando-lhes que o brose havia sido feito por sua esposa, que era da região de Atholl e famosa por sua habilidade no preparo daquela bebida. Mas Robin recusou tais presentes, por serem ruins para o fôlego.

— Devo avisá-lo, meu senhor — disse Alan —, que não como há quase dez horas, o que é muito pior para o fôlego do que qualquer brose da Escócia.

— Bom, então não vou tomar qualquer vantagem, sr. Stewart — disse Robin. — Coma e beba, e eu farei o mesmo.

Cada um deles pegou um pequeno pedaço do presunto de carneiro e bebeu um copo do brose da sra. Maclaren, e então, fazendo-lhe muitos elogios, Robin pegou a gaita de foles e tocou uma melodia curta, com bastante grandiosidade.

— Sim, vejo que sabe tocar — disse Alan. E, tomando o instrumento de seu rival, primeiramente tocou a mesma música, exatamente da mesma maneira que Robin. Mas, então, começou a introduzir variações com uma série perfeita de graciosas notas, muito apreciadas pelos gaiteiros e chamadas de "floreios".

Ouvir Robin tocar me agradou, mas Alan chegou a me empolgar.

— Nada mal, sr. Stewart — disse seu rival —, mas devo dizer que o senhor mostra pouca engenhosidade nos floreios.

— Eu? — exclamou Alan, explodindo de raiva. — Vou provar que está mentindo.

— Então se considera tão perdedor na gaita de foles que pretende trocá-la pela espada? — disse Robin.

— Muito bem dito, sr. Macgregor — respondeu Alan. — Ainda assim, não hei de aceitar tal mentira — acrescentou, enfatizando as duas últimas palavras. — Devo apelar a Duncan.

— Na verdade, não é preciso apelar a ninguém — disse Robin. — O senhor é um juiz muito melhor do que qualquer Maclaren de Balquhidder. De fato, para um Stewart, o senhor é um gaitista notável. Dê-me a gaita de foles, por favor. — Alan obedeceu, e Robin passou a imitá-lo, corrigindo parte das variações de Alan, das quais parecia se lembrar perfeitamente.

— Sim, é verdade que sabe tocar muito bem — disse Alan, taciturno.

— Então julgue por si mesmo, sr. Stewart — disse Robin. E, retomando as variações desde o início, tocou-as de uma maneira tão inédita, com tanta engenhosidade e sentimento, com uma inventividade tão singular e tamanha agilidade nos floreios, que fiquei surpreso ao ouvi-lo.

Alan, por sua vez, enrubesceu, seu rosto tornou-se sombrio e ele sentou-se, torcendo as mãos como alguém mortalmente insultado, até exclamar: — Basta! O senhor sabe tocar muito bem a gaita e é capaz de tirar o máximo proveito dela. — E fez, então, menção de se levantar.

Mas Robin simplesmente ergueu a mão como se pedisse silêncio e passou a tocar um pibroch[28] em um compasso mais lento. Era uma peça musical muito bonita, executada de maneira notável e, aparentemente, uma melodia característica dos Stewarts, de Appin, e uma das favoritas de Alan, pois, mal as primeiras notas foram tocadas, seu semblante mudou. À medida que a batida acelerava, ele parecia se mexer inquieto na cadeira e, muito antes de a peça terminar, os últimos vestígios de raiva haviam desaparecido e sua mente se voltara unicamente para a música.

— Robin Oig — disse ele, assim que a música terminou —, o senhor é um excelente gaitista. Não tenho condições de tocar como o senhor. Palavra de honra, há mais música em seu repertório do que na minha mente! E, embora eu ainda seja da opinião de que não seria melhor do que eu no manejo do aço, de nada adiantaria discutir, pois iria contra meu coração matar um homem que toca gaita de foles tão bem quanto o senhor!

E, assim, terminou a disputa. Durante toda a noite, o brose e as gaitas de foles passaram de mão em mão. O dia já raiava e os três homens ainda se divertiam, até que Robin decidiu partir.

CAPÍTULO XXVI
FIM DA FUGA: PASSAMOS O FORTH

Como eu disse, o mês ainda não havia terminado, mas já estávamos no fim de agosto, e o clima estava deliciosamente quente, prometendo uma colheita abundante e precoce, quando fui declarado apto a continuar minha jornada. Nosso dinheiro estava diminuindo tanto que a primeira coisa que tínhamos a fazer era nos apressarmos, pois, se não chegássemos logo à casa do sr. Rankeillor – ou se ele não me ajudasse quando lá chegássemos

---

28 Gênero de música folclórica geralmente associado às Terras Altas da Escócia e caracterizado por composições extensas com um único tema melódico e variações formais elaboradas. (N. do T.)

–, certamente iríamos morrer de fome. Além disso, na opinião de Alan, a caçada a nossas cabeças já deveria ter diminuído, e a fronteira de Forth – e até mesmo a ponte de Stirling, que é a passagem principal sobre o rio – estaria pouco vigiada.

— Em assuntos militares, um dos princípios fundamentais é ir aonde menos se espera — disse Alan. — O Forth é nossa maior preocupação. Você sabe o que dizem na região, "o Forth é o único freio nos selvagens das Terras Altas". Bom, se tentarmos fazer um desvio ao redor da cabeceira desse rio para descer Kippen ou Balfron, é lá que estarão à nossa espera. Mas, se formos direto à velha ponte de Stirling, aposto minha espada que vão nos deixar passar sem qualquer problema.

Assim, na primeira noite, no dia 21, chegamos a Strathyre, na casa de um Maclaren, amigo de Duncan, onde dormimos e, ao anoitecer do mesmo dia, partimos, para tornar mais fácil nossa fuga. No dia 22, dormimos em uma charneca, em Uam Var, à vista de um bando de cervos na encosta de uma colina, onde, por conta do sol forte, da suave brisa e de um solo completamente seco, passei as dez horas mais felizes de sono que já desfrutara. À noite, chegamos ao rio Allan e, descendo por sua margem, chegamos ao pé das colinas, com toda a planície de Stirling abaixo de nós, plana como uma panqueca, com a cidade e o castelo em um monte ao centro e a lua brilhando no estuário do Forth.

— Agora — disse Alan —, não sei se vai gostar ou não, mas você já está na sua terra de novo. Atravessamos a fronteira das Terras Altas nas primeiras horas da manhã e, se conseguirmos atravessar aquela corrente turbulenta, poderemos dar graças aos céus.

No rio Allan, perto de onde ele deságua no Forth, descobrimos uma ilhota arenosa coberta de bardana, grama grossa e outras plantas baixas, que serviam para nos cobrir, se ficássemos deitados. Foi ali que montamos nosso acampamento, bem à vista do castelo de Stirling, cujos tambores ouvimos bater enquanto parte de uma guarnição se reunia. Alguns ceifeiros ficaram o dia todo trabalhando em um campo na margem do rio, e podíamos ouvir perfeitamente as pedras batendo nas suas foices, suas vozes e até mesmo cada palavra que eles pronunciavam.

Precisamos ficar em silêncio e muito próximos um do outro. Mas, felizmente, a areia da ilhota estava aquecida pelo sol, a vegetação protegia-nos a cabeça, comíamos e bebíamos em abundância e, ainda por cima, estávamos em segurança.

Assim que os ceifeiros deixaram seu trabalho e a noite começou a cair, atravessamos o rio e seguimos para a ponte de Stirling, mantendo-nos nos campos, bem perto das sebes.

A ponte fica ao pé da colina do castelo e é um edifício antigo, alto e estreito, com pináculos ao longo do parapeito, e o leitor pode muito bem imaginar com que interesse eu a observava, não apenas como um lugar historicamente famoso, mas também por ter se tornado uma porta de salvação para Alan e para mim. A lua ainda não havia nascido quando chegamos; algumas luzes brilhavam na fachada da fortaleza e, mais abaixo, viam-se algumas janelas iluminadas na cidade, mas o silêncio era profundo e não parecia haver nenhum vigia na ponte.

Eu estava determinado a atravessá-la logo, mas Alan foi mais cauteloso.

— Tudo parece quieto demais — disse ele — e, em vista de tudo o que pode acontecer, é melhor esperarmos prudentemente atrás daquele dique, até termos certeza de nossa segurança.

Assim, ficamos esperando ali por cerca de quinze minutos, ora falando em voz baixa, ora permanecendo em silêncio, sem ouvir nenhum som além do ruído da água batendo contra os pilares da ponte. Por fim, passou uma velha mancando, apoiada em uma muleta, que, de início, parou por um instante perto de onde estávamos, reclamando do longo caminho que havia percorrido e, em seguida, continuou subindo a rampa íngreme da ponte. A mulher era tão pequena e a noite tão escura que logo a perdemos de vista, ouvindo apenas o barulho de seus passos, sua muleta e alguns de seus acessos de tosse, à medida que ela se afastava lentamente.

— Ela já deve estar terminando de cruzar nesse instante — sussurrei.

— Não — respondeu Alan. — Seus passos ainda soam ocos, e isso significa que ainda está passando pela ponte.

E, nesse exato momento, uma voz exclamou — Quem vem lá? — e ouvimos o barulho da coronha de um mosquete nas pedras. Cheguei à conclusão de que o vigia tinha adormecido e que, se tivéssemos tentado, poderíamos ter passado despercebidos, mas ele despertara e tínhamos perdido a oportunidade.

— Nunca conseguiremos sair daqui, David — disse Alan. — Nunca haveremos de passar, David, nunca.

E, sem dizer mais nada, ele começou a rastejar pelos campos; e, pouco depois, quando ele estava fora da vista do vigia, levantou-se e tomou um caminho que levava ao leste. Eu não conseguia imaginar o que estava fazendo e, por estar profundamente desanimado, tinha pouquíssimas esperanças, do que quer que fosse. Pouco tempo atrás, eu já me via batendo à porta do sr. Rankeillor e reivindicando minha herança, como o herói de uma canção, e, agora, era novamente um andarilho, um pobre coitado perseguido, na margem errada do Forth.

— Bom, o que faremos agora? — perguntei.

— Ora, o que acha que podemos fazer? — Alan respondeu. — Eles não são tão estúpidos quanto eu pensava. Ainda temos de atravessar o Forth, Davie. Malditas sejam as chuvas que o alimentam e as montanhas que guiam suas águas!

— E por que estamos indo para o leste? — perguntei.

— Para tentar a sorte — disse ele. — Se não conseguirmos atravessar o rio, teremos de ver o que podemos fazer através do estreito.

— O rio tem margens, mas o estreito, não — retruquei.

— Claro que tem margens, e também uma ponte — respondeu Alan —, mas de que adianta, se estão o tempo todo vigiados?

— Bom — respondi —, mas sempre se pode cruzar um rio a nado.

— Isso se você souber nadar — disse ele —, mas, até onde me lembro, nem você nem eu temos tal habilidade. Eu, pelo menos, nado tão bem quanto uma pedra.

— Não quero parecer impertinente para você, Alan — respondi —, mas acho que estamos tornando tudo mais complicado do que é. Se já é difícil atravessar um rio, é lógico que será muito pior atravessar o mar.

— Mas no mar há certas coisas chamadas barcos, se não me engano — disse Alan.

— Sim, e também uma coisa chamada dinheiro — respondi. — E, no nosso caso, como não temos nem o primeiro nem o segundo, é como se nem sequer tivessem sido inventados.

— É assim que pensa? — Alan disse.

— Sim — respondi.

— David — continuou Alan —, você é um homem de pouca inventividade e ainda menos fé. Mas deixe-me usar minha inteligência e, se eu não puder implorar, pedir emprestado ou mesmo roubar um barco, hei de construir um!

— Como se isso fosse possível! — retruquei. — E tem mais: se atravessarmos a ponte, não deixaremos quaisquer vestígios de nossa presença, mas, se atravessarmos o estreito, teremos de lá deixar nosso barco, e toda a gente pensará, logicamente, que alguém o levou até ali, e toda a região vai começar a...

— Meu amigo! — Alan exclamou. — Se eu chegar a construir um barco, é certo que encontrarei alguém para trazê-lo de volta! Portanto, pare de falar besteiras e caminhe, que é tudo o que você precisa fazer, deixando Alan pensar por você.

Assim, caminhamos a noite toda ao longo do lado norte do Carse, sob as altas montanhas de Ochil. Passamos ao largo de Alloa, Clackmannan e Culross, locais que evitamos a todo custo; e, por volta das dez da manhã, já cheios de fome e cansaço, chegamos à pequena aldeia de Limekilns. Esse lugarejo fica perto do rio e dali, do outro lado do Hope, pode-se avistar a cidade de Queensferry. A fumaça subia das casas do povoado e das aldeias e fazendas vizinhas. A colheita estava a toda e havia dois navios ancorados, com barcos subindo e descendo o Hope. Aquela, para mim, era uma visão muito agradável, e não me cansava de contemplar aquelas serras tranquilas, verdes e cultivadas, e a gente trabalhadora dos campos e do mar.

Além de tudo aquilo, na margem sul, conseguia ver a casa do sr. Rankeillor, onde a fortuna certamente me esperava, ao passo que eu me encontrava na margem norte, vestido como um estrangeiro miserável, com três xelins de prata no bolso e um fora da lei como companhia.

— Ah, Alan! — exclamei. — Que tristeza pensar nisso! Logo ali, do outro lado do rio, encontra-se, à minha espera, tudo o que sempre desejei, e os pássaros vêm e vão quando querem, assim como os barcos... Todos têm livre passagem, menos eu. Isso parte meu coração!

Em Limekilns, encontramos uma pequena loja e sabíamos que estava aberta ao público pois ela ostentava um galho sobre a porta. Entramos e compramos um pouco de pão e queijo da moça bonita que estava no balcão. Carregamos nossas compras em um pacote até um pequeno bosque perto da praia – localizado a pouco mais de quinhentos metros de onde estávamos – para podermos comer sentados. Enquanto caminhávamos, eu mantinha os olhos na água, suspirando silenciosamente, sem perceber que Alan estava imerso em pensamentos. Por fim, ele parou, no meio do caminho.

— Você notou a garota de quem compramos tudo isso? — ele perguntou, dando tapinhas no pacote de pão e queijo.

— Claro que sim — respondi. — Era uma garota muito bonita.

— Foi nisso que você pensou? — exclamou ele. — Ora, que boa notícia, David.

— Em nome de tudo o que há de mais sagrado, fale logo — retruquei. — O que há de bom nisso?

— Ora — respondeu Alan, com um de seus olhares travessos — acabo de pensar que talvez ela encontre um barco para nós.

— O contrário seria muito mais provável.

— Isso é o que você pensa — disse Alan. — Veja bem, David, não quero que aquela garota se apaixone por você, mas quero que ela tenha pena de você e, para isso, ela não precisa achá-lo o homem mais lindo do mundo. Deixe-me dar uma olhada em você — e ele olhou para mim com atenção. — Seria melhor se você fosse um pouco mais pálido, mas, de qualquer forma, você servirá perfeitamente ao meu propósito... Está tudo conforme: você está esfarrapado, encurvado, exausto e machucado, como se tivesse roubado esse casaco de um espantalho de uma plantação de batatas. Venha, vamos voltar para a loja para conseguir nosso barco.

Eu o segui, rindo.

— David Balfour — disse ele —, vejo que você é um cavalheiro muito engraçado e, sem dúvida, seu trabalho será igualmente engraçado. Mas lembre-se de que, se você se preocupa com meu pescoço – sem falar do seu próprio —, terá de levar esse assunto muito a sério. Vou ter de atuar um pouco, mas, no fundo, trata-se de algo tão sério quanto o cadafalso, para nós dois. Por favor, tenha isso em mente e comporte-se de acordo com a situação.

— Tudo bem, tudo bem, farei o que você quiser — retruquei.

Quando estávamos chegando perto da clachan, ele me disse para pegar seu braço e segurá-lo como se não pudesse me manter em pé de tanto cansaço e, ao abrir a porta da lojinha, ele parecia estar praticamente me carregando para dentro. A moça ficou surpresa – o que era bastante normal – com nosso rápido retorno, mas Alan não se preocupou em gastar tempo para explicar-se, conduzindo-me a uma cadeira e pedindo-lhe um copo de conhaque, que me deu para beber em pequenos goles, partindo em seguida o pão e o queijo e colocando-os em minha boca como faria uma babá com uma criança. Atuou com tanta seriedade, preocupação e afeto que até mesmo um juiz teria ficado impressionado. Seria muito estranho se acaso a garota não tivesse se maravilhado com a cena que apresentamos de um rapaz pobre, doente e exausto, com seu amável colega. Ela aproximou-se de nós e apoiou-se na mesa ao lado.

— O que há de errado com ele? — ela finalmente perguntou.

Alan voltou-se para ela com uma espécie de fúria que me surpreendeu. — O que há de errado com ele? — exclamou. — Ora, ele percorreu uma quantidade de quilômetros maior em número do que os pelos em seu queixo, dormindo mais vezes na urze úmida do que entre lençóis secos. O que há de errado com ele, ela pergunta. Imagino que algo muito errado, errado mesmo! — E ele continuou resmungando, enquanto me alimentava, como se estivesse completamente irritado.

— Ele é jovem demais para tanto cansaço — disse a criada.

— Jovem demais — respondeu Alan, virando as costas para a garota.

— Teria sido melhor se ele tivesse saído a cavalo — acrescentou ela.

— E onde é que eu poderia encontrar um cavalo para ele? — Alan exclamou, virando-se para ela com a mesma cara de raiva. — Por acaso, quer que eu roube um?

Eu imaginei que tamanha rispidez fosse irritar a garota, e, de fato, ela permaneceu em silêncio por um tempo. Mas meu companheiro sabia muito bem o que fazia, pois, por mais simples que fosse no cotidiano, era bastante astuto em assuntos dessa natureza.

— Eu não preciso que você me diga — disse, por fim, a garota —, mas percebo muito bem que são cavalheiros.

— Ora — disse Alan, suavizando um pouco o tom, acredito que contra a própria vontade, ao ouvir aquele comentário ingênuo —, vamos supor que isso seja verdade. Por acaso imagina que a nobreza seja suficiente para encher nossos bolsos de dinheiro?

Ela, então, suspirou como se fosse ela própria uma grande dama deserdada, e respondeu: — Não, na verdade, não.

Enquanto isso, irritado com o papel que eu representava, permaneci sentado de boca fechada, meio com vergonha e meio me divertindo; mas, nesse instante, não aguentei mais e disse a Alan que me deixasse, porque estava me sentindo melhor. Minha voz ficou presa na garganta, porque sempre detestei mentir; mas meu sincero embaraço contribuiu para o triunfo do plano, pois a moça imaginou que a minha voz embargada era um sinal inequívoco de doença e cansaço.

— Ele não tem amigos? — ela perguntou, dominada pela angústia.

— Claro que tem! — Alan disse. — Se ao menos pudéssemos chegar até onde eles se encontram... Ele tem amigos, amigos ricos, e camas para dormir, comida para comer, e médicos para atendê-lo, mas ei-lo aqui, caminhando por poças e dormindo em charnecas, como um mendigo.

— E por quê? — indagou a garota.

— Minha cara — disse Alan —, não posso lhe dizer sem me comprometer. Mas vou dizer o que posso fazer no lugar: vou assobiar uma melodia curta. E, inclinando-se sobre a mesa, assobiou com grande emoção alguns compassos da canção "Charlie Is My Darling[29]".

— Cale-se! — gritou a garota, olhando por cima do ombro, na direção da porta.

— Já sabe então o porquê — disse Alan.

— Mas ele é tão jovem! — ela exclamou.

— Tem idade suficiente para... — E Alan passou o dedo indicador em volta do pescoço, querendo indicar que eu tinha idade suficiente para cortarem minha cabeça.

— O que seria uma desgraça — disse ela, ficando bastante vermelha.

— Bom, é isso que vai lhe acontecer, a menos que encontremos uma maneira de dar um jeito nessa situação — disse Alan.

Ao ouvir isso, a garota saiu correndo, deixando-nos sozinhos no cômodo. Alan estava de muito bom humor, pois seus planos estavam dando certo, e eu, por outro lado, estava furioso por ser chamado de jacobita e tratado como uma criança.

— Alan — exclamei —, não aguento mais.

---

29 Canção folclórica escocesa em apoio ao movimento jacobita. "O Pequeno Charles É Meu Amado", em inglês. (N. do T.)

— Bom, vai ter de aguentar, David — respondeu ele. — Porque se você estragar tudo agora, pode até salvar sua vida, mas Alan Breck será um homem morto.

Isso nada mais era que a verdade, e só fui capaz de exalar um suspiro, que acabou servindo ao propósito de Alan, pois a garota, que voltava correndo com um prato de salsichas brancas e uma garrafa de cerveja forte, ouviu-o.

— Pobrezinho! — disse ela. E, assim que colocou o prato na minha frente, pousou a mão no meu ombro de forma amigável, como se me incitasse a me animar. Então ela disse que poderíamos comer sem nos preocupar, pois não teríamos de pagar nada, já que a loja era dela, ou melhor, do pai dela, que tinha ido a Pittencrieff naquele dia. Não esperamos que ela repetisse o convite, já que o pão e o queijo eram pouca comida para nós dois e as salsichas brancas cheiravam muito bem; e, enquanto comíamos e bebíamos, ela se sentou à nossa frente na mesa ao lado, fitando-nos, pensando, franzindo a testa e mexendo no laço do avental com os dedos.

— Estava pensando aqui que você fala demais — disse, finalmente, a Alan.

— Sim — Alan respondeu —, mas você deve ter notado que sei para quem falar.

— Eu nunca os trairia, se é isso que quer dizer — disse a garota.

— Não — disse Alan —, você não é esse tipo de pessoa. E vou lhe dizer o que poderia fazer, caso queira nos ajudar.

— Não posso ajudá-los, não posso — disse ela, balançando a cabeça.

— Não — disse Alan —, mas se pudesse, você o faria?

A garota não respondeu.

— Veja bem, minha cara — continuou Alan —, no reino de Fife há barcos, pois vi pelo menos dois na praia, vindos do outro lado da cidade. Se pudéssemos usar um dos barcos para passar a noite em Lothian, na companhia de um homem decente e fiel para guardar nosso segredo e trazer o barco de volta, duas vidas seriam salvas, provavelmente a minha, e a dele, com toda a certeza. Sem o tal barco, restam-nos apenas três xelins para percorrer o mundo; não sei o que fazer ou onde poderemos acabar, e o mais provável é que acabemos mortos mesmo. É a mais pura verdade, não faço ideia do que haveremos de fazer. Por acaso vamos ter de partir sem o barco, minha cara? Você será capaz de se deitar na sua cama quentinha, pensando em nós dois quando o vento assobiar no alto da chaminé e a chuva golpear o telhado? Vai conseguir comer seu pão junto ao fogo, pensando neste pobre menino doente que vai acabar mordendo os próprios dedos de tanta fome e frio? Saudável ou doente, ele não tem escolha a não ser continuar caminhando; com a morte em seu encalço, ele terá de rastejar na chuva por essas estradas sem fim e, quando der seus últimos suspiros sobre uma pilha de pedras frias, ele não terá nenhum amigo por perto, a não ser Deus e eu.

Ao ouvir tal apelo, pude perceber que a garota ficara muito perturbada e bastante tentada a nos ajudar. Mas ela temia estar ajudando criminosos e, por isso, resolvi intervir e aliviar seus temores com parte da verdade.

— Você já ouviu falar — perguntei-lhe — do sr. Rankeillor, de Queensferry?

— Rankeillor, o advogado? — ela respondeu. — Acredito que sim!

— Bom, então — eu disse —, é para a casa dele que eu estou indo. Assim, julgue por si mesmo se sou ou não um malfeitor. E digo mais: embora, por um erro terrível, minha vida se encontre em perigo, o rei George não tem melhor amigo em toda a Escócia do que eu.

O rosto da garota brilhou de forma extraordinária ao me ouvir dizer tal coisa, ao passo que o de Alan tornou-se sombrio.

— Isso é exatamente o que eu queria saber — disse a garota. — O sr. Rankeillor é um nome bem conhecido. — E pediu-nos que terminássemos a refeição para sairmos o quanto antes da clachan e irmos nos esconder no pequeno bosque que havia à beira-mar. — Podem confiar em mim — disse ela. — Encontrarei os meios necessários para que atravessem o rio.

Ao ouvir isso, não esperamos mais, mas apertamos a mão dela para selar nosso acordo, terminamos de comer às pressas e partimos novamente de Limekilns, na direção do tal bosque. Tratava-se de um pequeno pedaço de terra, com apenas alguns sabugueiros, espinheiros e poucos freixos jovens, que não eram suficientemente volumosos para nos esconder de quem passasse pela estrada ou pela praia. Assim, tivemos de ficar deitados, aproveitando ao máximo a tranquilidade daquele clima quente e nutrindo esperanças de que agora nos livraríamos rapidamente de nossos apuros, planejando com mais detalhes o que nos restava fazer.

Tivemos apenas um contratempo durante todo o dia; um gaitista viajante que veio sentar-se na mesma floresta em que estávamos, um sujeito completamente bêbado com cara de sono, uma grande garrafa de uísque no bolso e uma longa história de injustiças cometidas contra ele por todo tipo de pessoas, do Lorde do Tribunal de Justiça, que lhe negara um julgamento justo, aos magistrados municipais de Inverkeithing, que aplicaram a lei com muito mais correção do que ele desejava. Era-lhe inconcebível pensar que dois homens pudessem passar o dia escondidos atrás de um arbusto sem qualquer motivo aparente; e, assim, durante todo o tempo que ficou conosco encheu-nos de perguntas intrometidas; de modo que, quando ele partiu, ficamos bastante ansiosos para também irmos embora, pois não acreditávamos que aquele sujeito fosse dado a manter a boca fechada.

O dia chegou a fim com o mesmo clima bom de quando havia começado, e a noite estava clara e silenciosa; as luzes começaram a acender nas casas e nas aldeias, e depois se apagaram, uma após a outra; passava das onze horas, e já fazia algum tempo que estávamos atormentados pela ansiedade, quando ouvimos o ranger dos remos de um barco. Então olhamos e vimos a garota, remando em direção ao local onde estávamos. Ela não quis contar nosso plano a ninguém, nem mesmo ao seu namorado – se é que tinha um – e, assim que o pai adormeceu, ela saiu de casa pela janela, pegou o barco de um vizinho e viera nos ajudar, sem mais ninguém.

Fiquei constrangido, pois não encontrava palavras para lhe agradecer; mas ela ficou tão constrangida quanto eu ao ouvir meus agradecimentos, e implorou que não desperdiçássemos tempo e ficássemos em silêncio, dizendo – com muita razão – que o mais importante naquele momento era sermos rápidos e discretos; e, assim, em um piscar de olhos, ela nos levou até a margem do Lothian, não muito longe de Carriden, apertou nossas mãos e remou de volta para Limekilns, antes que pudéssemos dizer uma palavra sequer, seja para agradecer-lhe ou para elogiar sua prontidão.

E, mesmo depois da partida dela, não sabíamos o que dizer um ao outro, pois, na verdade, não havia palavras para tamanha gentileza. Alan ficou na praia por um longo tempo, balançando a cabeça.

— Eis uma boa garota — disse ele, por fim. — David, eis uma garota excelente. — E, depois de uma hora, quando já estávamos deitados em uma caverna à beira-mar e eu começava a adormecer, ele elogiou mais uma vez o caráter daquela jovem. De minha parte, nada pude dizer, pois se tratava de uma criatura tão simples que meu coração se enchera de medo e remorso: remorso por termos nos aproveitado de sua ignorância para que ela nos ajudasse, e medo por tê-la envolvido de alguma forma nos perigos de nossa situação.

CAPÍTULO XXVII
CHEGO À CASA DO SR. RANKEILLOR

No dia seguinte, combinamos que Alan deveria ficar escondido até o pôr do sol e, assim que começasse a escurecer, ele deveria se deitar nos campos à beira do caminho perto de Newhalls e não sair de lá por motivo nenhum até que ouvisse meu assobio. A princípio, sugeri que, como sinal, assobiaria minha música favorita, "Bonnie House of Airlie"; mas Alan argumentou que aquela canção era muito popular e que qualquer fazendeiro poderia assobiá-la por acaso. Então, ele me apresentou um pequeno fragmento de uma canção das Terras Altas, que ficou em minha memória desde aquele dia e permanecerá comigo até minha morte. Sempre que me lembro dela, vem-me à mente o que aconteceu no último dia de minhas aventuras, com Alan sentado no fundo da caverna, assobiando e marcando o tempo com um dedo, e seu rosto iluminado pela primeira luz do amanhecer.

Antes do nascer do sol, eu já me encontrava na grande avenida de Queensferry. Era um vilarejo muito bem construído, com casas de pedra de qualidade, muitas com telhados de ardósia; a prefeitura não era tão bonita quanto a de Peebles, nem a rua tão elegante; mas, no geral, ainda me dava vergonha de andar ali com meus trapos sujos.

À medida que a manhã avançava, as lareiras começavam a ser acesas, as janelas a abrir e as pessoas a saírem das suas casas, e minha inquietação e meu desânimo tornavam-se cada vez maiores. Passara a compreender que não tinha argumentos sólidos em que me apoiar; não tinha provas irrefutáveis dos meus direitos, nem sequer tinha meios para provar a minha identidade. Se tudo acabasse sendo uma farsa, eu ficaria desapontado, e em uma situação terrível. Mas, mesmo que as coisas acontecessem como eu gostaria, certamente levaria tempo até que eu pudesse provar minha história; e que tempo poderia eu perder com menos de três xelins no bolso e acompanhado por um condenado que me ajudara a fugir? A verdade é que, se minhas esperanças fossem frustradas, o cadafalso estaria à nossa espera. E, enquanto eu andava de um lado para o outro, vendo como as pessoas me olhavam com desconfiança, acotovelando-se, fazendo comentários e sorrindo quando eu passava, uma nova apreensão começou a me assaltar: que talvez não fosse tão fácil ser recebido pelo advogado, e menos ainda convencê-lo da veracidade de minha história.

Juro por minha vida que não tive coragem de me dirigir a nenhum daqueles respeitáveis habitantes da cidade; fiquei envergonhado de falar-lhes coberto de trapos e de poeira e, se eu tivesse lhes perguntado o endereço da casa de uma pessoa como o sr. Rankeillor, imagino que teriam rido na minha cara. Assim, fui subindo e descendo a rua, indo e voltando do porto, como um cachorro que perdera o dono, com uma estranha sensação que me consumia por dentro, sentindo de vez em quando meu corpo tremer de desespero. Já era dia claro, talvez nove da manhã, quando, cansado de tantas idas e vindas, parei por acaso em frente a uma casa muito bonita, com lindas janelas envidraçadas, flores nos peitoris, paredes recém-rebocadas e um cão de caça sentado e bocejando nos degraus da frente, como se fosse o dono do lugar. Cheguei até a invejar aquele animal estúpido, quando a porta se abriu e apareceu um senhor elegante, de semblante refinado, corado e bem-humorado, de peruca bem empoada e óculos. Minha aparência era tal que ninguém seria capaz de fitar-me mais de uma vez, mas aquele cavalheiro – como ficou claro em seu semblante – ficou tão impressionado com meu aspecto miserável que veio direto até mim e perguntou o que eu estava fazendo.

Disse-lhe que tinha vindo a Queensferry para resolver uma questão e, resmungando, pedi-lhe sem rodeios que me indicasse onde ficava a casa do sr. Rankeillor.

— Ora — disse ele —, está diante dela e, por um acaso bastante singular, sou o homem a quem se refere.

— Nesse caso, meu senhor — respondi —, tenho de lhe pedir o favor de me conceder a palavra.

— Não sei qual é o seu nome, nem reconheço seu rosto — disse ele.

— Meu nome é David Balfour — retruquei.

— David Balfour? — ele repetiu, falando bastante alto, como se estivesse surpreso. — E de onde o senhor vem, sr. David Balfour? — perguntou então, olhando-me com um semblante indiferente.

— Venho de muitos lugares estranhos, meu senhor — disse eu —, mas acho que seria melhor se eu lhe contasse como e por que motivos fui parar nesses lugares em um lugar mais reservado.

Ele pareceu pensar por um momento, apertando o lábio entre os dedos e olhando ora para mim, ora para a calçada.

— Sim — disse então —, é melhor, sem dúvida. — E, fazendo-me entrar na casa, gritou com alguém que não vi, dizendo que estaria ocupado a manhã toda, conduzindo-me então até um quartinho empoeirado cheio de livros e documentos. Lá, ele se sentou e ordenou que eu fizesse o mesmo, embora me parecesse tê-lo feito a contragosto, temendo que eu sujasse com meus trapos imundos sua cadeira limpa.

— E agora — continuou —, se tem algum assunto a discutir comigo, imploro que seja breve e vá direto ao ponto. *Nec gemino bellum Trojanum orditur ab ovo*[30]... Entendeu? Ele disse com um olhar penetrante.

— Vou fazer o que Horácio diz, meu senhor — respondi, sorrindo — e situá-lo *in medias res*[31]. — Ele balançou a cabeça, como se aquilo o tivesse agradado, pois, na verdade, aquela frase em latim servira unicamente para me testar. Embora tenha me sentido encorajado, o sangue me subiu à cabeça quando acrescentei: — Tenho motivos para acreditar que tenha direitos sobre a propriedade de Shaws.

Ele, então, tirou um caderno de uma gaveta e colocou-o à sua frente, aberto. — Ah, sim? — retrucou.

Mas, depois de deixar escapar minha declaração, fiquei sem palavras.

— Ora, ora, sr. Balfour — disse ele, então —, preciso que continue. Onde nasceu?

— Em Essendean, senhor — respondi —, no ano de 1734, em 12 de março.

Ele parecia verificar tal afirmação em seu caderno, embora eu não soubesse o significado de tudo aquilo. — E quem são seu pai e sua mãe? — perguntou ele.

---

30 "Não foi por um ovo gêmeo que começou a guerra troiana", em latim. Verso do poeta e filósofo romano Horácio (65 a.C.-8 a.C.). (N. do T.)
31 "No meio das coisas", em latim. (N. do T.)

— Meu pai era Alexander Balfour, um professor local — eu disse —, e o nome de minha mãe era Grace Pitarrow. Acho que a família dela era de Angus.

— O senhor tem documentos para provar sua identidade? — o sr. Rankeillor perguntou novamente.

— Não, senhor — respondi. — Meus documentos estão com o sr. Campbell, o clérigo, e ele pode fornecê-los a qualquer momento. Além disso, o sr. Campbell poderia ser minha testemunha; e, a esse respeito, não acredito que meu tio possa se negar.

— O senhor quer dizer o sr. Ebenezer Balfour? — perguntou o advogado.

— Ele mesmo — respondi.

— O senhor o conhece?

— Ele me recebeu em sua própria casa — respondi.

— Conheceu um homem chamado Hoseason? — o sr. Rankeillor continuou a perguntar.

— Sim, infelizmente conheci — respondi —, pois, à vista desta cidade e por ordens do meu tio, fui raptado por ele, embarcado e levado para o mar, sofrendo um naufrágio e uma centena de outras privações, que me obrigam a apresentar-me hoje diante do senhor neste estado miserável.

— Está dizendo que naufragou — disse Rankeillor. — Onde foi que isso aconteceu?

— No extremo sul da Ilha de Mull — respondi-lhe. — A ilhota onde fui parar é chamada de Erraid.

— Ah! — ele exclamou, sorrindo. — Vejo que é mais forte do que eu em geografia. Posso dizer-lhe que o que o senhor me contou até agora coincide absolutamente com outras informações que tenho. Mas o senhor disse que foi sequestrado. Em que sentido?

— No sentido literal da palavra, meu senhor — eu respondi. — Eu estava a caminho de sua casa quando fui levado a bordo de um brigue, onde fui espancado, jogado no porão e não ouvi mais nada até que saímos para o alto-mar. Estava destinado a trabalhar nas plantações, e só pude escapar de tal destino graças à Divina Providência.

— O brigue foi perdido no dia 27 de junho — disse ele, consultando seu caderno — e hoje já estamos no dia 24 de agosto. Há, então, uma lacuna considerável aqui, sr. Balfour, de quase dois meses. Isso causou muitos problemas a seus amigos, e eu mesmo não ficarei satisfeito até que o assunto seja explicado.

— Na verdade, meu senhor — retruquei —, esse intervalo de dois meses pode ser facilmente explicado. Mas, antes de contar minha história, gostaria de ter certeza de que estou falando com um amigo.

— Isso é fácil de contra-argumentar — respondeu o advogado. — Não posso ser seu amigo até que esteja devidamente informado. Seria mais apropriado à sua idade ter um pouco mais de confiança nas pessoas. E sabe bem, sr. Balfour, que em nosso país existe um provérbio segundo o qual os criminosos sempre temem o crime alheio.

— O senhor não deve esquecer tampouco — disse eu — que sofri muito por confiar demais e que fui enviado como escravo pelo mesmo homem que, se compreendi bem, é seu cliente.

Até então, vinha ganhando terreno com o sr. Rankeillor e, à medida que ganhava terreno, também ganhava confiança. Mas, a essa resposta, que formulei com certa ironia, ele caiu na gargalhada.

— Não, não — disse ele —, a situação não é tão ruim assim. Ele foi meu cliente, não é mais. De fato, eu gerenciava os negócios do seu tio, mas, enquanto o senhor – *imberbis juvenis custode remoto*[32] – estava em incursões a oeste, muita água passou por baixo da ponte, e se suas orelhas não queimaram, não é porque não falaram a seu respeito. No mesmo dia do naufrágio, o sr. Campbell apareceu em meu escritório exigindo aos quatro ventos sua presença. Nunca tinha ouvido falar de sua pessoa, mas conheci seu pai e, por questões de minha competência – da qual falaremos mais adiante – temia que o pior tivesse acontecido. O sr. Ebenezer reconheceu tê-lo visto; ele declarou – o que parecia improvável – que havia lhe oferecido somas consideráveis de

---

32 "Jovem imberbe sem tutor", em latim. (N. do T.)

dinheiro e que você havia partido para o continente europeu com a intenção de completar sua educação – o que, por sua vez, era plausível e louvável. Perguntado quanto aos motivos de o senhor não ter avisado o sr. Campbell a respeito, ele afirmou que o senhor expressara um grande desejo de romper com sua vida passada. Mais tarde, quando perguntei-lhe onde o senhor estava, ele disse que não sabia, mas achava que estivesse em Leyden. Este é o resumo exato de suas respostas. Não tenho certeza se alguém acreditou nele — continuou o sr. Rankeillor, com um sorriso nos lábios — e ele mostrou-se tão descontente com algumas de minhas expressões que, em resumo, enxotou-me porta afora. Ficamos perplexos pois, por mais fortes que fossem nossas suspeitas, não tínhamos nem sombra de prova. Foi aí que o capitão Hoseason surgiu com a versão de que o senhor havia se afogado, e então toda aquela história caiu por terra, desesperando o sr. Campbell, prejudicando meu bolso e acrescentando mais uma mancha à reputação de seu tio, o que acabaria não lhe afetando em nada. E agora, sr. Balfour — acrescentou, por fim —, que está familiarizado com tudo o que aconteceu, julgue até que ponto pode confiar em mim.

Na verdade, o sr. Rankeillor foi mais pedante do que posso demonstrar e colocou mais citações latinas em seu discurso; mas exprimia tudo com tanta afabilidade no olhar e nas maneiras que a minha desconfiança acabou por ser vencida. Além disso, vi que ele já estava me tratando como se tivesse certeza de minha identidade e, assim, parte de minha preocupação se esvaíra.

— Meu senhor — disse-lhe então —, se eu lhe contar minha história, terei de confiar a vida de um amigo em suas mãos. Dê-me sua palavra de que tudo que lhe disser será sagrado, pois, no que me diz respeito, não peço mais garantia do que aquilo que me mostra seu semblante.

Ele me deu sua palavra muito a sério, mas dizendo: — Essas preliminares são um tanto quanto alarmantes e, se acaso houver algum problema com a lei em sua história, imploro que não se esqueça de que sou advogado e que o mencione com toda a agilidade.

Assim, contei-lhe minha história desde o início, enquanto ele ouvia com os óculos levantados e os olhos fechados, fazendo com que, às vezes, eu temesse que ele tivesse adormecido. Mas não precisava me preocupar. Ele ouviu todas e cada uma de minhas palavras – como percebi depois – com tamanha atenção e cuidado que chegou a me surpreender muitas vezes. Ele guardou na memória até mesmo os estranhos nomes em gaélico, que ouvira pela primeira vez, e voltou a citá-los para mim anos depois. Mas, quando mencionei o nome completo de Alan Breck, uma cena curiosa se passou. O nome de Alan fora ouvido em toda a Escócia, relacionado à notícia do assassinato em Appin e à recompensa oferecida e, assim que o deixei escapar de meus lábios, o advogado estremeceu na cadeira e abriu os olhos.

— Eu não mencionaria certos nomes desnecessariamente, sr. Balfour — disse ele — e, sobretudo, nomes de cidadãos das Terras Altas, pois entre eles há alguns detestáveis perante a lei.

— Sim, talvez fosse melhor não mencioná-los — eu disse —, mas, mesmo que tenha me escapado tal nome, acredito que possa continuar.

— Não há problema nenhum — retrucou Rankeillor. — Sou um pouco surdo, como deve ter observado, e estou longe de poder garantir que ouvi corretamente tal nome. Se preferir, vamos chamar seu amigo de sr. Thomson; assim, não teremos problemas. E, de agora em diante, faremos o mesmo com qualquer pessoa das Terras Altas que o senhor mencionar, vivo ou morto.

Ao ouvir tal coisa, deduzi que ele tinha ouvido com toda a clareza o nome de Alan, e chegara até mesmo a ligá-lo ao assassinato. Não era da minha conta se ele havia escolhido fazer de conta que não sabia de nada e, então, dei um sorriso, disse que o nome não soava muito escocês e simplesmente concordei. Desse ponto até o final da minha história, Alan foi nomeado Thomson, o que foi muito engraçado para mim, pois se tratava de uma tática que agradaria muito a meu amigo. Da mesma forma, James Stewart tornou-se parente do sr. Thomson; Colin Campbell passou a ser chamado de sr. Glen; e, ao chegar a esse momento de minha narrativa, a Cluny dei o nome de "sr. Jameson, um líder das Terras Altas". Na verdade, era uma farsa descarada, e fiquei maravilhado com o fato de o advogado insistir em continuar com aquilo; mas, afinal, era um costume muito popular da época, já que havia dois lados oficiais em disputa e as pessoas amigas da ordem, sem opinião formada, procuravam qualquer subterfúgio para não ofender nem um nem outro ao falar.

— Ora, ora — disse o advogado quando terminei minha história. — Seu relato é uma epopeia, uma grande odisseia. Deveria contá-lo em latim quando sua educação estiver mais amadurecida, ou mesmo em nossa língua, se quiser, embora eu prefira a língua latina, que é mais contundente. Você viajou bastante. *Quae regio in terris*[33]... Que paróquia na Escócia – para traduzir de uma forma mais familiar – não foi percorrida em suas aventuras? Você também demonstrou uma aptidão singular para se colocar em enrascadas, mas, sobretudo, para sair delas. Este sr. Thomson me parece um cavalheiro de excelentes qualidades, embora talvez um pouco sanguinário. Eu não teria ficado chateado se – apesar de todos os seus méritos – ele tivesse permanecido no mar do Norte, pois esse homem, sr. David, é um triste embaraço para todos nós. Mas, sem dúvida, o senhor fez bem em unir-se a ele; ele, certamente, não dispensou sua companhia. A bem da verdade, podemos afirmar que ele tem sido seu fiel companheiro, da mesma forma que *paribus curis vestigia figit*[34], ousaria dizer que vocês teriam continuado juntos até o cadafalso sem recriminar um ao outro. Muito bem, muito bem, felizmente esses dias acabaram, e acredito – falando francamente – que o fim de seus males está muito próximo.

Enquanto ele assim edificava minhas aventuras, olhava-me com tamanho sorriso nos lábios e com tanta bondade no olhar que mal pude conter minha satisfação. Eu havia perambulado entre pessoas sem caráter e feito minha cama nas montanhas sob o céu aberto por tanto tempo que me encontrar novamente sentado

---

33 "Que região na terra...", em latim, parte dos versos 459-60 do "Canto IV" da *Eneida*, obra épica do poeta romano Virgílio (70 a.C.–19 a.C.). (N. do T.)

34 "Finca pegadas com igual cuidado", em latim, parte do verso 159 do "Canto VI" da *Eneida*. (N. do T.)

em uma casa limpa e quente, conversando amigavelmente com um cavalheiro vestido com roupas de qualidade, parecia-me algo extraordinário. Ao pensar nisso, meus olhos recaíram sobre meus trapos indecorosos e fui mais uma vez tomado pela confusão. Mas o advogado percebeu e compreendeu-me. Levantou-se então e ordenou da escada que colocassem outro jogo de talheres na mesa, pois convidara o sr. Balfour para comer, e conduziu-me a um quarto no andar superior da casa. Lá, colocou água, sabão e um pente à minha disposição. Apresentou-me algumas roupas do filho e, dizendo algo apropriado à situação, deixou-me sozinho para que eu pudesse me lavar.

CAPÍTULO XXVIII
VOU EM BUSCA DE MINHA HERANÇA

Fiz tudo que precisava para mudar minha aparência e fiquei muito feliz em me olhar no espelho e ver que o mendigo fazia parte do passado e que David Balfour estava de volta à vida. No entanto, fiquei um pouco envergonhado com a mudança e, principalmente, por usar roupas emprestadas. Depois de me vestir, o sr. Rankeillor recebeu-me na escadaria, parabenizou-me pela transformação e conduziu-me de volta ao escritório.

— Sente-se, sr. Balfour — disse ele —, e, agora que está se parecendo um pouco mais consigo mesmo, deixe-me ver se posso lhe dar mais notícias. O que vou dizer certamente lhe dará o que pensar acerca de seu pai e seu tio. Na verdade, é uma história bastante singular, e a explicação que vou lhe dar me causa um certo rubor, pois — acrescentou, com verdadeiro embaraço — se trata de uma questão amorosa.

— Francamente — disse eu —, acho difícil associar uma ideia dessas ao meu tio.

— Mas seu tio, sr. Balfour, nem sempre foi velho — respondeu o advogado — e o que talvez o surpreenda ainda mais é que ele nem sempre foi feio. Ele era um homem elegante e bonito. As pessoas iam às portas de sua casa para vê-lo passar em seu bravo cavalo. Já o vi com estes olhos e confesso, com toda a sinceridade, não sem uma certa inveja, porque sempre fui um menino comum, filho de um pai também comum e, naquela época, era um caso de *Odi te, qui bellus es, Sabelle*[35].

— Isso parece um sonho — eu disse.

— Sim — disse o advogado —, mas assim é, seja na juventude ou na velhice. Mas sua beleza não era tudo, pois seu tio também tinha um talento natural, que prometia trazer-lhe grandes coisas no futuro. Em 1715, o que mais ele poderia fazer além de correr para se juntar aos rebeldes? E foi seu pai quem foi atrás dele, encontrou-o em uma vala e trouxe-o de volta *multum gementem*[36], para alegria de todos da região. Porém, *majora canamus*[37]... Os dois rapazes se apaixonaram, e pela mesma mulher. O sr. Ebenezer, que era o admirado, o amado e mimado, sem dúvida considerou a vitória garantida e, quando descobriu que havia sido preterido, gritou como um pavão. Toda a região soube do ocorrido; ora, ele ficava prostrado em casa com a família ao redor da cama, tolamente aos prantos; ora, ia de taverna em taverna contando seus problemas para fulano, beltrano e sicrano. Seu pai, sr. Balfour, era um cavalheiro gentil, mas também fraco, tristemente fraco, e levava todas aquelas loucuras muito a sério, e um belo dia, saiba o senhor, ele acabou desistindo da dama! No entanto, ela não era tão tola – e, sem dúvida, você herdou seu bom senso dela – e recusou-se a passar das mãos de um para as do outro. Ambos caíram de joelhos diante dela e, como resultado – naquele momento – ela os enxotou para fora de sua casa. Isso aconteceu em agosto... Meu Deus, no mesmo ano em que voltei da faculdade. A cena deve ter sido muito grotesca.

---

35 "Odeio-te, Sabellus, pois és belo", em latim. "Epigrama XII, 39" do poeta romano Marcial (40-104). (N. do T.)

36 "Gemendo profundamente", em latim. (N. do T.)

37 "Cantemos sobre coisas mais importantes", em latim. Parte das *Éclogas*, V, 1 do poeta Virgílio. (N. do T.)

Tudo aquilo também me parecia extremamente ridículo, mas não conseguia esquecer que meu pai estava metido naquela situação e, então, disse: — Mas certamente, meu senhor, deve haver alguma nota trágica nisso tudo.

— De jeito nenhum — respondeu o advogado. — Pois toda tragédia envolve alguma questão importante em disputa, algum *dignus vindice nodus*[38], e, neste caso, tudo não passava de petulância de um tolo mimado, que só precisava de uma boa surra. No entanto, não era assim que seu pai pensava e, depois de ceder cada vez mais e mais – por conta dos protestos e do egoísmo sentimental de seu tio –, por fim, chegou-se a uma espécie de barganha, cujos maus efeitos você teve de sofrer recentemente. Um deles ficou com a dama, e o outro, com a propriedade. Fala-se muito, sr. Balfour, de caridade e generosidade, mas, nos tempos questionáveis de hoje, muitas vezes penso que, quando um cavalheiro deixa de consultar seus advogados e não aceita tudo o que a lei dita, não há como ter consequências felizes. O fato é que esse traço de abnegação quixotesca de seu pai, além de ser injusto em si mesmo, deu origem a um monstruoso amontoado de iniquidades. Seu pai e sua mãe viveram e morreram na pobreza, você não teve uma criação digna e, ao mesmo tempo, os ocupantes da propriedade de Shaws passaram por inúmeras provações! E ainda posso acrescentar – como se realmente me importasse – em que penúria viveu o sr. Ebenezer!

— E, no entanto, essa é certamente a parte mais estranha de todas — disse eu. — É muito raro que a natureza de um homem possa mudar de tal forma.

— É verdade — disse o sr. Rankeillor —, mas as consequências me parecem bastante naturais. Seu tio sabia que não havia agido corretamente. Todos aqueles que sabiam da história lhe viraram as costas, e aqueles que não sabiam – vendo que um dos dois irmãos desaparecera e o outro ficara com a propriedade

....

38 Parte do parágrafo 191 de "A Arte Poética", de Horácio: "*Nec deus intersit, nisi dignus vindice nodus*", "E que um deus não intervenha, a menos que aconteça um nó digno de tal interventor", em latim. (N. do T.)

– falavam em assassinato. Assim, todo mundo acabou se afastando dele. Dinheiro foi tudo o que ele ganhou com a barganha, e ele passou a pensar apenas em ganhar mais e mais. Ele já era egoísta quando jovem, e tornou-se ainda mais egoísta agora que está velho, e o senhor acabou testemunhando o cúmulo dessas maneiras tão gentis, desses sentimentos tão delicados.

— Muito bem, meu senhor — disse então —, e como fica minha situação com tudo isso?

— A propriedade é sua, sem dúvida nenhuma — respondeu o advogado. — Não importa o que seu pai assinou, o senhor é o herdeiro legítimo. Mas seu tio é um homem capaz de defender o indefensável e certamente questionará sua identidade. Um processo é sempre caro, e um processo familiar, sempre escandaloso. Além disso, se quaisquer de suas atividades com o sr. Thomson for descoberta, estaríamos enrascados. Sem dúvida, o sequestro seria um bom trunfo a nosso favor, desde que pudéssemos prová-lo e, como vai ser difícil fazê-lo, meu conselho – de uma forma geral – é que o senhor faça um acordo amigável com seu tio, talvez permitindo que ele fique em Shaws, onde criou raízes por um quarto de século, e contentando-se, assim, com uma razoável renda.

Disse-lhe que estava disposto a concordar e que não gostaria que os assuntos de minha família fossem revelados ao público, aversão muito natural. Nesse ínterim – pensando comigo mesmo – comecei a vislumbrar o esboço de um plano, segundo o qual procederíamos em seguida.

— O senhor não acha que seria melhor provar, de forma irrefutável, meu sequestro? — perguntei.

— Certamente — respondeu o sr. Rankeillor —, mas, se possível, fora do tribunal. Pois deve ter em mente, sr. Balfour, que, embora possamos encontrar alguns tripulantes do Covenant que dariam provas de seu rapto, uma vez no banco de testemunhas não seríamos mais capazes de controlar seus testemunhos e alguma menção ao seu amigo, o sr. Thomson, certamente apareceria. O que – pelo que o senhor me deu a entender – não acredito ser desejável.

— Muito bem, meu senhor — retruquei —, ouça, por favor, o que pensei em fazer. — E expus-lhe meu plano.

— Mas isso envolveria encontrar-me com o tal sr. Thomson — disse ele, quando terminei.

— É verdade, meu senhor — respondi.

— Meu Deus! — ele exclamou, esfregando a testa. — Não, sr. Balfour, receio que seu plano seja inadmissível. Não tenho nada a dizer contra seu amigo, o sr. Thomson, não sei de nada que possa desmerecê-lo, mas, se acaso viesse a saber, tenha em mente, sr. Balfour, de que seria obrigado a prendê-lo. Agora, devo fazer-lhe esta pergunta: seria prudente que eu o conhecesse? Pode haver acusações contra ele. Ele pode não ter lhe contado tudo. Talvez o nome dele nem seja Thomson! — exclamou o advogado, piscando os olhos. — Pois alguns desses indivíduos mudam de nome com a mesma facilidade com que trocam de casaco.

— O senhor terá de julgar por si mesmo — retruquei.

Era evidente, contudo, que ele tinha gostado do meu plano, pois permaneceu calado, pensando, até que a sra. Rankeillor nos chamou para o jantar e, assim que ela acabou de nos deixar a sós com uma garrafa de vinho, ele voltou a fazer-me perguntas acerca de meu plano: quando e onde eu encontraria meu amigo, o sr. Thomson; se eu tinha certeza de sua discrição; se, supondo que conseguíssemos apanhar a raposa do meu tio, eu consentiria em tais e tais condições do acordo... Ele fazia essas e outras questões a longos intervalos, enquanto saboreava cada gole do vinho. Quando respondi a todas – aparentemente satisfazendo-o com minhas respostas –, ele caiu em uma meditação ainda mais profunda, e parecia ter esquecido até mesmo da bebida. Então, pegou uma folha de papel e um lápis e começou a escrever, ponderando cada uma das palavras. Por fim, ele tocou uma sineta, e seu secretário adentrou o cômodo.

— Torrance — disse ele —, preciso terminar este documento ainda esta noite e, assim que acabar, quero que me faça a gentileza de colocar seu chapéu e nos acompanhar, a mim e a este cavalheiro, pois provavelmente precisaremos de você como testemunha.

— Ora, ora, meu senhor! — exclamei assim que o secretário se retirou. — Então vai correr o risco?

— Parece que sim — respondeu ele, enchendo o copo. — Mas não vamos falar mais sobre isso. A presença de Torrance me fez lembrar de um caso muito engraçado que aconteceu comigo alguns anos atrás, quando encontrei o pobre coitado junto à Cruz de Edimburgo. Cada um de nós dois ia por seu caminho e, quando nos encontramos, às quatro da tarde, Torrance, que havia bebido alguma coisa, não reconheceu seu patrão, e eu, que havia esquecido meus óculos, estava praticamente cego... Tanto que tampouco reconheci meu próprio secretário. — E, dizendo isso, começou a rir com vontade.

Respondi que era uma coincidência muito divertida e sorri, por pura cortesia; mas o que me espantou durante toda a tarde foi que ele continuou insistindo naquele evento, acrescentando novos detalhes e rindo sem parar. Então, eventualmente, comecei a perder a compostura e a sentir vergonha da loucura do meu acompanhante.

Como se aproximava a hora de meu encontro com Alan, o sr. Rankeillor e eu deixamos a casa, de braços dados, com Torrance nos seguindo logo atrás, com o documento no bolso e uma cesta coberta nas mãos. Ao passarmos pela cidade, o advogado fazia reverências, saudando à esquerda e à direita, e era continuamente abordado por cavalheiros que lhe indagavam acerca de questões do burgo ou assuntos particulares, o que me indicou a que ponto Rankeillor era bem-visto na região. Finalmente, deixamos a cidade e começamos a caminhar ao longo do porto, em direção à estalagem Hawes e ao cais da balsa, cenário de meus infortúnios. Não pude contemplar aquele lugar sem me emocionar, lembrando de todos aqueles que estiveram comigo naquele dia e que não mais viviam: Ransome, livre, espero, dos pecados futuros; Shuan, levado para aquele lugar até onde não pretendia segui-lo; e os pobres miseráveis que afundaram com o brigue em seu último mergulho. Eu havia sobrevivido a todos eles, até mesmo ao brigue, e saíra ileso de inúmeras dificuldades e terríveis perigos. Meu único pensamento deveria ser de gratidão, mas não conseguia olhar para aquele lugar sem sentir pena daqueles homens e estremecer ao pensar nos temores passados.

Eu estava pensando em todas essas coisas quando, de repente, o sr. Rankeillor teve um sobressalto, colocou as mãos nos bolsos e riu.

— Ora essa! — exclamou ele. — Se tudo isso não parece uma farsa! Depois de tudo que lhe contei, acabei esquecendo meus óculos!

Foi então que compreendi a intenção da anedota que ele vinha me contando. Percebi que se ele havia deixado os óculos em casa, fora de propósito, para aproveitar-se da ajuda de Alan sem ser obrigado a reconhecê-lo. E, de fato, foi uma estratégia muito bem pensada, pois, assim – supondo que as coisas dessem errado –, como poderia Rankeillor jurar ter visto meu amigo e, consequentemente, testemunhar contra mim? Por outro lado, como é possível que tenha demorado tanto para sentir falta dos óculos, tendo falado e reconhecido as pessoas que cruzaram nosso caminho na cidade? Eu tinha quase certeza de que ele enxergava muito bem.

Assim que passamos pela estalagem – onde reconheci o estalajadeiro, fumando seu cachimbo à porta, e fiquei surpreso por ele não ter envelhecido um só dia –, o sr. Rankeillor mudou a ordem da caminhada, ficando para trás com Torrance e deixando-me passar à frente, na posição de guia. Subi o morro assobiando, de tempos em tempos, minha cantiga gaélica e, por fim, tive a imensa alegria de ouvir outros assobios em resposta, e de ver Alan de pé entre alguns arbustos. Ele parecia um tanto quanto desanimado, pois havia passado um dia inteiro sozinho, espreitando os arredores, e comera apenas uma refeição simples, em uma taberna perto de Dundas. Mas bastou que ele desse uma olhada em minhas roupas para começar a se animar e, quando lhe contei em que estado estavam minhas questões e o papel que eu esperava que ele desempenhasse, ele se tornou outro homem.

— Você teve uma ideia maravilhosa — disse ele. — E ouso dizer que não poderia encontrar um homem melhor do que Alan

Breck para conduzir o plano. Não é algo – lembre-se muito bem disso – que qualquer um possa fazer, pois requer um cavalheiro perspicaz. Mas tenho a sensação de que seu advogado deva estar impaciente para me ver — concluiu Alan.

Acenei então para o sr. Rankeillor, que se aproximou sozinho e foi apresentado ao meu amigo, o sr. Thomson.

— Estou muito feliz em conhecê-lo, sr. Thomson — disse ele —, mas esqueci meus óculos, e nosso amigo aqui, o sr. Balfour — acrescentou, dando um tapinha no meu ombro —, poderá lhe confirmar que eu, sem óculos, fico praticamente cego. Então, o senhor não deve se surpreender se amanhã eu passar ao seu lado e não cumprimentá-lo.

Disse tal coisa pensando em agradar Alan, mas coisas muito mais insignificantes eram capazes de ferir a vaidade de um cidadão das Terras Altas.

— Ora, meu senhor — disse ele, orgulhoso —, mas isso não tem a mínima importância, já que apenas nos reunimos aqui para que se faça justiça ao sr. Balfour e, pelo que posso ver, além dessa questão, não acredito que tenhamos muito em comum. Mas, de qualquer forma, aceito suas desculpas, que me parecem muito apropriadas.

— E isso é mais do que eu poderia esperar, sr. Thomson — disse Rankeillor, com entusiasmo. — E agora, como ambos somos os atores principais dessa empreitada, acho que devemos chegar a um acordo, e proponho que me estenda seu braço, pois, com a escuridão e a falta de meus óculos, não consigo enxergar muito bem o caminho. Quanto ao sr. Balfour, há de encontrar em Torrance um interlocutor agradável. Deixe-me apenas lembrá-lo de que é desnecessário que ele saiba mais detalhes acerca de suas aventuras com o... Sr. Thomson.

Assim, conforme combinado, os dois foram na frente, conversando muito amigavelmente, enquanto Torrance e eu ficamos na retaguarda.

Era tarde da noite quando a casa de Shaws apareceu. Já passava muito das dez horas; estava escuro e fazia calor, com um agradável vento sudoeste sussurrante abafando o som de nossos passos, e, ao chegarmos perto da casa, não vimos nenhuma luz em todo o prédio. Ao que tudo indicava, meu tio já havia ido para a cama, o que, honestamente, era o mais adequado aos nossos planos. A cerca de cinquenta metros de distância, cochichamos os últimos detalhes, e então o advogado, Torrance, e eu saímos para nos esconder em um canto da casa, enquanto Alan caminhava abertamente até a entrada e batia à porta.

CAPÍTULO XXIX
ENTRO EM MEU REINO

Alan passou muito tempo batendo à porta, mas suas batidas só conseguiram despertar os ecos da casa e a vizinhança. No entanto, finalmente ouvi o som de uma janela se abrindo lentamente e deduzi que meu tio havia saído para o observatório. Com a claridade que havia, ele só conseguiria enxergar Alan como uma sombra negra nos degraus da porta e, como as três testemunhas estavam fora de vista, presumivelmente não haveria nada que alarmasse um homem honesto em sua própria casa. Apesar de tudo, ele passou algum tempo examinando o visitante em silêncio e, quando decidiu falar, sua voz transparecia um tremor de preocupação.

— O que está acontecendo? — disse ele. — Isso não são horas para visitar pessoas decentes, e não conheço boêmios. O que o traz aqui? Já aviso que tenho um bacamarte.

— Por acaso é o sr. Balfour? — Alan respondeu, dando um passo para trás e tentando ver através da escuridão. — Tenha cuidado com o bacamarte, esses dispositivos perigosos tendem a disparar.

— O que o traz aqui? Quem é você? — perguntou meu tio com raiva.

— Não tenho vontade de gritar meu nome aos quatro ventos — disse Alan —, mas o que me traz aqui é uma história à parte, que diz respeito mais aos seus assuntos do que aos meus, e, se isso faz com que fique mais sossegado, posso transformar o que tenho a dizer em uma canção e cantar para o senhor.

— Do que se trata? — meu tio perguntou.

— De David — disse Alan.

— O que disse? — exclamou meu tio, com uma mudança marcante na voz.

— Devo dizer-lhe o sobrenome também? — respondeu Alan.

Houve uma pausa, e então: — Estou pensando que seria melhor deixá-lo entrar — disse meu tio, hesitante.

— Ouso concordar — disse Alan —, mas a questão é se eu quero entrar. Vou lhe dizer no que estou pensando. Acho que prefiro que falemos sobre esse assunto aqui, nestes degraus. É, vai ter de ser aqui, ou em nenhum outro lugar, pois deve saber que sou tão teimoso quanto o senhor e, além disso, um cavalheiro de uma família mais nobre do que a sua.

Essa mudança de tom intrigou Ebenezer; ele ficou por alguns momentos digerindo o que ouvira e, então, disse: — Ora, ora, que seja o que tiver de ser — e fechou a janela. Mas ele demorou muito a descer as escadas, e mais ainda a abrir as trancas, arrependendo-se, imagino eu, a cada passo que dava, a cada ferrolho e barra que abria. Mas, finalmente, ouvimos o ranger das dobradiças e pudemos ver meu tio espiar cautelosamente pela porta, e como Alan havia dado um ou dois passos para trás, fez com que ele se sentasse no degrau mais alto, na mira de seu bacamarte.

— Agora — disse ele, então —, não se esqueça de que eu tenho um bacamarte e que, se você der um único passo na minha direção, vou matá-lo.

— Suas palavras são realmente muito gentis — disse Alan.

— Não, não são — respondeu meu tio —, mas tampouco isso é uma forma de se apresentar, e vejo-me obrigado a ser precavido. E, agora que começamos a nos entender, pode apresentar sua questão.

— Pois bem— disse Alan —, vejo que é um sujeito muito perspicaz e deve ter percebido que sou um cavalheiro escocês. Meu nome é irrelevante, mas o país de meus amigos não fica longe da ilha de Mull, da qual deve ter ouvido falar. Parece que um navio se perdeu naquelas bandas e, no dia seguinte, um senhor da minha família, que procurava na praia toras do naufrágio para sua casa, encontrou um menino que quase se afogara. Ele reviveu-o e, então, juntamente com outros cavalheiros, levou-o para um castelo em ruínas, onde ele vive até hoje, o que custa muito dinheiro aos meus amigos. Esses meus amigos são um pouco selvagens e não cumprem tão bem a lei quanto outras pessoas que conheço e, ouvindo que o menino vem de uma boa família e é seu sobrinho, sr. Balfour, imploraram-me para que viesse vê-lo acerca desse assunto. E posso assegurar-lhe que, se não chegarmos a um acordo sobre certas questões, é altamente improvável que volte a ver seu sobrinho, pois meus amigos — Alan acrescentou, em termos simples — não têm muito dinheiro.

Meu tio limpou a garganta e disse: — Nada disso me importa. David não era um menino tão bom assim e, portanto, não tenho motivos para intervir nesse assunto.

— Ora, ora — disse Alan —, vejo que está tentando fingir indiferença para reduzir o preço do resgate.

— Nada disso — respondeu meu tio —, estou lhe dizendo a pura verdade. Não tenho o menor interesse no menino e não pagarei resgate nenhum. Você pode fazer o que quiser com ele, isso pouco me importa.

— Francamente, meu senhor — disse Alan. — Mas que diabos, trata-se do seu próprio sangue! O senhor não pode simplesmente abandonar o filho do seu irmão, isso é uma vergonha, e se toda essa questão vier à tona, tenho quase certeza de que o senhor acabará muito mal falado em toda a região.

— Já não falam tão bem de mim por aqui — respondeu Ebenezer — e, também, não faço ideia de como alguém poderia saber de alguma coisa. Certamente não vão saber por minha boca, nem pela sua, nem tampouco pela de seus amigos. Sendo assim, podemos acabar com esse papo furado, meu senhor.

— Então, nesse caso, cabe ao próprio David contar — disse Alan.

— Como? — retrucou meu tio, subitamente.

— Ora — respondeu Alan —, exatamente assim: meus amigos manterão seu sobrinho vivo enquanto houver qualquer chance de conseguir algum dinheiro com ele. Mas, se não lhes der mais lucro nenhum, tenho certeza de que o deixarão livre para ir aonde achar melhor.

— Mas isso também pouco me importa — disse meu tio. — Não quero ter nada com ele.

— Estava pensando justamente nisso — respondeu Alan.

— E por quê?

— Porque, sr. Balfour — respondeu Alan —, pelo que pude ouvir, existiam apenas duas saídas para essa questão: se o senhor amasse David, pagaria por seu retorno e, se tivesse motivos o bastante para não amá-lo, teria de pagar para que o mantivéssemos conosco. Como parece que a primeira opção não lhe convém, ficamos com a segunda. E fico feliz em sabê-lo, pois isso significa que conseguiremos alguns xelins, meus amigos e eu.

— Não estou entendendo o que quer dizer com isso — respondeu meu tio.

— Não? — retrucou Alan. — Então preste bem atenção: o senhor não quer que o menino volte. Pois bem, diga-me o que quer que façamos com ele e quanto nos pagará por isso.

Meu tio não respondeu, mas se mexeu inquieto onde se sentara.

— Vamos logo, meu senhor — exclamou Alan. — Devo lhe dizer que sou um cavalheiro, porto o nome de um rei e não vim à sua porta para mendigar. Ou me dá uma resposta imediata e cortês ou, palavra de honra, eu vou enfiar três palmos de aço em suas entranhas.

— Calma, rapaz! — exclamou meu tio, levantando-se de um salto. — Dê-me um minuto. Não seja assim. Sou apenas um homem comum e não um professor de dança. Estou tentando responder com toda a cortesia de que sou moralmente capaz, o que não está conforme com a violência de suas palavras. Então acertaria minhas entranhas? E por acaso pensa que eu não usaria meu bacamarte? — acrescentou, praticamente rosnando.

— A pólvora em suas velhas mãos não chega aos pés do aço brilhante nas mãos de Alan — retrucou o outro. — Antes mesmo que seu dedo trêmulo encontre o gatilho, o cabo de minha espada já estará cravado em seu peito.

— Calma, rapaz! Quem está dizendo o contrário? — disse meu tio. — Faça o que quiser, não vou resistir. Não farei nada para aborrecê-lo. Diga-me o que quer e verá como chegamos a um acordo.

— Na verdade, meu senhor — disse Alan —, não peço nada além de um trato justo. Resumamos em duas palavras: quer o menino morto ou vivo?

— Meu senhor! — Ebenezer exclamou. — Meu senhor! Isso não é jeito de falar!

— Morto ou vivo? — Alan insistiu.

— Ah, vivo, vivo! — choramingou meu tio. — Sem derramamento de sangue, por favor.

— Muito bem — respondeu Alan —, como quiser. Mas isso vai sair mais caro.

— Mais caro? — Ebenezer perguntou. — Você seria capaz de sujar as mãos com um crime?

— Ora — disse Alan —, o que é um crime? E matá-lo seria mais fácil, rápido e seguro. Ficar com o menino será muito complicado, e também um mau negócio.

— No entanto, quero que ele viva — insistiu meu tio. — Nunca fiz nada moralmente repreensível e não vou começar agora só para agradar um escocês das Terras Altas.

— O senhor é um homem muito honesto — zombou Alan.

— Sou um homem de princípios — disse Ebenezer, com um tom modesto — e, se tiver de pagar, pagarei. Além disso, o senhor está se esquecendo de que esse menino é filho de meu irmão.

— Muito bem, muito bem — disse Alan. — Agora vamos falar de valores. Não vai ser fácil para mim acertar um preço. Primeiro, gostaria de saber algumas coisas: quanto o senhor pagou ao Hoseason?

— Ao Hoseason? — meu tio exclamou, surpreso. — Para quê?

— Para sequestrar David — disse Alan.

— Isso é uma mentira, uma mentira imunda! — exclamou meu tio. — Ele nunca foi sequestrado. Quem lhe disse isso está mentindo descaradamente! Sequestrado? Ele nunca foi sequestrado!

— Não foi por culpa minha, nem do senhor — disse Alan — nem tampouco de Hoseason, se é que dá para se confiar em um homem daqueles.

— O que quer dizer com isso? — disse Ebenezer. — Hoseason contou-lhe tudo?

— Se não tivesse contado, seu velho raquítico, como eu poderia saber? — Alan perguntou. — Hoseason e eu somos sócios e vamos dividir os lucros. Assim, espero que entenda que de nada servirá me mentir. E devo dizer-lhe francamente que fez uma grande tolice ao envolver um homem como aquele marujo em seus assuntos particulares. Mas, agora, não há mais remédio e o senhor terá de lidar com isso como puder. O que importa agora é o seguinte: quanto o senhor pagou?

— Ele não lhe disse? — perguntou meu tio.

— Isso diz respeito apenas a mim — respondeu Alan.

— Bom — disse meu tio —, tampouco me importa o que ele possa ter dito; ele deve ter mentido, e juro por Deus, a verdade é que eu lhe ofereci vinte libras. Mas quero ser absolutamente honesto com o senhor: ele pretendia vender o menino nas Carolinas por mais dinheiro, mas não vindo do meu bolso.

— Muito obrigado, sr. Thomson. Isso é mais do que suficiente para nós — disse o advogado, saindo de seu esconderijo. E, então, acrescentou, com muita polidez: — Boa noite, sr. Balfour.

— Boa noite, tio Ebenezer — disse eu.

— Faz uma noite maravilhosa, sr. Balfour — acrescentou Torrance.

Meu tio não pronunciou uma só palavra, boa ou ruim, e apenas permaneceu sentado na soleira da porta, olhando para nós como se tivesse se transformado em uma estátua. Alan tomou o bacamarte das mãos dele, e o advogado, agarrando-o pelo braço, levantou-o de seu assento e conduziu-o até a cozinha, para onde todos o seguimos, fazendo-o sentar-se em uma cadeira perto da lareira, cujo fogo havia se apagado e onde apenas uma vela ardia.

Ficamos ali olhando para ele, exultantes com nosso sucesso, mas também um tanto quanto condoídos por vê-lo tão envergonhado.

— Ora, ora, sr. Ebenezer — disse o advogado —, não desanime, pois eu prometo que nos entenderemos facilmente. Enquanto isso, passe-nos a chave do porão, e Torrance trará uma daquelas garrafas do vinho de seu pai para comemorar esse evento. — Virando-se para mim e pegando minha mão, ele acrescentou: — Sr. Balfour, desejo-lhe toda a felicidade em posse de sua fortuna e acredito que o senhor fez bem por merecê-la. — E, então, dirigiu-se a Alan com uma pitada de sarcasmo: — Parabéns, sr. Thomson. O senhor lidou com o assunto com grande habilidade. Mas há algo que ainda me falta esclarecer. Seu nome é James? Ou Charles? Ou, talvez, George?

— E por que deveria ser um desses três, meu senhor? — Alan respondeu, levantando-se abruptamente, como se suspeitasse de alguma ofensa.

— Só digo isso, meu senhor, porque ouvi menção ao nome de um rei — respondeu o sr. Rankeillor — e como nunca houve um rei chamado Thomson – ou, pelo menos, sua fama não chegou até mim – pensei que o senhor fazia referência ao seu primeiro nome.

Esse era justamente o golpe que mais poderia ferir Alan, e devo confessar que o afetou bastante. Ele não disse nem uma só palavra, mas dirigiu-se até o outro lado da cozinha e sentou-se, ressentido. Só voltou a sorrir levemente quando fui até ele, apertei sua mão e agradeci-lhe por ter sido a mola mestra do meu sucesso, convencendo-o a vir juntar-se a nós uma vez mais.

A essa altura, já haviam acendido a fogueira e aberto uma garrafa de vinho. Um belo jantar saiu da cesta de Torrance, e tanto ele próprio quanto Alan e eu comemos de bom grado, enquanto o advogado e meu tio foram para a sala ao lado conversar. Ficaram ali trancados por cerca de uma hora, chegando a um acordo ao final, ratificado formalmente por meu tio e mim com um aperto de mão. Sob os termos do acordo, meu tio era confirmado como proprietário da casa e do terreno e obrigado a pagar os honorários de Rankeillor por seu trabalho e a me repassar dois terços, sem impostos, dos aluguéis anuais de Shaws.

Foi assim que o mendigo da canção voltou para sua casa e, quando me deitei naquela noite em cima dos baús da cozinha, já era um homem abastado e gozava de um sobrenome famoso na região. Alan, Torrance e Rankeillor dormiam profundamente em suas camas duras; mas eu – que dormira ao ar livre, sobre lama e pedras, durante tantos dias e tantas noites, muitas vezes com o estômago vazio e temendo a morte – via-me desanimado com essa feliz mudança em minha vida, mais ainda do que quando me encontrava em meio aos infortúnios passados. Assim, ali fiquei, acordado até o amanhecer, contemplando as sombras do fogo no telhado e fazendo planos para o futuro.

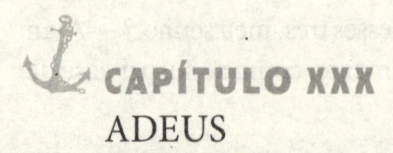

CAPÍTULO XXX
ADEUS

Ao passo que eu já havia chegado ao meu destino, ainda restava a questão de Alan, a quem eu devia tanto, para ser resolvida; além disso, pairava sobre mim a grave acusação do assassinato de

James, de Glen. Conversei e desabafei com Rankeillor sobre os dois assuntos às seis horas da manhã seguinte, enquanto caminhávamos de um lado para o outro diante da Casa de Shaws, sem nada no horizonte além dos campos e bosques que haviam pertencido a meus ancestrais e que, agora, eram minha propriedade. Mesmo tratando de problemas tão graves, meus olhos se deleitavam ao percorrer a paisagem, e meu coração se enchia de orgulho.

Para o advogado, não havia dúvidas quanto às minhas obrigações para com meu amigo. Eu tinha de ajudá-lo a sair do país a todo custo, mas, no caso do assassinato de James, ele via tudo de forma diferente.

— O caso do sr. Thomson — disse ele — é uma coisa, e o do parente do sr. Thomson é outra bem diferente. Sei pouco do que aconteceu, mas deduzo que um grande nobre – a quem chamaremos, se quiser, de duque de Argyle – tem alguma correlação com o assunto e, imagino, deve encará-lo com certa animosidade. O duque de Argyle é, sem dúvida nenhuma, um fidalgo; mas, sr. Balfour, *timeo qui nocuere deos*[39]. Se o senhor intervir para impedir sua vingança, lembre-se de que há apenas uma maneira de evitar seu testemunho, que é colocando-o no banco dos réus. Uma vez lá, o senhor se encontrará na mesma situação do parente do sr. Thomson. Você objetará, dizendo que é inocente; ora, ele fará o mesmo. E comparecer perante um júri das Terras Altas, por um ato ocorrido naquela região e com um juiz das Terras Altas na tribuna, será uma breve transição até o cadafalso.

Como eu já havia cogitado esses argumentos de antemão, sem encontrar uma boa resposta para eles, falei sobre o assunto com franqueza.

— E, nesse caso, meu senhor, eu seria levado à forca, não é?

— Meu caro rapaz — exclamou o advogado —, em nome de Deus, faça o que achar certo. É tolice, na minha idade, aconselhá-lo a fazer o que é seguro – mesmo que vergonhoso. Retiro

---

[39] "Temo que isso afetará os deuses", em latim. Verso da *Trístia*, obra do poeta romano Ovídio (43 a.C.-?). (N. do T.)

o que disse e peço-lhe desculpas. Vá e cumpra seu dever, e seja enforcado, se for o caso, como um cavalheiro. Há coisas piores no mundo do que a forca.

— Não muitas, meu senhor — retruquei, sorrindo.

— Ora, meu senhor — exclamou ele —, sim, há muitas. Não precisaria procurar muito longe para achar um exemplo: seu tio estaria dez vezes melhor pendurado decentemente em uma forca.

E, finda nossa conversa, entramos na casa; o advogado mostrava-se muito entusiasmado – imaginei que tinha ficado bastante satisfeito com minha posição – e escreveu-me então duas cartas, comentando à medida que as escrevia.

— Esta carta — disse ele — é para meus banqueiros na British Linen Company, abrindo crédito em seu nome. Consulte o sr. Thomson, que saberá como proceder, e o senhor, com tal crédito, poderá lhe fornecer os meios. Espero que seja um bom administrador de seu dinheiro; mas, tendo um amigo como o sr. Thomson, creio que não haverá problemas nesse quesito. Quanto ao parente dele, nada mais adequado do que visitar o defensor público, contar-lhe todo o ocorrido e oferecer-lhe provas; se ele vai aceitá-las ou não, é outra história, pois ele há de estar envolvido com o duque de Argyle. Agora, para o senhor chegar ao defensor público muito bem recomendado, ofereço-lhe uma outra carta, endereçada a alguém que tem seu sobrenome, o sr. Balfour de Pilrig, por quem tenho grande estima. Será muito mais eficaz ser apresentado por alguém com seu próprio nome, e o proprietário de Pilrig tem excelente reputação no tribunal e boas relações com o defensor público, sr. Grant. Se eu fosse o senhor, não o incomodaria com detalhes, e acredito que não seja necessário referir-se ao sr. Thomson, se é que me entende. Siga tudo o que seu homônimo disser, ele é um bom conselheiro, e, ao lidar com o defensor, mantenha-se discreto, e que o Senhor o guie em todas essas questões, sr. David.

Dito isso, ele se despediu, seguindo com Torrance para a balsa, ao passo que Alan e eu rumamos para a cidade de Edimburgo. No caminho, quando estávamos perto da cerca ainda inacabada da fazenda, viramos nosso olhar para a casa de meus ancestrais. Lá estava ela, desolada, imensa e sem fumaça, como se estivesse desabitada, a não ser pela ponta de um gorro, balançando de um lado para o outro, para frente e para trás, em uma das janelas do andar superior, como a cabeça de um coelho na entrada de sua toca. Não fora bem recebido ao chegar nem bem tratado durante minha estada, mas, pelo menos, era observado ao partir.

Alan e eu seguíamos pelo caminho lentamente, pois não estávamos com ânimo para andar e conversar. A ideia de nossa separação era o principal pensamento em nossa mente, e a lembrança dos dias passados nos oprimia. Naturalmente, conversamos sobre o que deveríamos fazer, e Alan decidira ficar no condado, movendo-se constantemente de lugar, mas dirigindo-se, uma vez ao dia, a um ponto combinado onde eu pudesse me comunicar com ele, pessoalmente ou por meio de algum mensageiro. Nesse meio-tempo, eu iria me encontrar com um advogado, um Stewart de Appin – portanto, um homem de absoluta confiança –, que providenciaria um navio para Alan, fazendo com que ele embarcasse em segurança. Ficamos sem saber o que dizer assim que resolvemos tudo, e, embora eu tentasse provocá-lo com o nome Thomson, e ele a mim, mencionando minhas roupas novas e minhas propriedades, você é capaz de imaginar que estávamos mais propensos ao choro do que às risadas.

Por fim, chegamos ao desvio na colina de Corstorphine e, quando estávamos perto do lugar que chamam de "Descanse-e-Seja-Grato", com a vista dos pântanos, a cidade e o castelo de Corstorphine logo abaixo, ambos nos detivemos, pois compreendemos sem a necessidade de palavras que havíamos chegado ao ponto em que nossos caminhos se separariam. Então, ele repetiu uma vez mais tudo o que havíamos combinado: o endereço do advogado, o horário em que eu veria Alan todos os dias e os sinais que quem fosse procurá-lo deveria fazer. Assim, dei a ele todo o dinheiro que tinha comigo – um ou dois guinéus, que Rankeillor me emprestara –, para que ele não morresse de fome, e ficamos um bom tempo observando a cidade de Edimburgo em silêncio.

— Bom, adeus — disse Alan, estendendo sua mão esquerda.

— Adeus — respondi, apertando-a timidamente. E então parti, descendo a colina.

Nenhum de nós ousou olhar o outro no rosto, nem tampouco me virei para ver o amigo que estava deixando enquanto ele ainda permanecia ao alcance dos meus olhos. E, a caminho da cidade, senti-me tão perdido e abandonado que tive vontade de me sentar à beira da estrada e chorar e gemer como uma criança.

Era quase meio-dia quando passei por West Kirk e Grassmarket e adentrei as ruas da capital. A enorme altura dos prédios, que tinham de dez a quinze andares; as estreitas passagens abobadadas, que constantemente se enchiam de transeuntes; as mercadorias dos comerciantes nas vitrines; o burburinho e o movimento sem fim; os cheiros pútridos e os vestidos elegantes; e uma centena de detalhes que não sou capaz de descrever mergulharam-me em uma espécie de estupor e surpresa, e deixei-me levar pela multidão que andava de um canto para outro. Em meio a tudo aquilo, só conseguia pensar em Alan, no "Descanse-e-Seja-Grato". E o tempo todo – embora você imagine que eu não deveria ter me ocupado com nada que não fosse todas aquelas coisas interessantes e novas para mim – eu sentia dentro de mim uma angústia semelhante ao remorso que se tem ao cometermos uma má ação.

E a mão da Providência arrastou-me à deriva, até as portas do banco da British Linen Company.